静山社ペガサス文庫

JN210154

ハリー・ポッターと賢者《けんじゃ》の石《いし》〈1-2〉

J.K.ローリング 作　松岡佑子 訳

ハリー・ポッターと賢者《けんじゃ》の石《いし》1-2 もくじ

第《だい》10章《しょう》 ハロウィーン……7
第《だい》11章《しょう》 クィディッチ……33
第《だい》12章《しょう》 みぞの鏡《かがみ》……54
第《だい》13章《しょう》 ニコラス・フラメル……87
第《だい》14章《しょう》 ノルウェー・ドラゴンのノーバート……108

第《だい》15章《しょう》 禁《きん》じられた森《もり》……132
第《だい》16章《しょう》 仕《し》掛《か》けられた罠《わな》……163
第《だい》17章《しょう》 二つの顔《かお》をもつ男《おとこ》……208

ハリー・ポッターと賢者《けんじゃ》の石《いし》1-2 ―人物紹介《じんぶつしょうかい》―

ハリー・ポッター
主人公《しゅじんこう》。十一歳《さい》。ホグワーツ魔法魔術学校《まほうまじゅつがっこう》の一年生《ねんせい》。緑《みどり》の目《め》に黒《くろ》い髪《かみ》、額《ひたい》には稲妻形《いなずまがた》の傷《きず》。幼《おさな》いころに両親《りょうしん》を亡《な》くし、人間《にんげん》(マグル)界《かい》で育《そだ》ったので、自分《じぶん》が魔法使《まほうつか》いであることを知《し》らない

ネビル・ロングボトム
ドジばっかりやっているが、いざとなるとがんばる

フレッドとジョージ・ウィーズリー
ロンの四番目《ばんめ》の兄《あに》で双子《ふたご》。いたずらばかりしているが、成績《せいせき》は良《よ》い

パーシー・ウィーズリー
ロンの三番目《ばんめ》の兄《あに》。P《ピー》のバッジ(監督生《かんとくせい》の印《しるし》)が自慢《じまん》の品行方正《ひんこうほうせい》な優等生《ゆうとうせい》

チャーリー・ウィーズリー
ロンの二番目《ばんめ》の兄《あに》。ルーマニアでドラゴンの研究《けんきゅう》をしている

セブルス・スネイプ
魔法薬学《まほうやくがく》の先生《せんせい》。なぜかハリーを憎《にく》んでいる

クィレル教授《きょうじゅ》
「闇《やみ》の魔術《まじゅつ》に対《たい》する防衛術《ぼうえいじゅつ》」の先生《せんせい》。いつも恐怖《きょうふ》で震《ふる》えている

アーガス・フィルチ
ホグワーツの管理人《かんりにん》。意地《いじ》が悪《わる》く、生徒《せいと》に嫌《きら》われている

ピーブズ
ホグワーツにすむポルターガイスト

ニコラス・フラメル
謎《なぞ》の人物《じんぶつ》。ホグワーツに隠《かく》された「大事《だいじ》な何《なに》か」に関係《かんけい》していると思《おも》われるが……

ヴォルデモート（例《れい》のあの人《ひと》）
最強《さいきょう》の闇《やみ》の魔法使《まほうつか》い。多《おお》くの魔法使《まほうつか》いや魔女《まじょ》を殺《ころ》したが、なぜかハリーには呪《のろ》いが効《き》かなかった

for Jessica, who loves stories,
for Anne, who loved them too,
and foe Di, who heard this one first.

物語が好きな娘、ジェシカに
同じく物語が好きだった母、アンに
この本を最初に知った妹、ダイに

Original Title: HARRY POTTER AND THE PHILOSOPHER'S STONE

First published in Great Britain in 1997
by Bloomsbury Publishing Plc, 50 Bedford Square, London WC1B 3DP

Japanese edition first published in 1999

This book is published in Japan by arrangement with the author through The Blair Partnership

第《だい》10章《しょう》　ハロウィーン

次《つぎ》の日《ひ》、ハリーとロンがまだホグワーツにいるのを見《み》て、マルフォイは目《め》を疑《うたが》った。二人《ふたり》ともつかれた顔《かお》をしていたが上機嫌《じょうきげん》だった。朝《あさ》になってみるとハリーもロンも、あの三《みっ》つ頭《あたま》の犬《いぬ》に出会《であ》ったことがすばらしい冒険《ぼうけん》に思《おも》えたし、次《つぎ》の冒険《ぼうけん》が待《ま》ち遠《どお》しくなっていた。とりあえず、ハリーはロンに例《れい》の包《つつ》みのこと、それがグリンゴッツからホグワーツに移《うつ》されたのではないかということを話《はな》して聞《き》かせた。あんなに厳重《げんじゅう》な警備《けいび》が必要《ひつよう》な物《もの》っていったい何《なん》だろうと、二人《ふたり》はあれこれ話《はな》した。

「ものすごく大切《たいせつ》か、ものすごく危険《きけん》な物《もの》だな」とロン。

「その両方《りょうほう》かも」とハリー。

謎《なぞ》の包《つつ》みについては、五センチぐらいの長《なが》さのものだろうということしかわからなかったので、それ以上《いじょう》、推測《すいそく》のしようもなかった。

三頭犬《さんとうけん》と仕掛《しか》け扉《とびら》の下《した》に何《なに》が隠《かく》されているのか、ネビルもハーマイオニーもまったく興味《きょうみ》を示《しめ》さなかった。ネビルにとっては、二度《にど》とあの犬《いぬ》に近《ちか》づかないということだけが重要《じゅうよう》だった。ハーマイオニーはハリーともロンともあれから口《くち》をきかなかったが、えらそうな知《し》ったかぶり屋《や》に指図《さしず》されないですむのは、二人《ふたり》にとってむしろおまけをもらったような気分《きぶん》だった。ハリーとロンの思《おも》いは、今《いま》や、どうやってマルフォイに仕返《しかえ》しするかだけだった。それから一週間《しゅうかん》ほどすると、なんと、そのチャンスが郵便《ゆうびん》とともにやってきた。

いつものようにふくろうが群《む》れをなして大広間《おおひろま》に飛《と》んできた。六羽《わ》のオオコノハズクがくわえた細長《ほそなが》い包《つつ》みがすぐにみんなの気《き》を引《ひ》いた。ハリーも興味津々《きょうみしんしん》で、あの大《おお》きな包《つつ》みは何《なん》だろうと見《み》ていると、驚《おどろ》いたことに、コノハズクはハリーの真《ま》ん前《まえ》に舞《ま》い降《お》りて、その大《おお》きな包《つつ》みを落《お》とし、ハリーの食《た》べていたベーコンを床《ゆか》にはねとばした。六羽《わ》がまだ飛《と》び去《さ》らないうちに、もう一羽《わ》のふくろうが包《つつ》みの上《うえ》に手紙《てがみ》を落《お》としていった。

ハリーは急《いそ》いで手紙《てがみ》を開《あ》けた。それが正解《せいかい》だった。手紙《てがみ》にはこう書《か》いてあった。

包《つつ》みをここで開《あ》けないように。
中身《なかみ》は新品《しんぴん》のニンバス２０００です。

あなたが箒《ほうき》を持《も》ったことがわかると、みんなが欲《ほ》しがるので、気《き》づかれないようにしなければなりません。

今夜《こんや》七時《じ》、クィディッチ競技場《きょうぎじょう》でオリバー・ウッドが待《ま》っています。

最初《さいしょ》の練習《れんしゅう》です。

M《エム》・マクゴナガル教授《きょうじゅ》

手紙《てがみ》をロンに渡《わた》しながら、ハリーは喜《よろこ》びを隠《かく》しきれなかった。

「ニンバス2000だって！　僕《ぼく》、**さわったことさえないよ**」

ロンはうらやましそうにうなった。

一時間目《じかんめ》が始《はじ》まる前《まえ》に二人《ふたり》だけで箒《ほうき》を見《み》ようと、急《いそ》いで大広間《おおひろま》を出《で》たが、玄関《げんかん》ホールの途中《とちゅう》で、クラッブとゴイルが寮《りょう》に上《あ》がる階段《かいだん》の前《まえ》に立《た》ちふさがっているのに気《き》づいた。マルフォイがハリーの包《つつ》みをひったくって、中身《なかみ》をたしかめるようにさわった。

「箒《ほうき》だ」

マルフォイはねたましさと苦々《にがにが》しさの入《い》りまじった顔《かお》つきで、ハリーに包《つつ》みを投《な》げ返《かえ》した。

「今度《こんど》こそおしまいだな、ポッター。一年生《いちねんせい》は箒《ほうき》を持《も》っちゃいけないんだ」

ロンはがまんしきれずに言《い》い返《かえ》した。

「ただの箒《ほうき》なんかじゃないぞ。なんてったって、ニンバス2000だぜ。君《きみ》、家《いえ》に何《なに》持《も》ってるって言《い》った？　コメット260かい？」

ロンはハリーに向《む》かってニヤッと笑《わら》いかけた。

「コメットって見《み》かけは派手《はで》だけどニンバスとは格《かく》がちがうんだよ」

「君《きみ》に何《なに》がわかる、ウィーズリー。柄《え》の半分《はんぶん》も買《か》えないくせに。兄貴《あにき》たちと一緒《いっしょ》に小枝《こえだ》を一本《いっぽん》ずつ貯《た》めなきゃならないくせに」

マルフォイがかみついてきた。ロンが応戦《おうせん》しようとしたときに、フリットウィック先生《せんせい》がマルフォイのひじのあたりに現《あらわ》れた。

「君《きみ》たち、言《い》い争《あらそ》いじゃないだろうね？」先生《せんせい》がキーキー声《ごえ》で言《い》った。

「先生《せんせい》、ポッターのところに箒《ほうき》が送《おく》られてきたんですよ」マルフォイがさっそく言《い》いつけた。

「いやー、いやー、そうらしいね」先生《せんせい》はハリーに笑《わら》いかけた。

「マクゴナガル先生《せんせい》が特別措置《とくべつそち》について話《はな》してくれたよ。ところでポッター、箒《ほうき》は何型《なにがた》かね？」

「ニンバス2000です」

マルフォイのひきつった顔《かお》を見《み》て、笑《わら》いを必死《ひっし》でこらえながらハリーは答《こた》えた。

「実《じつ》は、箒《ほうき》が持《も》てたのはマルフォイのおかげなんです」

マルフォイの怒《いか》りと当惑《とうわく》をむき出《だ》しにした顔《かお》を見《み》て、二人《ふたり》は笑《わら》いを押《お》し殺《ころ》しながら階段《かいだん》を上《あ》がった。

大理石《だいりせき》の階段《かいだん》の上《うえ》まで来《き》たとき、ハリーは思《おも》うぞんぶん笑《わら》った。

「だって本当《ほんとう》だもの。もしマルフォイがネビルの『思《おも》い出《だ》し玉《だま》』をかすめていかなかったら、僕《ぼく》はチームには入《はい》れなかったし……」

「それじゃ、校則《こうそく》を破《やぶ》ってごほうびをもらったと思《おも》ってるのね」

背後《はいご》から怒《おこ》った声《こえ》がした。ハーマイオニーだった。ハリーが持《も》っている包《つつ》みを、けしからんと言《い》わんばかりににらみつけ、階段《かいだん》を一段《だん》一段《だん》踏《ふ》みしめて上《のぼ》ってくる。

「あれっ、僕《ぼく》たちとは口《くち》をきかないんじゃなかったの？」とハリー。

「そうだよ。今《いま》さら変《か》えないでよ。僕《ぼく》たちにとっちゃありがたいんだから」とロン。

ハーマイオニーは、ツンとそっぽを向《む》いて行《い》ってしまった。

ハリーは一日中《いちにちじゅう》、授業《じゅぎょう》に集中《しゅうちゅう》できなかった。気《き》がつくと寮《りょう》のベッドの下《した》に置《お》いてきた箒《ほうき》のことを考《かんが》えていたり、今夜《こんや》練習《れんしゅう》することになっているクィディッチ競技場《きょうぎじょう》のほうに気持《きも》ちがそれてしまっていた。夕食《ゆうしょく》は何《なに》を食《た》べたのかもわからないまま飲《の》み込んで、ロンと一緒《いっしょ》に寮《りょう》にかけ戻《もど》り、ようやくニンバス2000の包《つつ》みを解《と》いた。

ベッドカバーの上《うえ》に転《ころ》がり出《で》た箒《ほうき》を見《み》て、ロンは「ウワー」とため息《いき》をついた。箒《ほうき》のことは何《なに》も知《し》らないハリーでさえ、すばらしい箒《ほうき》だと思《おも》った。すらりとしてつやがあり、マホガニーの柄《え》の先《さき》に長《なが》くまっすぐな小枝《こえだ》がすっきりと束《たば》ねられ、柄《え》の先端近《せんたんちか》くに金文字《きんもじ》で「ニンバス2000」と書《か》かれていた。

七時近《じちか》く、夕暮《ゆうぐ》れの薄明《うすあ》かりの中《なか》、ハリーは城《しろ》を出《で》てクィディッチ競技場《きょうぎじょう》へと急《いそ》いだ。中《なか》に入《はい》るのは初《はじ》めてだった。競技場《きょうぎじょう》のピッチの周囲《しゅうい》には、何百《なんびゃく》という座席《ざせき》が高々《たかだか》とせり上《あ》げられていて、観客《かんきゃく》が高《たか》いところから観戦《かんせん》できるようになっていた。ピッチの両端《りょうはし》には、高い金《きん》の柱《はしら》が三本《ぼん》ずつ立《た》っていて、先端《せんたん》に輪《わ》がついている。十五メートルもの高《たか》さがあることを除《のぞ》けば、マグルの子供《こども》がシャボン玉《だま》を作《つく》るのに使《つか》うプラスチックの輪《わ》にそっくりだとハリーは思《おも》った。

ウッドが来《く》るまでに、どうしてもまた飛《と》んでみたくなり、ハリーは箒《ほうき》にまたがり地面《じめん》をけった。なんていい気分《きぶん》なんだろう――ハリーは高《たか》いゴールポストの輪《わ》をくぐったり、ピッチに向《む》かって急降下《きゅうこうか》したり急上昇《きゅうじょうしょう》したりしてみた。ニンバス2000はちょっと触《ふ》れるだけで、ハリーの思《おも》いのままに飛《と》んだ。

「おーい、ポッター、降《お》りてこい！」

オリバー・ウッドがやってきた。大《おお》きな木製《もくせい》の箱《はこ》を小脇《こわき》に抱《かか》えている。ウッドのすぐ隣《となり》に、ハリーはぴたりと着陸《ちゃくりく》した。

「おみごと」ウッドは目《め》をキラキラさせていた。

「マクゴナガル先生《せんせい》の言《い》っていた意味《いみ》がわかったよ……君《きみ》はまさに生《う》まれつきの才能《さいのう》がある。今《こん》夜《や》はルールを教《おし》えるだけだ。それから週《しゅう》三回《かい》のチーム練習《れんしゅう》に参加《さんか》だ」

箱《はこ》を開《あ》けると、大《おお》きさのちがうボールが四個《こ》あった。

「いいかい、クィディッチのルールを覚《おぼ》えるのは簡単《かんたん》だ。プレーするのはそう簡単《かんたん》じゃないけどね。両《りょう》チームそれぞれ七人《にん》の選手《せんしゅ》がいる。そのうち三人《にん》はチェイサーだ」

「三人《にん》のチェイサー」とハリーがくり返《かえ》した。

ウッドはサッカーボールぐらいの大《おお》きさの真《ま》っ赤《か》なボールを取《と》り出《だ》した。

「このボールがクアッフルだ。チェイサーはこのクアッフルを投《な》げ合《あ》って、相手《あいて》ゴールの輪《わ》の中《なか》に入《い》れる。そしたら得点《とくてん》。輪《わ》に入《はい》るたびに十点《てん》だ。ここまではいいかい？」

「チェイサーがクアッフルを投《な》げ、輪《わ》を通《とお》ると得点《とくてん》」ハリーはまたくり返《かえ》した。

「それじゃ、ゴールは六つあるけど、箒《ほうき》に乗《の》ってプレーするバスケットボールのようなものじゃないかなあ？」

「バスケットボールって何《なん》だい？」ウッドが不思議《ふしぎ》そうに聞《き》いた。

「ううん、気《き》にしないで」ハリーはあわてて言《い》った。

「さてと、各《かく》チームにはキーパーと呼《よ》ばれる選手《せんしゅ》がいる。僕《ぼく》はグリフィンドールのキーパーだ。味方《みかた》の輪《わ》の周《まわ》りを飛《と》び回《まわ》って、敵《てき》が点《てん》を入《い》れないようにするんだ」

「チェイサーが三人《にん》、キーパーが一人《ひとり》、クアッフルでプレーする。オーケー、わかった」

ハリーは全部覚《ぜんぶおぼ》えこもうと意気込《いきご》んでいた。

「それは何《なに》するもの？」

ハリーは箱《はこ》の中《なか》に残《のこ》っている三つのボールを指《ゆび》さした。

「今見《いまみ》せるよ。ちょっとこれを持《も》って」

ウッドが野球《やきゅう》のバットに似《に》た短《みじか》い棍棒《こんぼう》をハリーに渡《わた》した。

「ブラッジャーが何《なん》なのか今《いま》から見《み》せてあげよう。この二つがブラッジャーだ」

ウッドは赤《あか》いクアッフルより少《すこ》し小《ちい》さい、真《ま》っ黒《くろ》なボールを二つハリーに見《み》せた。二つともまったく同《おな》じようなボールで、箱《はこ》の中《なか》にひもで留《と》めてあったが、ひもを引《ひ》きちぎって飛《と》び出《だ》そうとしているように見《み》えた。

「下《さ》がって」とハリーに注意《ちゅうい》してから、ウッドは腰《こし》をかがめ、ブラッジャーを一つだけひもからはずした。

とたんに黒《くろ》いボールは空中高《くうちゅうたか》く飛《と》び上《あ》がり、まっすぐにハリーの顔《かお》めがけてぶつかってきた。鼻《はな》を折《お》られちゃ大変《たいへん》と、ハリーが棍棒《こんぼう》でボールを打《う》つと、ボールはジグザグに舞《ま》い上《あ》がった。そして二人《ふたり》の頭上《ずじょう》をぐるぐる回《まわ》り、今度《こんど》はウッドにぶつかってきた。ウッドはボールを上《うえ》から押《お》さえ込《こ》むように飛《と》びかかり、地面《じめん》に押《お》さえつけた。

「わかったろう？」

ウッドは、ハーハー言《い》いながら、じたばたするブラッジャーを力《ちから》ずくで箱《はこ》に戻《もど》し、ひもで押《お》さえつけておとなしくさせた。

「ブラッジャーはロケットのように飛《と》び回《まわ》って、プレーヤーを箒《ほうき》からたたき落《お》とそうとするんだ。そこで各《かく》チーム二人《ふたり》のビーターがいる――双子《ふたご》のウィーズリーがそれだ――味方《みかた》の陣地《じんち》をブラッジャーから守《まも》って、敵《てき》の陣地《じんち》へ打《う》ち返《かえ》す役《やく》だよ。さあ、ここまでのところわかったかい？」

「チェイサーが三人《にん》、クアッフルで得点《とくてん》する。キーパーはゴールポストを守《まも》る。ビーターはブラッジャーを味方《みかた》の陣地《じんち》から追《お》い払《はら》う」ハリーはすらすら答《こた》えた。

「よくできた」

「えーと……ブラッジャーが誰《だれ》かを殺《ころ》しちゃったことはあるの？」

ハリーはなにげなく質問《しつもん》しているようなふりをした。

「ホグワーツでは一度《ど》もないよ。あごの骨《ほね》を折《お》ったやつは二、三人《にん》いたけど、せいぜいその程度《ていど》だ。さて、残《のこ》るメンバーはシーカー。それが君《きみ》のポジションだ。クアッフルもブラッジャーも気《き》にしなくていい……」

「……僕《ぼく》の頭《あたま》を割《わ》りさえしなきゃだけど」

「心配《しんぱい》するな。双子《ふたご》のウィーズリーにはブラッジャーもかなわないさ――つまり、二人《ふたり》は人間《にんげん》ブラッジャーみたいなものだな」

ウッドは箱《はこ》に手《て》をつっこんで、四つ目《め》の、最後《さいご》のボールを取《と》り出《だ》した。クアッフルやブラッジャーに比《くら》べるとずいぶん小《ちい》さく、大《おお》きめのクルミぐらいだった。まばゆい金色《きんいろ》で、小《ちい》さな銀色《ぎんいろ》の羽《はね》をひらひらさせている。

「**これが**、いいかい、『金《きん》のスニッチ』だ。一番重要《いちばんじゅうよう》なボールだよ。とにかく速《はや》いし見《み》えにくいから、捕《つか》まえるのが非常《ひじょう》に難《むずか》しい。シーカーの役目《やくめ》はこれを捕《と》ることだ。君《きみ》はチェイサー、ビーター、ブラッジャー、クアッフルの間《あいだ》をぬうように飛《と》び回《まわ》って、敵《てき》のシーカーより先《さき》にこれを捕《と》らないといけない。なにしろシーカーがスニッチを捕《と》ると百五十点《てん》入《はい》る。勝利《しょうり》はほとんど決《き》まったようなものだ。だから敵《てき》はなんとしてでもシーカーを妨害《ぼうがい》しようとする。スニッチが捕《つか》まらないかぎりクィディッチの試合《しあい》は終《お》わらない。いつまでも続《つづ》く――たしか最長記録《さいちょうきろく》は三か月《げつ》だったと思《おも》う。交代選手《こうたいせんしゅ》を次々投入《つぎつぎとうにゅう》して、正選手《せいせんしゅ》は交代《こうたい》で眠《ねむ》ったということだ。ま、こんなとこかな。質問《しつもん》あるかい？」

ハリーは首《くび》を横《よこ》に振《ふ》った。やるべきことはしっかりわかった。それができるかどうかだけが問題《もんだい》だ。

「スニッチを使《つか》った練習《れんしゅう》はまだやらない」

ウッドはスニッチを慎重《しんちょう》に箱《はこ》にしまい込《こ》んだ。

「もう暗《くら》いから、なくすといけないし。かわりにこれで練習《れんしゅう》しよう」

ウッドはポケットからゴルフボールの袋《ふくろ》を取《と》り出《だ》した。数分後《すうふんご》、二人《ふたり》は空中《くうちゅう》にいた。ウッドはゴルフボールをありとあらゆる方向《ほうこう》に思《おも》いきり強《つよ》く投《な》げ、ハリーにキャッチさせた。

ハリーは一つも逃《のが》さなかったので、ウッドは大喜《おおよろこ》びだった。三十分《ぷん》もするとすっかり暗《くら》くなり、もう続《つづ》けるのは無理《むり》だった。

「あのクィディッチ・カップに、今年《ことし》こそは僕《ぼく》たちの寮《りょう》の名前《なまえ》が入《はい》るぞ」

城《しろ》に向《む》かってつかれた足取《あしど》りで歩《ある》きながら、ウッドはうれしそうに言《い》った。

「君《きみ》はチャーリーよりうまくなるかもしれないな。チャーリーだって、ドラゴンを追《お》っかける仕《し》事《ごと》を始《はじ》めなかったら、今《いま》ごろイギリスのナショナル・チームでプレーしてたろうに」

毎日《まいにち》たっぷり宿題《しゅくだい》がある上《うえ》、週《しゅう》三回《かい》のクィディッチの練習《れんしゅう》で忙《いそが》しくなった。そのせいか、気《き》がつくと、なんとホグワーツに来《き》てからもう二か月《げつ》もたっていた。今《いま》ではプリベット通《どお》りよりも城《しろ》のほうが自分《じぶん》の家《いえ》だという気《き》がしていた。授業《じゅぎょう》のほうも、基礎《きそ》がだいぶわかってきたのでおもしろくなってきた。

ハロウィーンの朝《あさ》、廊下《ろうか》に漂《ただよ》うパンプキンパイを焼《や》くおいしそうな匂《にお》いでみんな目《め》を覚《さ》ました。もっとうれしいことに、「妖精《ようせい》の呪文《じゅもん》」の授業《じゅぎょう》でフリットウィック先生《せんせい》が、そろそろ物《もの》を飛《と》ばす練習《れんしゅう》をしましょうと言《い》ったのだ。先生《せんせい》がネビルのヒキガエルをブンブン飛《と》び回《まわ》らせるのを見《み》てからというもの、みんなやってみたくてたまらなかった。先生《せんせい》は生徒《せいと》を二人《ふたり》ずつ組《く》ませて練習《れんしゅう》させた。ハリーはシェーマス・フィネガンと組《く》んだ——ネビルがハリーと組《く》みたくてじっとこっちを見《み》ていたので、これでホッとした。ロンは、なんと、ハーマイオニーと組《く》むことになった。二人《ふたり》ともこれにはカンカンだった。ハリーが箒《ほうき》を受《う》け取《と》って以来《いらい》、ハーマイオニーは一度《いちど》も二人《ふたり》と口《くち》をきいていなかった。

「さあ、今《いま》まで練習《れんしゅう》してきたしなやかな手首《てくび》の動《うご》かし方《かた》を思《おも》い出《だ》して」

いつものように積《つ》み重《かさ》ねた本《ほん》の上《うえ》に立《た》って、フリットウィック先生《せんせい》はキーキー声《ごえ》で言《い》った。

「ビューン、ヒョイ、ですよ。いいですか、ビューン、ヒョイ。呪文《じゅもん》を正確《せいかく》に、これもまた大切《たいせつ》ですよ。覚《おぼ》えてますね、あの魔法使《まほうつか》いバルッフィオは、『f《エフ》』でなく『s《エス》』の発音《はつおん》をしたため、気《き》がついたら、自分《じぶん》が床《ゆか》に寝転《ねころ》んでいて、バッファローが胸《むね》の上に乗《の》っかっていましたね」

これはとても難《むずか》しかった。ハリーもシェーマスもビューン、ヒョイ、とやったのに、空中高《くうちゅうたか》く浮《う》くはずの羽根《はね》は机《つくえ》の上《うえ》にはりついたままだ。シェーマスがかんしゃくを起《お》こして、杖《つえ》で羽根《はね》をこづいて火《ひ》をつけてしまったので、ハリーは帽子《ぼうし》で火《ひ》を消《け》すはめになった。隣《となり》のロンも、似《に》たり寄《よ》ったりのみじめさだった。

「**ウィンガディアム　レヴィオーサ！**」

長《なが》い腕《うで》を風車《ふうしゃ》のように振《ふ》り回《まわ》してロンが叫《さけ》んでいる。ハーマイオニーのとんがった声《こえ》が聞《き》こえる。

「言《い》い方《かた》がまちがってるわ。ウィン・ガー・ディアム　レヴィ・オー・サ。『ガー』と長《なが》ぁーくきれいに言《い》わなくちゃ」

「そんなによくごぞんじなら、君《きみ》がやってみろよ」とロンがどなっている。

ハーマイオニーはガウンのそでをまくり上《あ》げて杖《つえ》をビューンと振《ふ》り、呪文《じゅもん》を唱《とな》えた。

「ウィンガーディアム　レヴィオーサ！」

すると、羽根《はね》は机《つくえ》を離《はな》れ、頭上一・二《ずじょういってんに》メートルぐらいの所《ところ》に浮《う》いたではないか。

「オーッ、よくできました！」先生《せんせい》が拍手《はくしゅ》をして叫《さけ》んだ。「みなさん、見《み》てください。グレンジャーさんがやりました！」

授業《じゅぎょう》が終《お》わったとき、ロンは最悪《さいあく》に不機嫌《ふきげん》だった。

「だから、誰《だれ》だってあいつにはがまんできないって言《い》うんだ。まったく悪夢《あくむ》みたいなやつさ」

廊下《ろうか》の人《ひと》ごみを押《お》し分《わ》けながら、ロンがハリーに言《い》った。

誰《だれ》かがハリーにぶつかり、急《いそ》いで追《お》い越《こ》していった。ハーマイオニーだ。ハリーが顔《かお》をちらっと見《み》ると——驚《おどろ》いたことに、泣《な》いている。

「今《いま》の、聞《き》こえたみたい」とハリー。

「それがどうした？」

ロンも少《すこ》し気《き》にしていたが、「誰《だれ》も友達《ともだち》がいないってことは、とっくに気《き》がついているだろうさ」と言《い》った。

ハーマイオニーは次《つぎ》のクラスに出《で》て来《こ》なかったし、その日《ひ》の午後《ごご》は一度《いちど》も見《み》かけなかった。ハロウィーンのごちそうを食《た》べに大広間《おおひろま》に向《む》かう途中《とちゅう》、パーバティ・パチルがラベンダーに話《はな》しているのをハリーたちは小耳《こみみ》に挟《はさ》んだ。ハーマイオニーがトイレで泣《な》いていて、一人《ひとり》にしておいてくれと言《い》ったらしい。ロンはまた少《すこ》しバツの悪《わる》そうな顔《かお》をしたが、大広間《おおひろま》でハロウィーンの飾《かざ》りつけを見《み》た瞬間《しゅんかん》、ハーマイオニーのことなど二人《ふたり》の頭《あたま》から吹《ふ》き飛《と》んでしまった。

千匹《びき》ものコウモリが壁《かべ》や天井《てんじょう》で羽《はね》をばたつかせ、もう千匹《びき》が低《ひく》くたれこめた黒雲《くろくも》のようにテーブルのすぐ上《うえ》まで急降下《きゅうこうか》して、くり抜《ぬ》いたかぼちゃの中《なか》のろうそくの炎《ほのお》をちらつかせた。新学期《しんがっき》の始《はじ》まりのときと同《おな》じように、金色《きんいろ》の皿《さら》にのったごちそうが突然現《とつぜんあらわ》れた。

ハリーが皮《かわ》つきポテトを皿《さら》によそっていたちょうどその時《とき》、クィレル先生《せんせい》が息《いき》を切らせてかけ込んできた。ターバンはゆがみ、顔《かお》は恐怖《きょうふ》で引《ひ》きつっている。みんなが見《み》つめる中《なか》を、ダンブルドア校長《こうちょう》の席《せき》までたどり着《つ》いたクィレル先生《せんせい》は、テーブルに倒《たお》れこんで、あえぎあえぎ言《い》った。

「トロールが……地下室《ちかしつ》に……お知《し》らせしなくてはと思《おも》って」

クィレル先生《せんせい》はその場《ば》でばったりと気《き》を失《うしな》ってしまった。

大混乱《だいこんらん》になった。ダンブルドア先生《せんせい》が杖《つえ》の先《さき》から紫色《むらさきいろ》の爆竹《ばくちく》を何度《なんど》か爆発《ばくはつ》させて、やっと静《しず》かにさせた。

「監督生《かんとくせい》よ」

ダンブルドア先生《せんせい》の声《こえ》がとどろいた。

「すぐさま自分《じぶん》の寮《りょう》の生徒《せいと》を引率《いんそつ》して寮《りょう》に帰《かえ》るように」

パーシーは水《みず》を得《え》た魚《うお》だ。

「僕《ぼく》について来《き》て！　一年生《ねんせい》はみんな一緒《いっしょ》に固《かた》まって！　僕《ぼく》の言《い》うとおりにしていれば、トロールなど恐《おそ》るるに足《た》らず！　さあ、僕《ぼく》の後《うし》ろについて離《はな》れないで！　道《みち》をあけてくれ。一年生《ねんせい》を通《とお》してくれ！　道《みち》をあけて。僕《ぼく》は監督生《かんとくせい》です！」

「トロールなんて、いったいどうやって入《はい》ってきたんだろう」階段《かいだん》を上《あ》がりながらハリーはロンに聞《き》いた。

「僕《ぼく》に聞《き》いたって知《し》らないよ。トロールって、とってもバカなヤツらしいよ。もしかしたらハロウィーンの冗談《じょうだん》のつもりで、ピーブズが入《い》れたのかな」とロンが答《こた》えた。

みんながてんでんばらばらな方向《ほうこう》に急《いそ》いでいた。右往左往《うおうさおう》しているハッフルパフの一団《いちだん》をかき分《わ》けて進《すす》もうとしていたちょうどその時《とき》、ハリーが突然《とつぜん》ロンの腕《うで》をつかんだ。

「ちょっと待《ま》って……ハーマイオニーだ」

「あいつがどうかしたかい？」

「トロールのこと知《し》らないよ」

ロンが唇《くちびる》をかんだ。

「わかった。だけどパーシーに気《き》づかれないようにしなきゃ」

ヒョイとかがんで、二人《ふたり》は反対方向《はんたいほうこう》に行《い》くハッフルパフ寮生《りょうせい》に紛《まぎ》れ込《こ》み、誰《だれ》もいなくなったほうの廊下《ろうか》をすり抜《ぬ》け、女子用《じょしよう》トイレへと急《いそ》いだ。角《かど》を曲《ま》がったとたん、後《うし》ろから急《いそ》ぎ足《あし》でやってくる音《おと》が聞《き》こえた。

「パーシーだ！」

ロンがささやき、怪獣《かいじゅう》グリフィンの大《おお》きな石像《せきぞう》の後《うし》ろにハリーを引《ひ》っ張《ぱ》り込《こ》んだ。石像《せきぞう》の陰《かげ》から目《め》を凝《こ》らしてのぞくと、パーシーではなくスネイプだった。廊下《ろうか》を渡《わた》り、視界《しかい》から消《き》えていった。

「何《なに》してるんだろう。どうしてほかの先生《せんせい》と一緒《いっしょ》に地下室《ちかしつ》に行《い》かないんだろう」

ハリーがつぶやいた。

「知《し》るもんか」

だんだん消《き》えていくスネイプの足音《あしおと》を耳《みみ》で追《お》いながら、二人《ふたり》はできるだけ音《おと》を立《た》てないように身《み》をかがめて廊下《ろうか》を歩《ある》いていった。

「スネイプは四階《かい》のほうに向《む》かってるよ」と言《い》うハリーを、ロンが手《て》を挙《あ》げて制《せい》した。

「何《なに》か臭《にお》わないか？」

ハリーがクンクンと鼻《はな》を使《つか》うと、汚《よご》れた靴下《くつした》と、掃除《そうじ》をしたことがない公衆《こうしゅう》トイレの臭《にお》いを混《ま》ぜたような悪臭《あくしゅう》が鼻《はな》をついた。

次《つぎ》に音《おと》が聞《き》こえた……低《ひく》いブァーブァーといううなり声《こえ》、巨大《きょだい》な足《あし》を引《ひ》きずるように歩《ある》く音《おと》。ロンが指《ゆび》さした……廊下《ろうか》のむこう側《がわ》、左手《ひだりて》から何《なに》か大《おお》きな物《もの》がこっちに近《ちか》づいて来《く》る。二人《ふたり》が物《もの》影《かげ》に隠《かく》れて身《み》を縮《ちぢ》めていると、月明《つきあ》かりに照《て》らされた場所《ばしょ》にその大《おお》きな物《もの》がヌーッと姿《すがた》を現《あらわ》した。

恐《おそ》ろしい光景《こうけい》だった。背《せ》は四メートルもあり、墓石《はかいし》のような鈍《にぶ》い灰色《はいいろ》の肌《はだ》、大《おお》きな岩石《がんせき》のようなずんぐりした巨体《きょたい》に、ハゲた小《ちい》さな頭《あたま》がココナッツのようにちょこんとのっている。木《き》の幹《みき》ほど太《ふと》く短《みじか》い脚《あし》には、ゴツゴツした平《ひら》たい足《あし》がついている。体中がものすごい悪臭《あくしゅう》を放《はな》っていた。腕《うで》が異常《いじょう》に長《なが》いので、手《て》にした巨大《きょだい》な棍棒《こんぼう》は床《ゆか》を引《ひ》きずっている。

トロールはドアの前《まえ》で立《た》ち止《ど》まり、中《なか》をじっと見《み》た。長《なが》い耳《みみ》をぴくつかせ、中身《なかみ》のない頭《あたま》で考《かんが》えていたが、やがて前《まえ》かがみになってのろのろと中《なか》に入《はい》った。

「鍵穴《かぎあな》に鍵《かぎ》がついたままだ。あいつを閉《と》じ込《こ》められる」ハリーが声《こえ》を殺《ころ》して言《い》った。

「名案《めいあん》だ」ロンの声《こえ》はびくびくしている。

トロールが出《で》てきませんようにと祈《いの》りながら、二人《ふたり》は開《あ》けっぱなしのドアに向《む》かってじりじりと進《すす》んだ。のどがカラカラだった。最後《さいご》の一歩《いっぽ》は大《おお》きくジャンプして、ハリーは鍵《かぎ》をつかみドアをピシャリと閉《し》めて鍵《かぎ》をかけた。

「やった！」

勝利《しょうり》に意気揚々《いきようよう》、二人《ふたり》はもと来《き》た廊下《ろうか》を走《はし》ったが、曲《ま》がり角《かど》まで来《き》たとき、心臓《しんぞう》が止《と》まりそうな声《こえ》を聞《き》いた——かん高《だか》い、恐怖《きょうふ》で立《た》ちすくんだような悲鳴《ひめい》——今《いま》、鍵《かぎ》をかけたばかりの部屋《へや》の中《なか》からだ。

「しまった」ロンの顔《かお》は「血《ち》みどろ男爵《だんしゃく》」ぐらい真《ま》っ青《さお》だった。

「女子用《じょしよう》トイレだ！」ハリーも息《いき》をのんだ。

「ハーマイオニーだ！」二人《ふたり》が同時《どうじ》に叫《さけ》んだ。

これだけは絶対《ぜったい》やりたくなかったが、ほかに手段《しゅだん》があるだろうか？　回《まわ》れ右《みぎ》をして二人《ふたり》はドアへと全力疾走《ぜんりょくしっそう》した。気《き》が動転《どうてん》して鍵《かぎ》がうまく回《まわ》せない——開《あ》いた——ハリーがドアを開《あ》けた——二人《ふたり》は突入《とつにゅう》した。ハーマイオニー・グレンジャーは奥《おく》の壁《かべ》にはりついて縮《ちぢ》み上《あ》がっていた。今《いま》にも気《き》を失《うしな》わんばかりだ。トロールは洗面台《せんめんだい》を次々《つぎつぎ》となぎ倒《たお》しながら、ハーマイオニーに近《ちか》づいていく。

「こっちに引《ひ》きつけろ！」

ハリーは無我夢中《むがむちゅう》でロンにそう言《い》うと、蛇口《じゃぐち》を拾《ひろ》って力《ちから》いっぱい壁《かべ》に投《な》げつけた。トロールはハーマイオニーのほんの一メートル手前《てまえ》で立《た》ち止《ど》まった。そしてのろのろと向《む》きを変《か》え、にぶそうな目《め》をパチクリさせながら何《なん》の音《おと》だろうとこっちを見《み》た。いやしい小《ちい》さな目《め》がハリーをとらえた。一瞬迷《いっしゅんまよ》ったようだったが、今度《こんど》はハリーのほうに棍棒《こんぼう》を振《ふ》り上《あ》げて近《ちか》づいてきた。

「やーい、ウスノロ！」

ロンが反対側《はんたいがわ》から叫《さけ》んで、金属《きんぞく》パイプを投《な》げつけた。トロールはパイプが肩《かた》にあたっても何《なに》も感《かん》じないようだったが、それでも叫《さけ》び声《ごえ》は聞《き》こえたらしく、また立《た》ち止《ど》まった。醜《みにく》い鼻面《はなづら》を今度《こんど》はロンのほうに向《む》けたので、ハリーはその後《うし》ろに回《まわ》り込《こ》む余裕《よゆう》ができた。

「早《はや》く、走《はし》れ、**走《はし》るんだ！**」

ハリーはハーマイオニーに向《む》かって叫《さけ》びながらドアのほうに引《ひ》っぱろうとしたが、ハーマイオニーは動《うご》けなくなっていた。恐怖《きょうふ》で口《くち》を開《あ》け、壁《かべ》にぴったりとはりついたままだった。

トイレに反響《はんきょう》する叫《さけ》び声《ごえ》がトロールを逆上《ぎゃくじょう》させてしまったようだ。再《ふたた》びうなり声《ごえ》を上《あ》げて、一番近《いちばんちか》くにいた、もはや逃《に》げ場《ば》のないロンのほうに向《む》かって来《き》た。

その時《とき》ハリーは、勇敢《ゆうかん》とも、間抜《まぬ》けともいえるような行動《こうどう》に出《で》た。走《はし》っていって後《うし》ろからトロールに飛《と》びつき、腕《うで》をトロールの首《くび》ねっこに巻《ま》きつけた。トロールにとってハリーが首《くび》にぶら下《さ》がってることなど感《かん》じもしないが、さすがに長《なが》い棒切《ぼうき》れが鼻《はな》に突《つ》き刺《さ》されば気《き》にはなる。ハリーが飛《と》びついたとき、杖《つえ》は持《も》ったままだった——杖《つえ》がトロールの鼻《はな》の穴《あな》を突《つ》き上《あ》げた。

痛《いた》みにうなり声《ごえ》を上《あ》げながらトロールは棍棒《こんぼう》をめちゃめちゃに振《ふ》り回《まわ》したが、ハリーは渾身《こんしん》の力《ちから》でぴったりとしがみついていた。トロールはしがみついてるハリーを振《ふ》り払《はら》おうともがき、今《いま》にも棍棒《こんぼう》でハリーに強烈《きょうれつ》な一撃《いちげき》を食《く》らわしそうだった。

ハーマイオニーは恐《おそ》ろしさのあまり、へなへなと床《ゆか》に座《すわ》り込《こ》んでしまった。ロンは自分《じぶん》の杖《つえ》を取《と》り出《だ》した——自分《じぶん》でも何《なに》をしようとしているのかもわからないまま、ロンは最初《さいしょ》に頭《あたま》に浮《う》かんだ呪文《じゅもん》を唱《とな》えていた。

「ウィンガーディアム　レヴィオーサ！」

突然《とつぜん》、棍棒《こんぼう》がトロールの手《て》から飛《と》び出《だ》し、空中《くうちゅう》を高《たか》く高《たか》く上《あ》がって、ゆっくり一回転《いっかいてん》してからボクッといういやな音《おと》を立《た》てて持《も》ち主《ぬし》の頭《あたま》の上《うえ》に落《お》ちた。トロールはふらふらしたかと思《おも》うと、ドサッと音《おと》を立《た》ててその場《ば》にうつぶせに伸《の》びてしまった。倒《たお》れた衝撃《しょうげき》で、トイレ全体《ぜんたい》が揺《ゆ》れた。

ハリーが立《た》ち上《あ》がった。ブルブル震《ふる》え、息《いき》も絶《た》え絶《だ》えだ。ロンはまだ杖《つえ》を振《ふ》り上《あ》げたまま突《つ》っ立《た》って、自分《じぶん》のやってしまったことをぼうっと見《み》ていた。

ハーマイオニーがやっと口《くち》をきいた。

「これ……死《し》んだの？」

「いや、ノックアウトされただけだと思《おも》う」

ハリーはかがみ込《こ》んで、トロールの鼻《はな》から自分《じぶん》の杖《つえ》を引《ひ》っ張《ぱ》り出《だ》した。灰色《はいいろ》ののりの塊《かたまり》のような物《もの》がべっとりとついていた。

「ウエー、トロールの鼻《はな》くそだ」

ハリーはそれをトロールのズボンでふき取《と》った。

そのとき突然《とつぜん》バタンという音《おと》がして、バタバタと大《おお》きな足音《あしおと》が聞《き》こえ、三人《にん》は顔《かお》を上《あ》げた。どんなに大騒動《おおそうどう》だったか三人《にん》は気《き》づきもしなかったが、物《もの》が壊《こわ》れる音《おと》や、トロールのうなり声《ごえ》を階《かい》下《か》の誰《だれ》かが聞《き》きつけたにちがいない。まもなくマクゴナガル先生《せんせい》が飛《と》び込《こ》んできた。そのすぐあとにスネイプ、最後《さいご》はクィレルだった。

クィレルはトロールを一目《ひとめ》見《み》たとたん、ヒィヒィと弱々《よわよわ》しい声《こえ》を上《あ》げ、胸《むね》を押《お》さえてトイレに座《すわ》り込《こ》んでしまった。

スネイプはトロールをのぞき込《こ》んだ。マクゴナガル先生《せんせい》はハリーとロンを見《み》すえた。ハリーはこんなに怒《おこ》った先生《せんせい》の顔《かお》を初《はじ》めて見《み》た。唇《くちびる》が蒼白《そうはく》だ。グリフィンドールのために五十点《てん》もらえるかなというハリーの望《のぞ》みは、あっという間《ま》に消《き》え去《さ》った。

「一体全体《いったいぜんたい》、あなた方《がた》はどういうつもりなのですか」

マクゴナガル先生《せんせい》の声《こえ》は冷静《れいせい》だが怒《いか》りに満《み》ちていた。ハリーはロンを見《み》た。まだ杖《つえ》を振《ふ》り上《あ》げたままの格好《かっこう》で立《た》っている。

「殺《ころ》されなかっただけでも運《うん》がよかった。寮《りょう》にいるべきあなた方《がた》がどうしてここにいるのですか？」

スネイプはハリーに、すばやく鋭《するど》い視線《しせん》を投《な》げかけた。ハリーはうつむいた。ロンが杖《つえ》を下《お》ろせばいいのにと思《おも》った。

その時《とき》、暗《くら》がりから小《ちい》さな声《こえ》がした。

「マクゴナガル先生《せんせい》。聞《き》いてください――二人《ふたり》とも私《わたし》を探《さが》しに来《き》たんです」

「ミス・グレンジャー！」

ハーマイオニーはやっと立《た》ち上《あ》がった。

「私《わたし》がトロールを探《さが》しに来《き》たんです。私《わたし》……私一人《わたしひとり》でやっつけられると思《おも》いました――あの、本《ほん》で読《よ》んでトロールについてはいろんなことを知《し》っていたので」

ロンは杖《つえ》を取《と》り落《お》とした。ハーマイオニー・グレンジャーが、先生《せんせい》に真《ま》っ赤《か》なうそをついている？

「もし二人《ふたり》が私《わたし》を見《み》つけてくれなかったら、私《わたし》、今《いま》ごろ死《し》んでいました。ハリーは杖《つえ》をトロールの鼻《はな》に刺《さ》し込《こ》んでくれ、ロンはトロールの棍棒《こんぼう》でノックアウトしてくれました。二人《ふたり》とも誰《だれ》かを呼《よ》びに行《い》く時間《じかん》がなかったんです。二人《ふたり》が来《き》てくれた時《とき》は、私《わたし》、もう殺《ころ》される寸前《すんぜん》で……」

ハリーもロンも、そのとおりです、という顔《かお》を装《よそお》った。

「まあ、そういうことでしたら……」マクゴナガル先生《せんせい》は三人《にん》をじっと見《み》た。

「ミス・グレンジャー、なんと愚《おろ》かしいことを。たった一人《ひとり》で野生《やせい》のトロールを捕《つか》まえようなんて、そんなことをどうして考《かんが》えたのですか？」

ハーマイオニーはうなだれた。ハリーは言葉《ことば》も出《で》なかった。規則《きそく》を破《やぶ》るなんて、ハーマイオニーは絶対《ぜったい》そんなことをしない人間《にんげん》だ。その彼女《かのじょ》が規則《きそく》を破《やぶ》ったふりをしている。僕《ぼく》たちをかばうために。まるでスネイプが菓子《かし》をみんなに配《くば》りはじめたようなものだ。

「ミス・グレンジャー、グリフィンドールから五点減点《てんげんてん》です。あなたには失望《しつぼう》しました。けががないならグリフィンドール塔《とう》にもどりなさい。生徒《せいと》たちが、さっき中断《ちゅうだん》したパーティの続《つづ》きを寮《りょう》でやっています」

ハーマイオニーは帰《かえ》っていった。

マクゴナガル先生《せんせい》は今度《こんど》はハリーとロンのほうに向《む》き直《なお》った。

「先《さき》ほども言《い》いましたが、あなたたちは運《うん》がよかったのです。でも大人《おとな》の野生《やせい》トロールと対決《たいけつ》できる一年生《ねんせい》はそうざらにはいません。一人《ひとり》五点《てん》ずつあげましょう。ダンブルドア先生《せんせい》にご報告《ほうこく》しておきます。帰《かえ》ってよろしい」

急《いそ》いで部屋《へや》を出《で》て二つ上《うえ》の階《かい》に上《あ》がるまで、二人《ふたり》は何《なに》も話《はな》さなかった。何《なに》はともあれ、トロールのあの臭《にお》いから逃《のが》れられたのはうれしかった。

「二人《ふたり》で十点《てん》は少《すく》ないよな」

とロンがブツクサ言《い》った。

「二人《ふたり》で五点《てん》だろ。ハーマイオニーの五点《てん》を引《ひ》くと」とハリーが訂正《ていせい》した。

「ああやって彼女《かのじょ》が僕《ぼく》たちを助《たす》けてくれたのはたしかにありがたかったよ。だけど、僕《ぼく》たちがあいつを助《たす》けたのもたしかなんだぜ」

「僕《ぼく》たちが鍵《かぎ》をかけてヤツをハーマイオニーと一緒《いっしょ》に閉《と》じ込《こ》めたりしなかったら、助《たす》けはいらなかったかもしれないよ」ハリーはロンに正確《せいかく》な事実《じじつ》を思《おも》い出《だ》させた。

二人《ふたり》は太《ふと》った婦人《レディ》の肖像画《しょうぞうが》の前《まえ》に着《つ》いた。

「豚《ぶた》の鼻《はな》」の合言葉《あいことば》で二人《ふたり》は中《なか》に入《はい》っていった。

談話室《だんわしつ》は人《ひと》がいっぱいでガヤガヤしていた。誰《だれ》もが談話室《だんわしつ》に運《はこ》ばれてきた食《た》べ物《もの》を食《た》べている中《なか》で、ハーマイオニーだけが一人《ひとり》ポツンと扉《とびら》のそばに立《た》って二人《ふたり》を待《ま》っていた。互《たが》いに気《き》まずい一瞬《いっしゅん》が流《なが》れた。そして、三人《にん》とも顔《かお》を見《み》もせず、互《たが》いに「ありがとう」と言《い》ってから、急《いそ》いで食《た》べ物《もの》を取《と》りに行《い》った。

それ以来《いらい》、ハーマイオニー・グレンジャーは二人《ふたり》の友人《ゆうじん》になった。共通《きょうつう》の経験《けいけん》をすることで互《たが》いを好《す》きになる、そんな特別《とくべつ》な経験《けいけん》があるものだ。四メートルもあるトロールをノックアウトしたという経験《けいけん》は、まさしくそれだった。

第《だい》11章《しょう》　クィディッチ

十一月《がつ》に入《はい》ると、急《きゅう》に寒《さむ》くなった。学校《がっこう》を囲《かこ》む山々《やまやま》は灰色《はいいろ》に凍《こお》りつき、湖《みずうみ》は冷《つめ》たい鋼《はがね》のように張《は》りつめていた。校庭《こうてい》には毎朝霜《まいあさしも》が降《お》り、窓《まど》から見下《みお》ろすと、クィディッチ競技場《きょうぎじょう》のピッチで箒《ほうき》の霜取《しもと》りをするハグリッドの姿《すがた》が見《み》えた。丈長《たけなが》のモールスキン・コートにくるまり、ウサギの毛《け》の手袋《てぶくろ》をはめ、ビーバー皮《がわ》のどでかいブーツをはいていた。

クィディッチ・シーズンの到来《とうらい》だ。何週間《なんしゅうかん》もの練習《れんしゅう》が終《お》わり、土曜日《どようび》は、いよいよハリーの初試合《はつしあい》になる。グリフィンドール対《たい》スリザリンだ。グリフィンドールが勝《か》てば、寮対抗総合《りょうたいこうそうごう》の二位《い》に浮上《ふじょう》する。

寮《りょう》チームの秘密兵器《ひみつへいき》として、ハリーのことは、一応《いちおう》、「極秘《ごくひ》」というのがウッドの作戦《さくせん》だったので、ハリーが練習《れんしゅう》しているところを見《み》た者《もの》はいなかった。ところがハリーがシーカーだという「極秘《ごくひ》」はなぜかとっくにもれていた。きっとすばらしいプレーをするだろうね、と期待《きたい》されたり、みんながマットレスを持《も》ってハリーの下《した》を右往左往《うおうさおう》するだろうよ、とけなされたり――ハリーにとってはどっちもどっちで、ありがたくなかった。

ハーマイオニーと友達《ともだち》になれたのは、ハリーにとって幸運《こううん》だった。クィディッチの練習《れんしゅう》が追《お》い込《こ》みに入《はい》ってからのウッドのしごきの中《なか》で、ハーマイオニーがいなかったら、あれだけの宿題《しゅくだい》を全部《ぜんぶ》こなすのはとうてい無理《むり》だったろう。それに『クィディッチ今昔《いまむかし》』という本《ほん》も貸《か》してくれた。

これがまたおもしろい本《ほん》だった。

ハリーはこの本《ほん》でいろんなことを学《まな》んだ。たとえば、クィディッチには七百もの反則《はんそく》があり、その全部《ぜんぶ》が一四七三年《ねん》のワールドカップで起《お》きたとか、シーカーは普通《ふつう》、一番小《いちばんちい》さくて速《はや》い選手《せんしゅ》がなり、大《おお》きな事故《じこ》といえばシーカーに起《お》きやすいこと、試合中《しあいちゅう》の死亡事故《しぼうじこ》はまずないが、何人《なんにん》かの審判《しんぱん》が試合中《しあいちゅう》に消《き》えてしまい、数《すう》か月後《げつご》にサハラ砂漠《さばく》で見《み》つかったこと、などが書《か》かれている。

ハーマイオニーは、野生《やせい》トロールから助《たす》けてもらって以来《いらい》、規則《きそく》を破《やぶ》ることに少《すこ》しは寛大《かんだい》になり、おかげでずいぶんやさしくなっていた。ハリーのデビュー戦《せん》の前日《ぜんじつ》のこと、三人《にん》は休《やす》み時間《じかん》に凍《こお》りつくような中庭《なかにわ》に出《で》ていた。ハーマイオニーは魔法《まほう》でリンドウ色《いろ》の火《ひ》を出《だ》してくれた。ジャムの空《あ》き瓶《びん》に入《い》れて持《も》ち運《はこ》びできる火《ひ》だった。背中《せなか》を火《ひ》にあてて暖《あたた》まっていると、スネイプがやってきた。片足《かたあし》を引《ひ》きずっていることにハリーはすぐ気《き》づいた。火《ひ》は禁止《きんし》されているにちがいないと思《おも》い、スネイプから見《み》えないように三人《さんにん》はぴったりくっついた。だが不覚《ふかく》にも、さも悪《わる》さをしているような顔《かお》つきが、スネイプの目《め》にとまってしまった。スネイプが足《あし》を引《ひ》きずりながら近《ちか》づいて来《き》た。火《ひ》は見《み》つからなかったが、何《なに》か小言《こごと》を言《い》う口実《こうじつ》を探《さが》しているようだった。

「ポッター、そこに持《も》っているのは何《なに》かね？」

ハリーは『クィディッチ今昔《いまむかし》』を差《さ》し出《だ》した。

「図書館《としょかん》の本《ほん》は校外《こうがい》に持《も》ち出《だ》してはならん。よこしなさい。グリフィンドール五点減点《てんげんてん》」

スネイプが行《い》ってしまうと、「規則《きそく》をでっち上《あ》げたんだ」とハリーは怒《おこ》ってブツブツ言《い》った。

「だけど、あの足《あし》はどうしたんだろう？」

「知《し》るもんか、でも、ものすごく痛《いた》いといいよな」とロンも悔《くや》しがった。

その夜《よる》、グリフィンドールの談話室《だんわしつ》は騒々《そうぞう》しかった。ハリー、ロン、ハーマイオニーは一緒《いっしょ》に窓際《まどぎわ》に座《すわ》って、ハーマイオニーがハリーとロンの呪文《じゅもん》の宿題《しゅくだい》をチェックしていた。答《こた》えを丸写《まるうつ》しはさせてくれなかったが（「それじゃ覚《おぼ》えないでしょ？」）、宿題《しゅくだい》に目《め》を通《とお》してくれるよう頼《たの》めば、結局《けっきょく》は正《ただ》しい答《こた》えを教《おし》えてもらうことになった。

ハリーは落《お》ち着《つ》かなかった。『クィディッチ今昔《いまむかし》』を返《かえ》してもらい、試合《しあい》のことで高《たか》ぶる神経《しんけい》を本《ほん》を読《よ》んで紛《まぎ》らわしたかった。なんでスネイプをそんなに怖《こわ》がらなくちゃいけないんだ？

ハリーは立《た》ち上《あ》がり、本《ほん》を返《かえ》してもらってくる、と二人《ふたり》に宣言《せんげん》した。

「一人《ひとり》で大丈夫《だいじょうぶ》？」

あとの二人《ふたり》が口《くち》をそろえて言《い》った。ハリーには勝算《しょうさん》があった。ほかの先生《せんせい》がそばにいたら、スネイプも断《ことわ》れないだろう。

ハリーは職員室《しょくいんしつ》のドアをノックした。答《こた》えがない。もう一度《いちど》ノックする。反応《はんのう》がない。

スネイプが中《なか》に本《ほん》を置《お》きっぱなしにしているかもしれない？　のぞいてみる価値《かち》ありだ。ドアを少《すこ》し開《あ》けて中《なか》をうかがうと、とんでもない光景《こうけい》が目《め》に飛《と》び込《こ》んできた。

中《なか》にはスネイプとフィルチだけしかいない。スネイプはガウンをひざまでたくし上《あ》げている。片脚《かたあし》のすねがズタズタになって血《ち》だらけだ。フィルチがスネイプに包帯《ほうたい》を渡《わた》していた。

「いまいましいヤツだ。三つの頭《あたま》に同時《どうじ》に注意《ちゅうい》するなんてできるか？」

スネイプがそう言《い》うのが聞《き》こえた。

ハリーはそっとドアを閉《し》めようとした。だが……、

「**ポッター！**」

スネイプは怒《いか》りに顔《かお》をゆがめ、急《いそ》いでガウンを下《お》ろして脚《あし》を隠《かく》した。

「本《ほん》を返《かえ》してもらえたらと思《おも》って」

ハリーはゴクリとつばを飲《の》んだ。

「出《で》て行《い》け、失《う》せろ！」

スネイプがグリフィンドールを減点《げんてん》しないうちに、ハリーは寮《りょう》まで全速力《ぜんそくりょく》でかけ戻《もど》った。

「返《かえ》してもらった？　どうかしたのかい」

戻《もど》ってきたハリーにロンが声《こえ》をかけた。ハリーは今見《いまみ》てきたことをヒソヒソ声《ごえ》で二人《ふたり》に話《はな》した。

「わかるだろう、どういう意味《いみ》か」

ハリーは息《いき》もつかずに話《はな》した。

「ハロウィーンの日《ひ》、三頭犬《さんとうけん》の裏《うら》をかこうとしたんだ。僕《ぼく》たちが見《み》たのは、そこへ行《い》く途中《とちゅう》だったんだよ――あの犬《いぬ》が守《まも》っている物《もの》をねらってるんだ。トロールは絶対《ぜったい》あいつが入《い》れたんだ。みんなの注目《ちゅうもく》をそらすために……箒《ほうき》を賭《か》けてもいい」

「ちがう。そんなはずないわ」ハーマイオニーは目《め》を見開《みひら》いて言《い》った。「たしかに意地悪《いじわる》だけど、ダンブルドアが守《まも》っている物《もの》を盗《ぬす》もうとする人《ひと》ではないわ」

「おめでたいよ、君《きみ》は。先生《せんせい》はみんな聖人《せいじん》だと思《おも》っているんだろう」ロンは手厳《てきび》しく言《い》った。

「僕《ぼく》はハリーとおんなじ考《かんが》えだな。スネイプならやりかねないよ。だけど何《なに》をねらってるんだろう？　あの犬《いぬ》、何《なに》を守《まも》ってるんだろう？」

ハリーはベッドに入《はい》ってもロンと同《おな》じ疑問《ぎもん》が頭《あたま》の中《なか》でぐるぐる回《まわ》っていた。ネビルは大《おお》いびきをかいていたが、ハリーは眠《ねむ》れなかった。何《なに》も考《かんが》えないようにしよう――眠《ねむ》らなくちゃ、あと数《すう》時間《じかん》でクィディッチの初試合《はつしあい》なんだから――しかし、ハリーに脚《あし》を見《み》られたときのスネイプのあの表情《ひょうじょう》は、そう簡単《かんたん》に忘《わす》れられはしなかった。


夜《よ》が明《あ》けて、晴《は》れ渡《わた》った寒《さむ》い朝《あさ》が来《き》た。大広間《おおひろま》はこんがり焼《や》けたソーセージのおいしそうな匂《にお》いと、クィディッチの好試合《こうしあい》を期待《きたい》するうきうきしたざわめきで満《み》たされていた。

「朝食《ちょうしょく》、しっかり食《た》べないと」

「何《なに》も食《た》べたくないよ」

「トーストをちょっとだけでも」ハーマイオニーがやさしく言《い》った。

「お腹空《なかす》いてないんだよ」

あと一時間《じかん》もすれば競技場《きょうぎじょう》の中《なか》だと思《おも》うと、最悪《さいあく》の気分《きぶん》だった。

「ハリー、力《ちから》をつけておけよ。シーカーは真《ま》っ先《さき》に敵《てき》にねらわれるんだからな」

シェーマス・フィネガンが忠告《ちゅうこく》した。

「わざわざありがと」

シェーマスが自分《じぶん》の皿《さら》のソーセージにケチャップを山盛《やまも》りにしぼり出《だ》すのを眺《なが》めながらハリーが答《こた》えた。

十一時《じ》には学校中《がっこうじゅう》がクィディッチ競技場《きょうぎじょう》の観客席《かんきゃくせき》につめかけていた。双眼鏡《そうがんきょう》を持《も》っている生徒《せいと》もたくさんいる。観客席《かんきゃくせき》は空中高《くうちゅうたか》くに設《もう》けられていたが、それでも試合《しあい》の動《うご》きが見《み》にくいこともあった。

ロンとハーマイオニーは、ネビル、シェーマス、そしてウエストハム・ユナイテッドのファンのディーンたちと一緒《いっしょ》に最上段《さいじょうだん》に陣取《じんど》った。ハリーをびっくりさせてやろうと、スキャバーズがかじってボロボロにしたシーツで大《おお》きな旗《はた》を作《つく》り、「**ポッターを大統領《だいとうりょう》に**」と書《か》いて、その下《した》に絵《え》のうまいディーンがグリフィンドール寮《りょう》のシンボルのライオンを描《えが》いた。ハーマイオニーがちょっと複雑《ふくざつ》な魔法《まほう》をかけて、絵《え》がいろいろな色《いろ》に光《ひか》るようになっていた。

一方《いっぽう》、更衣室《こういしつ》では、選手《せんしゅ》たちがクィディッチ用《よう》の真紅《しんく》のローブに着替《きが》えていた（スリザリンは緑色《みどりいろ》のローブだ）。

ウッドが咳払《せきばら》いをして選手《せんしゅ》を静《しず》かにさせた。

「いいか、野郎ども」

「あら女性もいるのよ」

チェイサーのアンジェリーナ・ジョンソンがつけ加えた。

「そして女性諸君《じょせいしょくん》」ウッドが訂正《ていせい》する。「いよいよだ」

「大試合《おおじあい》だぞ」フレッド・ウィーズリーが声《こえ》を張《は》り上《あ》げた。

「待《ま》ち望《のぞ》んでいた試合《しあい》だ」ジョージ・ウィーズリーが続《つづ》けた。

「オリバーのスピーチなら空《そら》で言《い》えるよ。僕《ぼく》らは去年《きょねん》もチームにいたからね」

フレッドがハリーに話《はな》しかけた。

「だまれよ。そこの二人《ふたり》」とウッドがたしなめた。

「今年《ことし》は、ここ何年《なんねん》ぶりかの最高《さいこう》のグリフィンドール・チームだ。この試合《しあい》はまちがいなくいただきだ」

そしてウッドは「負《ま》けたら承知《しょうち》しないぞ」とでも言《い》うように全員《ぜんいん》をにらみつけた。

「よーし。さあ時間《じかん》だ。全員《ぜんいん》、がんばれよ」

ハリーはフレッドとジョージのあとについて更衣室《こういしつ》を出《で》た。膝《ひざ》が震《ふる》えませんようにと祈《いの》りながら、大歓声《だいかんせい》に迎《むか》えられてピッチに出《で》た。

マダム・フーチが審判《しんぱん》だ。ピッチの真ん中《まなか》に立《た》ち、箒《ほうき》を手《て》に両《りょう》チームを待《ま》っていた。

「さあ、みなさん、正々堂々戦《せいせいどうどうたたか》いましょう」

全選手《ぜんせんしゅ》が周《まわ》りに集《あつ》まるのを待《ま》って先生《せんせい》が言《い》った。どうもスリザリンのキャプテン、五年生《ねんせい》のマーカス・フリントに向《む》かって言《い》っているらしいことに、ハリーは気《き》づいた。フリントって、トロールの血《ち》が流《なが》れているみたいだ、とハリーは思《おも》った。ふと旗《はた》が目《め》に入《はい》った。「**ポッターを大統領《だいとうりょう》に**」と点滅《てんめつ》しながら、大観衆《だいかんしゅう》の頭上《ずじょう》に高々《たかだか》とはためいている。ハリーは心《こころ》が踊《おど》り、勇気《ゆうき》がわいてきた。

「箒《ほうき》に乗《の》って、よーい」

ハリーはニンバス2000にまたがった。

フーチ審判《しんぱん》の銀《ぎん》のホイッスルが高《たか》らかに鳴《な》った。

十五本《ほん》の箒《ほうき》が空《そら》へ舞《ま》い上《あ》がる。高《たか》く、さらに高《たか》く。試合開始《しあいかいし》だ。

「さて、クアッフルはたちまちグリフィンドールのアンジェリーナ・ジョンソンが取《と》りました――なんてすばらしいチェイサーでしょう。その上《うえ》かなり魅力的《みりょくてき》であります」

「**ジョーダン！**」

「失礼《しつれい》しました、先生《せんせい》」

双子《ふたご》のウィーズリーの仲間《なかま》、リー・ジョーダンが、マクゴナガル先生《せんせい》の厳《きび》しい監視《かんし》を受《う》けながら実況放送《じっきょうほうそう》している。

「ジョンソン選手《せんしゅ》、突《つ》っ走《ぱし》っております。アリシア・スピネットにきれいなパス。オリバー・ウッドはよい選手《せんしゅ》を見《み》つけたものです。去年《きょねん》はまだ補欠《ほけつ》でした——ジョンソンにクアッフルが返《かえ》る、そして——あ、ダメです。スリザリンがクアッフルを奪《うば》いました。キャプテンのマーカス・フリントが取《と》って飛《と》ぶ——鷲《わし》のように舞《ま》い上《あ》がっております——ゴールを決《き》めるか——いや、グリフィンドールのキーパー、ウッドがすばらしい動《うご》きで防《ふせ》ぎました。クアッフルは再《ふたた》びグリフィンドールへ——あ、あれはグリフィンドールのチェイサー、ケイティ・ベルです。フリントの周《まわ》りですばらしい急降下《きゅうこうか》です。ゴールに向《む》かって飛《と》びます——**あいたっ！**——これは痛《いた》かった。ブラッジャーが後頭部《こうとうぶ》にぶつかりました——クアッフルはスリザリンに取《と》られました——今度《こんど》はエイドリアン・ピュシーがゴールに向《む》かってダッシュしています。しかし、これは別《べつ》のブラッジャーにはばまれました——フレッドなのかジョージなのか見分《みわ》けはつきませんが、ウィーズリーのどちらかがねらい撃《う》ちをかけました——どっちにしてもグリフィンドールのビーター、ファインプレーですね。そしてクアッフルは再《ふたた》びジョンソンの手《て》に。前方《ぜんぽう》には誰《だれ》もいません。さあ飛《と》びだしました——ジョンソン選手《せんしゅ》、飛《と》びます——ブラッジャーがものすごいスピードで襲《おそ》うのをかわします――ゴールは目《め》の前《まえ》だ――がんばれ、今《いま》だ、アンジェリーナ――キーパーのブレッチリーが飛《と》びつく――あ、ミスした――**グリフィンドール、先取点《せんしゅてん》！**」

グリフィンドールの大歓声《だいかんせい》が寒空《さむぞら》いっぱいに広《ひろ》がった。スリザリン側《がわ》からヤジとため息《いき》が上《あ》がった。

「ちょいと詰《つ》めてくれや」

「ハグリッド！」

ロンとハーマイオニーはギュッと詰《つ》めて、ハグリッドが一緒《いっしょ》に座《すわ》れるよう広《ひろ》く場所《ばしょ》を空《あ》けた。

「俺《おれ》も小屋《こや》から見《み》ておったんだが……」

首《くび》からぶら下《さ》げた大《おお》きな双眼鏡《そうがんきょう》をポンポンたたきながらハグリッドが言《い》った。

「やっぱり、観客《かんきゃく》の中《なか》で見《み》るのとはまたちがうのでな。スニッチはまだ現《あらわ》れんか、え？」

「まだだよ。今《いま》のところハリーはあんまりすることがないよ」ロンが答《こた》えた。

「トラブルに巻《ま》き込《こ》まれんようにしておるんだろうが。それだけでもええ」

ハグリッドは双眼鏡《そうがんきょう》を上《うえ》に向《む》けて豆粒《まめつぶ》のような点《てん》をじっと見《み》た。それがハリーだった。

はるか上空《じょうくう》で、ハリーはスニッチを探《さが》して目《め》を凝《こ》らしながら、試合《しあい》を下《した》に見《み》てスイスイ飛《と》び回《まわ》っていた。これがハリーとウッドの立《た》てた作戦《さくせん》だった。

「スニッチが目《め》に入《はい》るまでは、みんなから離《はな》れてるんだ。あとでどうしたって攻撃《こうげき》される。それまでは攻撃《こうげき》されるな」

とウッドから言《い》われていた。

アンジェリーナが点《てん》を入《い》れたとき、ハリーは二、三回宙返《かいちゅうがえ》りをしてうれしさを発散《はっさん》させたが、今《いま》はまたスニッチ探《さが》しに戻《もど》っている。一度《いちど》パッと金色《きんいろ》に光《ひか》るものが見《み》えたが、ウィーズリーの腕時計《うでどけい》が反射《はんしゃ》しただけだった。また一度《いちど》はブラッジャーがまるで大砲《たいほう》の弾《たま》のような勢《いきお》いで襲《おそ》ってきたが、ハリーはひらりとかわし、そのあとでフレッド・ウィーズリーが球《たま》を追《お》いかけてやってきた。

「ハリー、大丈夫《だいじょうぶ》か？」

そう叫《さけ》ぶなりフレッドは、ブラッジャーをマーカス・フリントめがけて勢《いきお》いよくたたきつけた。

リー・ジョーダンの実況放送《じっきょうほうそう》は続《つづ》く。

「さて今度《こんど》はスリザリンの攻撃《こうげき》です。チェイサーのピュシーはブラッジャーを二つかわし、双子《ふたご》のウィーズリーをかわし、チェイサーのベルをかわして、ものすごい勢《いきお》いでゴ……ちょっと待《ま》ってください——あれはスニッチか？」

エイドリアン・ピュシーは、左耳《ひだりみみ》をかすめた金色《きんいろ》の閃光《せんこう》を振《ふ》り返《かえ》るのに気《き》を取《と》られて、クアッフルを落《お》としてしまった。観客席《かんきゃくせき》がザワザワとなった。

ハリーはスニッチを見《み》た。興奮《こうふん》の波《なみ》が一挙《いっきょ》に押《お》し寄《よ》せてくる。ハリーは金色《きんいろ》の光線《こうせん》を追《お》って急《きゅう》降下《こうか》した。スリザリンのシーカー、テレンス・ヒッグズも見《み》つけた。スニッチを追《お》って二人《ふたり》は追《お》いつ追《お》われつの大接戦《だいせっせん》だ。チェイサーたちも自分《じぶん》の役目《やくめ》を忘《わす》れてしまったように、宙《ちゅう》に浮《う》いたまま眺《なが》めている。

ハリーのほうがヒッグズより速《はや》かった――小《ちい》さなボールが羽《はね》をパタパタさせて目《め》の前《まえ》を矢《や》のように飛《と》んでいくのがはっきり見《み》えた――ハリーは一段《いちだん》とスパートをかけた。

グワーン!

グリフィンドール席《せき》から怒《いか》りの声《こえ》が湧《わ》き上《あ》がった。マーカス・フリントがわざとハリーの邪魔《じゃま》をしたのだ。ハリーの箒《ほうき》ははじき飛《と》ばれてコースを外《はず》れ、ハリーはかろうじて箒《ほうき》にしがみついていた。

「反則《はんそく》だ!」とグリフィンドール寮生《りょうせい》が口々《くちぐち》に叫《さけ》んだ。フーチ先生《せんせい》はフリントに厳重《げんじゅう》注意《ちゅうい》を与《あた》え、グリフィンドールにゴール・ポストに向《む》けてのペナルティ・スローを与《あた》えた。ごたごたしているうちに、スニッチはまた見《み》えなくなってしまった。

下《した》の観客席《かんきゃくせき》ではディーン・トーマスが大声《おおごえ》で叫《さけ》んでいる。

「退場させろ。　審判！　レッドカードだ！」

「サッカーじゃないんだよ、ディーン」ロンがなだめた。「クィディッチに退場《たいじょう》はないんだ。ところで、レッドカードって何《なに》？」

ハグリッドはディーンに味方《みかた》した。

「ルールを変《か》えるべきだわい。フリントはもうちっとでハリーを地上《ちじょう》に突《つ》き落《お》とすとこだった」

リー・ジョーダンの中継《ちゅうけい》も中立《ちゅうりつ》を保《たも》つのが難《むずか》しくなった。

「えー、誰《だれ》が見《み》てもはっきりと、胸《むな》くその悪《わる》くなるようなインチキのあと……」

「ジョーダン！」

マクゴナガル先生《せんせい》がすごみをきかせた。

「えーと、おおっぴらで不快《ふかい》なファウルのあと……」

「ジョーダン、いいかげんにしないと――」

「はい、はい、了解《りょうかい》。フリントはグリフィンドールのシーカーを殺《ころ》しそうになりました。誰《だれ》にでもあり得《え》るようなミスですね、きっと。そこでグリフィンドールのペナルティ・スローです。スピネットが投《な》げました。決《き》まりました。さあ、ゲーム続行《ぞっこう》。クアッフルはグリフィンドールが持《も》ったままです」

二度目《にどめ》のブラッジャーをハリーがかわし、球《たま》が獰猛《どうもう》に回転《かいてん》しながらハリーの頭上《ずじょう》をすれすれに通《とお》り過《す》ぎたちょうどその時《とき》……箒《ほうき》が急《きゅう》にひやりとするような揺《ゆ》れ方《かた》をした。一瞬《いっしゅん》、落《お》ちると思《おも》った。ハリーは両手《りょうて》とひざで箒《ほうき》をしっかり押《お》さえた。こんなのは初《はじ》めてだ。

また来《き》た。箒《ほうき》がハリーを振《ふ》り落《お》とそうとしているみたいだ。しかし、ニンバス2000が急《きゅう》に乗《の》り手《て》を振《ふ》り落《お》とそうとしたりするわけがない。ハリーは向《む》きを変《か》えてグリフィンドールのゴール・ポストのほうに行《い》こうとした。ウッドにタイムを取《と》ってもらおうか、どうしようか、ハリーは決《き》めかねていた。ところが気《き》がつくと箒《ほうき》はまったく言《い》うことを聞《き》かなくなっていた。方向転換《ほうこうてんかん》ができない。まったく方向《ほうこう》が指示《しじ》できないのだ。空中《くうちゅう》をジグザグに飛《と》び、時々《ときどき》シューッと激《はげ》しく揺《ゆ》れ動《うご》いて、ハリーはあわや振《ふ》り落《お》とされるところだった。

リーは実況放送《じっきょうほうそう》を続《つづ》けている。

「スリザリンの攻撃《こうげき》です――クアッフルはフリントが持《も》っています――スピネットが抜《ぬ》かれた――ベルが抜《ぬ》かれた――あ、ブラッジャーがフリントの顔《かお》にぶつかりました。鼻《はな》をへし折《お》るといいんですが――ほんの冗談《じょうだん》です、先生《せんせい》――スリザリン得点《とくてん》です――あーあ……」

スリザリンは大歓声《だいかんせい》だった。ハリーの箒《ほうき》が変《へん》な動《うご》きをしていることには誰《だれ》も気《き》づかないようだ。

ハリーを乗《の》せたまま、ぐいっと動《うご》いたり、ぴくぴくっと動《うご》いたりしながら、上《うえ》へ、上《うえ》へ、ゆっくりとハリーを試合《しあい》から引《ひ》き離《はな》していった。

「いったいハリーは何《なに》をしとるんだ」

双眼鏡《そうがんきょう》でハリーを見《み》ていたハグリッドがブツブツ言《い》った。

「あれがハリーじゃなけりゃ、箒《ほうき》のコントロールを失《うしな》ったんじゃないかと思《おも》うわな……しかしハリーにかぎってそんなこたぁ……」

突然《とつぜん》、観客《かんきゃく》があちこちでいっせいにハリーのほうを指《ゆび》さした。箒《ほうき》がぐるぐる回《まわ》りはじめたのだ。ハリーはかろうじてしがみついている。次《つぎ》の瞬間《しゅんかん》、全員《ぜんいん》が息《いき》をのんだ。箒《ほうき》が荒々《あらあら》しく揺《ゆ》れ、ハリーを振《ふ》り飛《と》ばしそうだ。今《いま》やハリーは片手《かたて》だけで箒《ほうき》の柄《え》にぶら下《さ》がっている。

「フリントがぶつかったとき、どうかしちゃったのかな？」

シェーマスがつぶやいた。

「そんなこたぁねえ。強力《きょうりょく》な闇《やみ》の魔術《まじゅつ》以外《いがい》、箒《ほうき》に悪《わる》さはできん。チビどもなんぞ、ニンバス２０００にはそんな手出《てだ》しはできん」

ハグリッドの声《こえ》はブルブル震《ふる》えていた。

その言葉《ことば》を聞《き》くやハーマイオニーはハグリッドの双眼鏡《そうがんきょう》をひったくり、ハリーのほうではなく、観客席《かんきゃくせき》のほうを必死《ひっし》になって見回《みまわ》した。

「何《なに》してるんだよ」真《ま》っ青《さお》な顔《かお》でロンがうめいた。

「思《おも》ったとおりだわ」ハーマイオニーは息《いき》をのんだ。

「スネイプよ……見《み》てごらんなさい」

ロンが双眼鏡《そうがんきょう》をもぎ取《と》った。むかい側《がわ》の観客席《かんきゃくせき》の真《ま》ん中《なか》にスネイプが立《た》っていた。ハリーから目《め》を離《はな》さず絶《た》え間《ま》なくブツブツつぶやいている。

「何《なに》かしてる――箒《ほうき》に呪《のろ》いをかけてるんだわ」ハーマイオニーが言《い》った。

「僕《ぼく》たち、どうすりゃいいんだ？」

「私《わたし》に任《まか》せて」

ロンが次《つぎ》の言葉《ことば》を言《い》う前《まえ》に、ハーマイオニーの姿《すがた》は消《き》えていた。ロンは双眼鏡《そうがんきょう》をハリーに向《む》けた。箒《ほうき》は激《はげ》しく震《ふる》え、ハリーもこれ以上《いじょう》つかまっていられないようだった。観客《かんきゃく》は総立《そうだ》ちだ。恐《きょう》怖《ふ》で顔《かお》を引きつらせて見《み》上げている。双子《ふたご》のウィーズリーがハリーに近《ちか》づいていった。自分《じぶん》たちの箒《ほうき》に乗《の》り移《うつ》らせようとしたが、だめだ。近《ちか》づくたび、ハリーの箒《ほうき》はさらに高《たか》く飛《と》び上《あ》がってしまう。双子《ふたご》はハリーの下《した》で輪《わ》を描《えが》くように飛《と》びはじめた。落《お》ちてきたら下《した》でキャッチするつもりらしい。マーカス・フリントはクアッフルを奪《うば》い、誰《だれ》にも気《き》づかれず、五回《かい》も点《てん》を入《い》れた。

「早《はや》くしてくれ、ハーマイオニー」ロンは絶望的《ぜつぼうてき》な声《こえ》をもらした。

ハーマイオニーは観衆《かんしゅう》をかき分《わ》け、スネイプが立《た》っているスタンドにたどり着き、スネイプの一つ後《うし》ろの列《れつ》を疾走《しっそう》していた。途中《とちゅう》でクィレルとぶつかってなぎ倒《たお》し、クィレルは頭《あたま》からつんのめるように前《まえ》の列《れつ》に落《お》ちたが、ハーマイオニーは、立《た》ち止《ど》まりも謝《あやま》りもしなかった。スネイプの背後《はいご》に回《まわ》ったハーマイオニーはそっとうずくまり、杖《つえ》を取《と》り出《だ》し、二言三言《ふたことみこと》しっかり言葉《ことば》を選《えら》んでつぶやいた。杖《つえ》からリンドウ色《いろ》の炎《ほのお》が飛《と》び出《だ》し、スネイプのマントのすそに燃《も》え移《うつ》った。三十秒《びょう》もすると、スネイプは自分《じぶん》に火《ひ》がついているのに気《き》づいた。鋭《するど》い叫《さけ》び声《ごえ》が上《あ》がったので、ハーマイオニーはこれでもう大丈夫《だいじょうぶ》だと火《ひ》をすくい取《と》り、小《ち》さな空《あ》き瓶《びん》に納《おさ》めてポケットに入《い》れると、人《ひと》ごみに紛《まぎ》れ込《こ》んだ——スネイプは何《なに》が起《お》こったのかわからずじまいだろう。

それで充分《じゅうぶん》だった。空中《くうちゅう》のハリーは再《ふたた》び箒《ほうき》にまたがれるようになっていた。

「ネビル、もう見《み》ても怖《こわ》くないよ！」

ロンが呼《よ》びかけた。ネビルはこの五分間《ふんかん》、ハグリッドのジャケットに顔《かお》をうずめて泣《な》きっぱなしだった。

ハリーは急降下《きゅうこうか》していた。観衆《かんしゅう》が見《み》たのは、ハリーが手《て》で口《くち》をパチンと押《お》さえるところだった。まるで吐《は》こうとしているようだ——四つんばいになって着地《ちゃくち》した——コホン——何《なに》か金色《きんいろ》の物《もの》がハリーの手《て》の平《ひら》に落《お》ちた。

「スニッチを取《と》ったぞ！」

頭上高《ずじょうたか》くスニッチを振《ふ》りかざし、ハリーが叫《さけ》んだ。大混乱《だいこんらん》の中《なか》で試合《しあい》は終《お》わった。

「あいつは取《と》ったんじゃない。飲《の》み込《こ》んだんだ」

二十分《ぷん》たってもフリントはまだわめいていたが、結果《けっか》は変《か》わらなかった。ハリーはルールを破《やぶ》ってはいない。リー・ジョーダンは大喜《おおよろこ》びで、まだ試合結果《しあいけっか》を叫《さけ》び続《つづ》けていた。

「グリフィンドール、百七十対《たい》六十で勝《か》ちました！」


一方《いっぽう》、ハリーは、試合《しあい》のあとも続《つづ》いた騒《さわ》ぎの渦中《かちゅう》にはいなかった。ロン、ハーマイオニーと一緒《いっしょ》にハグリッドの小屋《こや》で、濃《こ》い紅茶《こうちゃ》をいれてもらっていたのだ。

「スネイプだったんだよ」とロンが説明《せつめい》した。

「ハーマイオニーも僕《ぼく》も見《み》たんだ。君《きみ》の箒《ほうき》にブツブツ呪《のろ》いをかけていた。ずっと君《きみ》から目《め》を離《はな》さずにね」

「バカな」

ハグリッドは自分《じぶん》のすぐそばの観客席《かんきゃくせき》でのやりとりを、試合中一言《しあいちゅうひとこと》も聞《き》いていなかったのだ。

「なんでスネイプがそんなことをする必要《ひつよう》があるんだ？」

三人《にん》は互《たが》いに顔《かお》を見合《みあ》わせ、どう言《い》おうかと迷《まよ》っていたが、ハリーは本当《ほんとう》のことを言《い》おうと決《き》めた。

「僕《ぼく》、スネイプについて知《し》ってることがあるんだ。あいつ、ハロウィーンの日《ひ》、三頭犬《さんとうけん》の裏《うら》をかこうとしてかまれたんだよ。何《なに》か知《し》らないけど、あの犬《いぬ》が守《まも》ってる物《もの》をスネイプが盗《と》ろうとしたんじゃないかと思《おも》うんだ」

ハグリッドはティーポットを落《お》とした。

「なんでフラッフィーを知《し》ってるんだ？」

「フラッフィー？」

「そう、あいつの名前《なまえ》だ――去年《きょねん》パブで会《あ》ったギリシャ人《じん》のやつから買《か》ったんだ――俺《おれ》がダンブルドアに貸《か》した。守《まも》るため……」

「何《なに》を？」ハリーが身《み》を乗《の》り出《だ》した。

「もう、これ以上聞《いじょうき》かんでくれ。重大秘密《じゅうだいひみつ》なんだ、これは」

ハグリッドがぶっきらぼうに言《い》った。

「だけど、スネイプが盗《ぬす》もうとしたんだよ」

ハグリッドはまた「バカな」をくり返《かえ》した。

「スネイプはホグワーツの教師《きょうし》だ。そんなことするわけなかろうが」

「ならどうしてハリーを殺《ころ》そうとしたの？」ハーマイオニーが叫《さけ》んだ。

午後《ごご》の出来事《できごと》が、スネイプに対《たい》するハーマイオニーの考《かんが》えを変《か》えさせたようだ。

「ハグリッド。私《わたし》、呪《のろ》いをかけてるかどうか、一目《ひとめ》でわかるわ。たくさん本《ほん》を読《よ》んだんだから！　じーっと目《め》をそらさずに見続《みつづ》けるの。スネイプは瞬《まばた》き一つしなかったわ。この目《め》で見《み》たんだから！」

「おまえさんはまちがっとる！　俺《おれ》が断言《だんげん》する」

ハグリッドもゆずらない。

「ハリーの箒《ほうき》が何《なん》であんな動《うご》きをしたんか、俺《おれ》にはわからん。だがスネイプは生徒《せいと》を殺《ころ》そうとしたりはせん。三人《にん》ともよく聞《き》け。おまえさんたちは関係《かんけい》のないことに首《くび》を突《つ》っ込《こ》んどる。危険《きけん》だ。あの犬《いぬ》のことも、犬《いぬ》が守《まも》ってる物《もの》のことも忘《わす》れるんだ。あれはダンブルドア先生《せんせい》とニコラス・フラメルの……」

「あっ！」ハリーは聞《き》き逃《のが》さなかった。「ニコラス・フラメルっていう人《ひと》が関係《かんけい》してるんだね？」

ハグリッドは口《くち》がすべった自分自身《じぶんじしん》に強烈《きょうれつ》に腹《はら》を立《た》てているようだった。

第《だい》12章《しょう》　みぞの鏡《かがみ》

もうすぐクリスマス。十二月《がつ》も半《なか》ばのある朝《あさ》、目覚《めざ》めればホグワーツは深《ふか》い雪《ゆき》におおわれ、湖《みずうみ》はカチカチに凍《こお》りついていた。魔法《まほう》をかけた雪玉《ゆきだま》を数個《すうこ》クィレルにつきまとわせ、ターバンの後《うし》ろでポンポンはね返《かえ》るようにしたという理由《りゆう》で、双子《ふたご》のウィーズリーが罰《ばつ》を受《う》けた。猛吹雪《もうふぶき》をくぐってやっと郵便《ゆうびん》を届《とど》けた数少《かずすく》ないふくろうは、元気《げんき》を回復《かいふく》して飛《と》べるようになるまで、ハグリッドの世話《せわ》を受《う》けていた。

みんなクリスマス休暇《きゅうか》が待《ま》ち遠《どお》しかった。グリフィンドールの談話室《だんわしつ》や大広間《おおひろま》にはごうごうと火《ひ》が燃《も》えていたが、廊下《ろうか》はすき間風《まかぜ》で氷《こおり》のように冷《つめ》たく、身《み》を切《き》るような風《かぜ》が教室《きょうしつ》の窓《まど》をガタガタいわせた。最悪《さいあく》なのはスネイプ教授《きょうじゅ》の地下牢《ちかろう》教室《きょうしつ》だった。吐《は》く息《いき》が白《しろ》い霧《きり》のように立《た》ち昇《のぼ》り、生徒《せいと》たちはできるだけ熱《あつ》い釜《かま》に近《ちか》づいて暖《だん》を取《と》った。

「かわいそうに」

魔法薬《まほうやく》の授業《じゅぎょう》のとき、ドラコ・マルフォイが言《い》った。

「家《いえ》に帰《かえ》ってくるなと言《い》われて、クリスマスなのにホグワーツに居残《いのこ》るやつがいるんだね」

そう言《い》いながらハリーの様子《ようす》をうかがっている。クラッブとゴイルがクスクス笑《わら》った。カサゴの脊椎《せきつい》の粉末《ふんまつ》を計《はか》っていたハリーは、三人《にん》を無視《むし》した。クィディッチの試合以来《しあいいらい》、マルフォイはますますいやなやつになっていた。スリザリンが負《ま》けたことを根《ね》に持《も》って、ハリーを笑《わら》い者《もの》にしようと、「次《つぎ》の試合《しあい》には大《おお》きな口《くち》の『木登《きのぼ》り蛙《がえる》』がシーカーになるぞ」とはやしたてた。

誰《だれ》も笑《わら》わなかった。乗《の》り手《て》を振《ふ》り落《お》とそうとした箒《ほうき》に見事《みごと》にしがみついていたハリーに、みんなとても感心《かんしん》していたからだ。妬《ねた》ましいやら、腹立《はらだ》たしいやらで、マルフォイは、また古《ふる》い手《て》に切《き》り替《か》え、ハリーにちゃんとした家族《かぞく》がないことをあざけった。

クリスマスにプリベット通《どお》りに帰《かえ》るつもりはなかった。先週《せんしゅう》、マクゴナガル先生《せんせい》が、クリスマスに寮《りょう》に残《のこ》る生徒《せいと》のリストを回《まわ》したとき、ハリーはすぐに名前《なまえ》を書《か》いた。自分《じぶん》が哀《あわ》れだとは全然《ぜんぜん》考《かんが》えなかったし、むしろ今《いま》までで最高《さいこう》のクリスマスになるだろうと期待《きたい》していた。ロンもウィーズリー三兄弟《さんきょうだい》も、両親《りょうしん》がチャーリーに会《あ》いにルーマニアに行《い》くので学校《がっこう》に残《のこ》ることになっていた。

魔法薬《まほうやく》のクラスを終《お》えて地下牢《ちかろう》を出《で》ると、行《ゆ》く手《て》の廊下《ろうか》を大《おお》きな樅《もみ》の木《き》がふさいでいた。木《き》の下《した》から二本《ほん》の巨大《きょだい》な足《あし》が突《つ》き出《だ》し、フウフウと大《おお》きな息《いき》づかいが聞《き》こえたのでハグリッドが木《き》をかついでいることがすぐにわかった。

「やぁ、ハグリッド、手伝《てつだ》おうか」

とロンが枝《えだ》の間《あいだ》から頭《あたま》を突《つ》き出《だ》して尋《たず》ねた。

「いんや、大丈夫《だいじょうぶ》。ありがとうよ、ロン」

「すみませんが、そこ、どいてもらえませんか」

後《うし》ろからマルフォイの気取《きど》った冷《つめ》たい声《こえ》が聞《き》こえた。

「ウィーズリー、お小遣《こづか》い稼《かせ》ぎですかね？　君《きみ》もホグワーツを出《で》たら森《もり》の番人《ばんにん》になりたいんだろう――ハグリッドの小屋《こや》だって君《きみ》たちの家《いえ》に比《くら》べたら宮殿《きゅうでん》みたいなんだろうねぇ」

ロンがマルフォイに飛《と》びかかった瞬間《しゅんかん》、スネイプが階段《かいだん》を上《あ》がってきた。

「**ウィーズリー！**」

ロンはマルフォイの胸《むな》ぐらをつかんでいた手《て》を離《はな》した。

「スネイプ先生《せんせい》、けんかを売《う》られたんですよ」

ハグリッドがひげもじゃの大《おお》きな顔《かお》を木《き》の間《あいだ》から突《つ》き出《だ》してかばった。

「マルフォイがロンの家族《かぞく》を侮辱《ぶじょく》したんでね」

「そうだとしても、けんかはホグワーツの校則違反《こうそくいはん》だろう、ハグリッド。ウィーズリー、グリフィンドールは五点減点《てんげんてん》。これだけですんでありがたいと思《おも》うことだ。さあ諸君《しょくん》、さっさと行《い》きたまえ」スネイプがよどみなく言《い》い放《はな》った。

マルフォイ、クラッブ、ゴイルの三人《にん》はニヤニヤしながら乱暴《らんぼう》に木《き》の脇《わき》を通《とお》り抜《ぬ》け、針《はり》のような樅《もみ》の葉《は》をそこらじゅうにまき散《ち》らした。

「覚《おぼ》えてろ」

ロンはマルフォイの背中《せなか》に向《む》かって歯《は》ぎしりした。

「いつか、やっつけてやる……」

「マルフォイもスネイプも、二人《ふたり》とも大嫌《だいきら》いだ」とハリーが言《い》った。

「さあさあ、元気《げんき》出《だ》せ。もうすぐクリスマスだ」

ハグリッドが励《はげ》ました。

「ほれ、一緒《いっしょ》においで。大広間《おおひろま》がすごいから」

三人《にん》はハグリッドと樅《もみ》の木《き》のあとについて大広間《おおひろま》に行《い》った。マクゴナガル先生《せんせい》とフリットウィック先生《せんせい》が忙《いそが》しくクリスマスの飾《かざ》りつけをしているところだった。

「あぁ、ハグリッド、最後《さいご》の樅《もみ》の木《き》ね——あそこの角《かど》に置《お》いてちょうだい」

広間《ひろま》はすばらしい眺《なが》めだった。柊《ひいらぎ》や宿木《やどりぎ》が綱《つな》のように編《あ》まれて壁《かべ》に飾《かざ》られ、クリスマスツリーが十二本《ほん》もそびえ立《た》っていた。小《ちい》さなつららでキラキラ光《ひか》るツリーもあれば、何百《なんびゃく》というろうそくで輝《かがや》いているツリーもあった。

「休《やす》みまであと何日《なんにち》だ？」ハグリッドが尋《たず》ねた。

「あと一日《にち》よ」ハーマイオニーが答《こた》えた。

「そう言《い》えば——ハリー、ロン、昼食《ちゅうしょく》まで三十分《ぷん》あるから、図書館《としょかん》に行《い》かなくちゃ」

「ああそうだった」

フリットウィック先生《せんせい》が魔法《まほう》の杖《つえ》からふわふわした金色《きんいろ》の泡《あわ》を出《だ》して、新《あたら》しいツリーを飾《かざ》りつけているのに見《み》とれていたロンが、こちらに目《め》を向《む》けた。

ハグリッドは三人《にん》について大広間《おおひろま》を出《で》た。

「図書館《としょかん》？　休《やす》み前《まえ》なのに？　おまえさんたち、ちぃっと勉強《べんきょう》し過《す》ぎじゃねえか？」

「勉強《べんきょう》じゃないんだよ。ハグリッドがニコラス・フラメルって言《い》ってからずっと、どんな人物《じんぶつ》か調《しら》べているんだよ」ハリーが明《あか》るく答《こた》えた。

「なんだって？」

ハグリッドは驚《おどろ》いて言《い》った。

「まあ、聞《き》け——言《い》っただろうが——ほっとけ。あの犬《いぬ》が何《なに》を守《まも》っているかなんて、おまえさんたちには関係《かんけい》ねえ」

「私《わたし》たち、ニコラス・フラメルが誰《だれ》なのかを知《し》りたいだけなのよ」

「ハグリッドが教《おし》えてくれる？　そしたらこんな苦労《くろう》はしないんだけど。僕《ぼく》たち、もう何百冊《なんびゃくさつ》も本《ほん》を調《しら》べたけど、どこにも出《で》ていなかった――何《なに》かヒントをくれないかなあ。僕《ぼく》、どっかでこの名前《なまえ》を見《み》た覚《おぼ》えがあるんだ」とハリーが言《い》った。

「俺《おれ》はなんも言《い》わんぞ」

ハグリッドはきっぱり言《い》った。

「それなら、自分《じぶん》たちで見《み》つけなくちゃ」とロンが言《い》った。

三人《にん》はむっつりしているハグリッドを残《のこ》して図書館《としょかん》に急《いそ》いだ。

ハグリッドがうっかりフラメルの名前《なまえ》をもらして以来《いらい》、三人《にん》は本気《ほんき》でその名前《なまえ》を調《しら》べ続《つづ》けていた。スネイプが何《なに》を盗《ぬす》もうとしているかを知《し》るには、本《ほん》を調《しら》べる以外《いがい》に方法《ほうほう》はない。やっかいなのは、フラメルが本《ほん》にのる理由《りゆう》がわからないので、どこから探《さが》しはじめていいか見当《けんとう》もつかないことだった。『二十世紀《せいき》の偉大《いだい》な魔法使《まほうつか》い』にものっていなかったし、『現代《げんだい》の著名《ちょめい》な魔法使《まほうつか》い』にも『近代魔法界《きんだいまほうかい》の主要《しゅよう》な発見《はっけん》』、『魔法界《まほうかい》における最近《さいきん》の進歩《しんぽ》に関《かん》する研究《けんきゅう》』にものっていなかった。図書館《としょかん》があまりに大《おお》きいのも問題《もんだい》だった。何万冊《なんまんさつ》もの蔵書《ぞうしょ》、何千《なんぜん》もの書棚《しょだな》、何百《なんびゃく》もの細《ほそ》い通路《つうろ》ではお手上《てあ》げだ。

ハーマイオニーは調《しら》べる予定《よてい》の内容《ないよう》と表題《ひょうだい》のリストを取《と》り出《だ》し、ロンは通路《つうろ》を大股《おおまた》に歩《ある》きながら、並《なら》べてある本《ほん》を書棚《しょだな》から手当《てあ》たり次第《しだい》に引《ひ》っ張《ぱ》り出《だ》した。ハリーは「閲覧禁止《えつらんきんし》」の書棚《しょだな》になんとなく近《ちか》づいた。もしかしたらフラメルの名《な》はこの中《なか》にあるんじゃないかと、ハリーはここしばらくそう考《かんが》えていた。残念《ざんねん》ながら、ここの本《ほん》を見《み》るには先生《せんせい》のサイン入《い》りの特別許可証《とくべつきょかしょう》が必要《ひつよう》だったし、絶対《ぜったい》に許可《きょか》はもらえないとわかっていた。ここにはホグワーツではけっして教《おし》えない強力《きょうりょく》な闇《やみ》の魔術《まじゅつ》に関《かん》する本《ほん》があり、上級生《じょうきゅうせい》が「闇《やみ》の魔術《まじゅつ》に対《たい》する防衛術《ぼうえいじゅつ》」の上級編《じょうきゅうへん》を勉強《べんきょう》するときだけ読《よ》むことを許《ゆる》された。

「君《きみ》、何《なに》を探《さが》しているの？」司書《ししょ》のマダム・ピンスだ。

「いえ、別《べつ》に」

「それなら、ここから出《で》たほうがいいわね。さあ、出《で》て——出《で》なさい！」

マダム・ピンスは毛《け》ばたきをハリーに向《む》けて振《ふ》った。

もっと気《き》の利《き》いた言《い》い訳《わけ》をとっさに考《かんが》えたらよかったのに、と思《おも》いながらハリーは図書館《としょかん》を出《で》た。ハリー、ロン、ハーマイオニーの間《あいだ》では、フラメルがどの本《ほん》に出《で》ているかマダム・ピンスには聞《き》かない、という了解《りょうかい》ができていた。聞《き》けば教《おし》えてくれただろうが、三人《にん》の考《かんが》えがスネイプの耳《みみ》に入《はい》るような危険《きけん》を犯《おか》すわけにはいかない。

ハリーは、図書館《としょかん》の外《そと》の廊下《ろうか》で二人《ふたり》を待《ま》ったが、二人《ふたり》が何《なに》か見《み》つけてくるとはあまり期待《きたい》していなかった。もう二週間《しゅうかん》も収穫《しゅうかく》なしだった。もっとも、授業《じゅぎょう》の合間《あいま》の短《みじか》い時間《じかん》にしか探《さが》せなかったので、見《み》つからなくても無理《むり》はない。できるなら、マダム・ピンスのしつこい監視《かんし》を受《う》けずに、ゆっくり探《さが》す必要《ひつよう》があった。

五分後《ふんご》、ロンとハーマイオニーも首《くび》を横《よこ》に振《ふ》り振《ふ》り出《で》てきた。三人《にん》は昼食《ちゅうしょく》に向《む》かった。

「私《わたし》が家《いえ》に帰《かえ》っている間《あいだ》も続《つづ》けて探《さが》すでしょう？　見《み》つけたら、ふくろうで知《し》らせてね」

「君《きみ》のほうは、家《いえ》に帰《かえ》ってフラメルについて聞《き》いてみて。パパやママなら聞《き》いても安全《あんぜん》だろう？」とロンが言った。

「ええ、安全《あんぜん》よ。二人《ふたり》とも歯医者《はいしゃ》だから」ハーマイオニーが答《こた》えた。

クリスマス休暇《きゅうか》になると、楽《たの》しいことがいっぱいで、ロンもハリーもフラメルのことを忘《わす》れた。寝室《しんしつ》には二人《ふたり》しかいなかったし、談話室《だんわしつ》もいつもよりがらんとして、暖炉《だんろ》のそばの心地《ここち》よいひじかけ椅子《いす》に座《すわ》ることができた。二人《ふたり》は何時間《なんじかん》も座《すわ》り込《こ》んで、串《くし》に刺《さ》せるものはおよそ何《なん》でも刺《さ》して火《ひ》であぶって食《た》べた——パン、トースト用《よう》のクランペット、マシュマロ——そして、マルフォイを退学《たいがく》させる策《さく》を練《ね》った。実際《じっさい》にうまくいくはずはなくとも、話《はな》すだけで楽《たの》しかった。

ロンはハリーに魔法使《まほうつか》いのチェスを手《て》ほどきした。マグルのチェスとまったく同《おな》じだったが、駒《こま》が生《い》きているところがちがっていて、まるで戦争《せんそう》で軍隊《ぐんたい》を指揮《しき》しているようだった。ロンのチェスは古《ふる》くてよれよれだった。ロンの持《も》ち物《もの》はみんな家族《かぞく》の誰《だれ》かのお下《さ》がりなのだが、チェスはおじいさんのお古《ふる》だった。しかし、古《ふる》い駒《こま》だからといってまったく弱《よわ》みにはならなかった。ロンは駒《こま》を知《し》りつくしていて、駒《こま》は命令《めいれい》のままに動《うご》いた。

ハリーはシェーマス・フィネガンから借《か》りた駒《こま》を使《つか》っていたが、駒《こま》はハリーをまったく信用《しんよう》していなかった。新米《しんまい》プレーヤーのハリーに向《む》かって駒《こま》が勝手《かって》なことを叫《さけ》び、ハリーを混乱《こんらん》させた。

「私《わたし》をそこに進《すす》めるのはやめろ。あそこに敵《てき》のナイトがいるのが見《み》えないのか？　あっちの駒《こま》を進《すす》めろよ。あの駒《こま》なら取《と》られてもかまわないから」

クリスマスイブの夜《よる》、ハリーは明日《あす》のおいしいごちそうと楽《たの》しい催《もよお》しを楽《たの》しみにベッドに入《はい》った。クリスマスプレゼントのことはまったく期待《きたい》していなかったが、翌朝早《よくあさはや》く目《め》を覚《さ》ますと、真《ま》っ先《さき》に、ベッドの足《あし》もとに置《お》かれた小《ちい》さなプレゼントの山《やま》が目《め》に入《はい》った。

「メリークリスマス」

ハリーが急《いそ》いでベッドから起《お》きだしてガウンを着《き》ていると、ロンが寝《ね》ぼけまなこで挨拶《あいさつ》した。

「メリークリスマス」

ハリーも挨拶《あいさつ》を返《かえ》した。

「ねえ、これ見《み》てくれる？　プレゼントがある」

「ほかに何《なに》があるって言うの。大根《だいこん》なんて置《お》いてあったってしょうがないだろ？」

そう言《い》いながらロンは、ハリーのより高《たか》く積《つ》まれた自分《じぶん》のプレゼントの山《やま》を開《あ》けはじめた。

ハリーは一番上《いちばんうえ》の包《つつ》みを取《と》り上《あ》げた。分厚《ぶあつ》い茶色《ちゃいろ》の包紙《つつみがみ》に「ハリーへ　ハグリッドより」と走《はし》り書《が》きしてあった。中《なか》には荒削《あらけず》りな木《き》の横笛《よこぶえ》が入《はい》っていた。ハグリッドが自分《じぶん》で削《けず》ったのがすぐにわかった。吹《ふ》いてみると、ふくろうの鳴《な》き声《ごえ》のような音《おと》がした。

次《つぎ》のはとても小《ちい》さな包《つつ》みでメモが入《はい》っていた。

おまえの言付《ことづ》けを受《う》け取《と》った。クリスマスプレゼントを同封《どうふう》する。

バーノンおじさんとペチュニアおばさんより

メモ用紙《ようし》に五十ペンス硬貨《こうか》がセロハンテープではりつけてあった。

「どうもご親切《しんせつ》に」とハリーがつぶやいた。

ロンは五十ペンス硬貨《こうか》に夢中《むちゅう》になった。

「へんなの！——おかしな形《かたち》。これ、ほんとにお金《かね》？」

「あげるよ」

ロンがあんまり喜《よろこ》ぶのでハリーは笑《わら》った。

「ハグリッドの分《ぶん》、おじさんとおばさんの分《ぶん》——それじゃこれは誰《だれ》からだろう？」

「僕《ぼく》、誰《だれ》からだかわかるよ」

ロンが少《すこ》し顔《かお》を赤《あか》らめて、大《おお》きなもっこりした包《つつ》みを指《ゆび》さした。

「それ、ママからだよ。君《きみ》がプレゼントをもらうあてがないって知《し》らせたんだ。でも——あーあ、まさか『ウィーズリー家特製《けとくせい》セーター』を君《きみ》に贈《おく》るなんて」ロンがうめいた。

ハリーが急《いそ》いで包《つつ》み紙《がみ》を破《やぶ》ると、中《なか》から厚《あつ》い手編《てあ》みのエメラルドグリーンのセーターと大《おお》きな箱《はこ》に入《はい》ったホームメイドのファッジが出《で》てきた。

「ママは毎年僕《まいとしぼく》たちのセーターを編《あ》むんだ」

ロンは自分《じぶん》の包《つつ》みを開《あ》けた。

「僕《ぼく》のはいつだって栗色《くりいろ》なんだ」

「君《きみ》のママって本当《ほんとう》にやさしいね」

ハリーはファッジをかじりながら言《い》った。とてもおいしかった。

次《つぎ》のプレゼントも菓子《かし》だった――ハーマイオニーからの、蛙《かえる》チョコレートの大《おお》きな箱《はこ》だ。

もう一つ包《つつ》みが残《のこ》っていた。手《て》に持《も》ってみると、とても軽《かる》い。開《あ》けてみた。

銀《ぎん》ねず色《いろ》の液体《えきたい》のようなものがするすると床《ゆか》にすべり落《お》ちて、キラキラと折《お》り重《かさ》なった。ロンがハッと息《いき》をのんだ。

「僕《ぼく》、これが何《なん》なのか聞《き》いたことがある」

ロンはハーマイオニーから送《おく》られた百味《ひゃくみ》ビーンズの箱《はこ》を思《おも》わず落《お》とし、声《こえ》をひそめた。

「もし僕《ぼく》の考《かんが》えているものだったら――とてもめずらしくて、とっても貴重《きちょう》なものなんだ」

「何《なん》だい？」

ハリーは輝《かがや》く銀色《ぎんいろ》の布《ぬの》を床《ゆか》から拾《ひろ》い上《あ》げた。水《みず》を織物《おりもの》にしたような不思議《ふしぎ》な手《て》ざわりだった。

「これは透明《とうめい》マントだ」

ロンは貴《とうと》いものを畏《おそ》れ敬《うやま》うような表情《ひょうじょう》で言《い》った。

「きっとそうだ――ちょっと着《き》てみて」

ハリーはマントを肩《かた》からかけた。ロンが叫《さけ》び声《ごえ》を上《あ》げた。

「そうだよ！　下《した》を見《み》てごらん！」

下《した》を見《み》ると足《あし》がなくなっていた。ハリーは鏡《かがみ》の前《まえ》に走《はし》っていった。鏡《かがみ》に映《うつ》ったハリーがこっちを見《み》ていた。首《くび》だけが宙《ちゅう》に浮《う》いて、体《からだ》はまったく見《み》えなかった。マントを頭《あたま》まで引《ひ》き上《あ》げると、ハリーの姿《すがた》は鏡《かがみ》から消《き》えていた。

「手紙《てがみ》があるよ！　マントから手紙《てがみ》が落《お》ちたよ！」ロンが叫《さけ》んだ。

ハリーはマントを脱《ぬ》いで手紙《てがみ》をつかんだ。ハリーには見覚《みおぼ》えのない、風変《ふうが》わりな細長《ほそなが》い文字《もじ》でこう書《か》いてあった。

君《きみ》のお父《とう》さんが、亡《な》くなる前《まえ》にこれを私《わたし》に預《あず》けた。
君《きみ》に返《かえ》す時《とき》が来《き》たようだ。
上手《じょうず》に使《つか》いなさい。
メリークリスマス

名前《なまえ》が書《か》いてない。ハリーは手紙《てがみ》を見《み》つめ、ロンのほうはマントに見《み》とれていた。

「こういうマントを手《て》に入《い》れるためだったら、僕《ぼく》、何《なん》だってあげちゃう。ほんとに何《なん》でもだよ。どうしたんだい？」

「ううん、なんでもない」

奇妙《きみょう》な感《かん》じだった。誰《だれ》がこのマントを送《おく》ってくれたんだろう。本当《ほんとう》に父《とう》さんのものだったんだろうか。

ハリーがそれ以上何《いじょうなに》か言《い》ったり考《かんが》えたりする間《ま》も与《あた》えずに、寝室《しんしつ》のドアが勢《いきお》いよく開《ひら》いて双子《ふたご》のフレッドとジョージが入《はい》ってきた。ハリーは急《いそ》いでマントを隠《かく》した。まだ、ほかの人《ひと》には知《し》られたくなかった。

「メリークリスマス！」

「おい、見《み》ろよ——ハリーもウィーズリー家《け》のセーターを持《も》ってるぜ！」

フレッドとジョージも青《あお》いセーターを着《き》ていた。片方《かたほう》には黄色《きいろ》の大《おお》きな文字《もじ》でフレッドのF《エフ》が、もう一《ひと》つにはジョージのG《ジー》がついていた。

「でもハリーのほうが上等《じょうとう》だな」

ハリーのセーターを手《て》に取《と》ってフレッドが言《い》った。

「ママは身内《みうち》じゃないとますます力《ちから》が入《はい》るんだよ」

「ロン、どうして着《き》ないんだい？　着《き》ろよ。とっても暖《あたた》かいじゃないか」

とジョージがせかした。

「僕《ぼく》、栗色《くりいろ》は嫌《きら》いなんだ」

気乗《きの》りしない様子《ようす》でセーターを頭《あたま》からかぶりながらロンがうめくように言《い》った。

「イニシャルがついてないな」

ジョージが気《き》づいた。

「ママはお前《まえ》なら自分《じぶん》の名前《なまえ》を忘《わす》れないと思《おも》ったんだろう。でも僕《ぼく》たちだってバカじゃないさ――自分《じぶん》の名前《なまえ》ぐらい覚《おぼ》えているよ。グレッドとフォージさ」

「この騒《さわ》ぎはなんだい？」

パーシー・ウィーズリーがたしなめるような顔《かお》でドアからのぞいた。プレゼントを開《あ》ける途《と》中《ちゅう》だったらしく、腕《うで》にはもっこりしたセーターを抱《かか》えていた。フレッドが目《め》ざとく気《き》づいた。

「監督生《かんとくせい》のＰ《ピー》！　パーシー、着《き》ろよ。僕《ぼく》たちも着《き》てるし、ハリーのもあるんだ」

「やめろ……いやだ……着《き》たくない」

パーシーのめがねがずれるのもかまわず、双子《ふたご》がむりやり頭《あたま》からセーターをかぶせたので、パーシーはセーターの中《なか》でもごもご言《い》った。

「いいかい、君《きみ》はいつも監督生《かんとくせい》たちと一緒《いっしょ》のテーブルにつくんだろうけど、今日《きょう》だけはダメだぞ。だってクリスマスは家族《かぞく》が一緒《いっしょ》になって祝《いわ》うものだろ」ジョージが言《い》った。

パーシーはかぶせられたセーターに腕《うで》を通《とお》さないままのかっこうで、双子《ふたご》にがっちり両脇《りょうわき》を固《かた》められ、連行《れんこう》されていった。

こんなすばらしいクリスマスのごちそうは、ハリーにとって初《はじ》めてだった。丸々太《まるまるふと》った七面鳥《しちめんちょう》のロースト百羽《わ》、山盛《やまも》りのローストポテトとゆでたポテト、大皿《おおざら》に盛《も》った太《ふと》いチポラータ・ソーセージ、深皿《ふかざら》いっぱいのバター煮《に》の豆《まめ》、銀《ぎん》の器《うつわ》に入《はい》ったこってりとした肉汁《にくじる》とクランベリーソース。テーブルのあちこちに魔法《まほう》のクラッカーが山《やま》のように置《お》いてあった。ダーズリー家《け》ではプラスチックのおもちゃや薄《うす》いぺらぺらの紙帽子《かみぼうし》が入《はい》っているクラッカーを買《か》ってきたが、そんなちゃちなマグルのクラッカーとは物《もの》がちがう。ハリーはフレッドと一緒《いっしょ》にクラッカーのひもを引《ひ》っぱった。パーンと破裂《はれつ》するどころではない。大砲《たいほう》のような音《おと》を立《た》てて爆発《ばくはつ》し、青《あお》い煙《けむり》がもくもくとあたり一面《いちめん》に立《た》ち込《こ》め、中《なか》から海軍少将《かいぐんしょうしょう》の帽子《ぼうし》と生《い》きたハツカネズミが数匹飛《すうひきと》び出《だ》した。上座《かみざ》のテーブルではダンブルドア先生《せんせい》が自分《じぶん》の三角帽子《さんかくぼうし》と花飾《はなかざ》りのついた婦人用《ふじんよう》の帽子《ぼうし》とを交換《こうかん》してかぶり、クラッカーに入《はい》っていたジョークの紙《かみ》をフリットウィック先生《せんせい》が読《よ》み上《あ》げるのを聞《き》いて、ゆかいそうにクスクス笑《わら》っていた。

七面鳥《しちめんちょう》の次《つぎ》はブランデーでフランベしたクリスマスプディングが出《で》てきた。パーシーは、取《と》った一切《き》れにシックル銀貨《ぎんか》が入《はい》っていて、あやうく歯《は》を折《お》るところだった。ハグリッドはハリーが見《み》ている間《ま》に何杯《なんばい》もワインをおかわりして、見《み》る見《み》る赤《あか》くなり、しまいにはマクゴナガル先生《せんせい》のほおにキスをした。驚《おどろ》いたことに、マクゴナガル先生《せんせい》は、三角帽子《さんかくぼうし》が横《よこ》っちょにずれるのもかまわず、ほおを赤《あか》らめてクスクス笑《わら》った。

食事《しょくじ》を終《お》えてテーブルを離《はな》れたハリーは、クラッカーから出《で》てきたおまけをたくさん抱《かか》えていた。破裂《はれつ》しない光《ひか》る風船《ふうせん》、自分《じぶん》でできるイボつくりのキット、新品《しんぴん》のチェスセットなどだった。ハツカネズミはどこかへ消《き》えてしまったが、結局《けっきょく》ミセス・ノリスのクリスマスのごちそうになるんじゃないかと、ハリーはいやな予感《よかん》がした。

昼過《ひるす》ぎ、ハリーはウィーズリー四兄弟《よんきょうだい》と猛烈《もうれつ》な雪合戦《ゆきがっせん》を楽《たの》しんだ。それから、ゼイゼイ息《いき》をはずませながら、びっしょりぬれて凍《こご》えた体《からだ》でグリフィンドールの談話室《だんわしつ》に戻《もど》り、暖炉《だんろ》の前《まえ》に座《すわ》った。新《あたら》しいチェスセットを使《つか》ったデビュー戦《せん》で、ハリーはものの見事《みごと》にロンに負《ま》けた。パーシーがおせっかいをしなかったら、こんなにも大負《おおま》けはしなかったのにとハリーは思《おも》った。

夕食《ゆうしょく》は七面鳥《しちめんちょう》のサンドイッチ、マフィン、トライフル、クリスマスケーキを食《た》べ、みんな満腹《まんぷく》で眠《ねむ》くなり、それからベッドに入《はい》るまで何《なに》もする気《き》にもならず、フレッドとジョージに監督生《かんとくせい》バッジを取《と》られたパーシーが、二人《ふたり》を追《お》いかけてグリフィンドール中《じゅう》を走《はし》り回《まわ》っているのを眺《なが》めていただけだった。

ハリーにとっては今《いま》までで最高《さいこう》のクリスマスだった。それなのに何《なに》か一日中《いちにちじゅう》、心《こころ》の中《なか》に引《ひ》っかかるものがあった。ベッドにもぐり込《こ》んでからやっとそれが何《なん》だったのかに気《き》づいた――透明《とうめい》マントとその贈《おく》り主《ぬし》のことだ。

ロンは七面鳥《しちめんちょう》とケーキで満腹《まんぷく》になり、悩《なや》むような不可解《ふかかい》なこともないので、天蓋《てんがい》つきベッドのカーテンを引《ひ》くとたちまち眠《ねむ》ってしまった。ハリーはベッドの端《はし》に寄《よ》り、下《した》から透明《とうめい》マントを取《と》り出《だ》した。

父《とう》さんの物《もの》……これは父《とう》さんの物《もの》だったんだ。手《て》に持《も》つと、布《ぬの》はサラサラと絹《きぬ》よりもなめらかに、空気《くうき》よりも軽《かろ》やかに流《なが》れた。「上手《じょうず》に使《つか》いなさい」そう書《か》いてあったっけ。

今《いま》、試《ため》してみなければ。ハリーはベッドから抜《ぬ》け出《だ》し、マントを体《からだ》に巻《ま》きつけた。足元《あしもと》を見《み》ると月《つき》の光《ひかり》と影《かげ》だけだ。とても奇妙《きみょう》な感《かん》じだった。

――上手《じょうず》に使《つか》いなさい――

ハリーは急《きゅう》に眠気《ねむけ》が吹《ふ》っ飛《と》んだ。このマントを着《き》ていればホグワーツ中《じゅう》を自由《じゆう》に歩《ある》ける。シーンとした闇《やみ》の中《なか》に立《た》つと、興奮《こうふん》が体中《からだじゅう》に湧《わ》き上《あ》がってきた。これを着《き》ればどこでも、どんなところでも、フィルチにも知《し》られずに行《い》くことができる。

ロンがブツブツ寝言《ねごと》を言《い》っている。起《お》こしたほうがいいかな？　いや、何《なに》かがハリーを引《ひ》き止《と》めた――父《とう》さんのマントだ……ハリーは今《いま》それを感《かん》じた――初《はじ》めて使《つか》うんだ……僕一人《ぼくひとり》でマントを使《つか》いたい。

寮《りょう》を抜《ぬ》け出《だ》し、階段《かいだん》を下《お》り、談話室《だんわしつ》を横切《よこぎ》り、肖像画《しょうぞうが》の裏《うら》の穴《あな》を登《のぼ》った。

「そこにいるのは誰《だれ》なの？」

太《ふと》った婦人《レディ》がすっとんきょうな声《こえ》を上《あ》げた。ハリーは答《こた》えずに、急《いそ》いで廊下《ろうか》を歩《ある》いた。

どこに行《い》こう？　ハリーは立《た》ち止《ど》まり、ドキドキしながら考《かんが》えた。そうだ。図書館《としょかん》の閲覧禁止《えつらんきんし》の棚《たな》に行《い》こう。好《す》きなだけ、フラメルが誰《だれ》かわかるまで調《しら》べられる。透明《とうめい》マントをぴっちりと体《からだ》に巻《ま》きつけながら、ハリーは図書館《としょかん》に向《む》かって歩《ある》いた。

図書館《としょかん》は真《ま》っ暗《くら》で気味《きみ》が悪《わる》かった。ランプをかざして書棚《しょだな》の間《あいだ》を歩《ある》くと、ランプは宙《ちゅう》に浮《う》いているように見《み》えた。自分《じぶん》の手《て》でランプを持《も》っているのはわかっていても、ぞっとするような光景《こうけい》だった。

閲覧禁止《えつらんきんし》の棚《たな》は一番奥《いちばんおく》にあった。ロープでほかの棚《たな》と仕切《しき》られている。ハリーは慎重《しんちょう》にロープをまたぎ、ランプを高《たか》くかかげて書名《しょめい》を見《み》た。

書名《しょめい》を見《み》てもよくわからなかった。背表紙《せびょうし》の金文字《きんもじ》がはがれたり色《いろ》あせたり、ハリーにはわからない外国語《がいこくご》で書《か》いてあったりした。書名《しょめい》のないものもある。血《ち》のような不気味《ぶきみ》な黒《くろ》いしみのついた本《ほん》が一冊《さつ》あった。ハリーは首筋《くびすじ》がゾクゾクした。気《き》のせいなのか——いや、そうではないかもしれない——本《ほん》の間《あいだ》からヒソヒソ声《ごえ》が聞《き》こえるような気《き》がした。まるで、そこにいてはいけない人間《にんげん》が入《はい》り込《こ》んでいるのを知《し》っているかのようだった。

とにかくどこからか手《て》をつけなければ。ランプをそうっと床《ゆか》に置《お》いて、ハリーは一番下《いちばんした》の段《だん》から見《み》かけのおもしろそうな本《ほん》を探《さが》しはじめた。黒《くろ》と銀色《ぎんいろ》の大《おお》きな本《ほん》が目《め》に入《はい》った。重《おも》くて引《ひ》き出《だ》すのも大変《たいへん》だったが、やっと取《と》り出《だ》してひざの上《うえ》にのせ、バランスを取《と》りながら本《ほん》を開《ひら》いた。

突然《とつぜん》血《ち》も凍《こお》るような鋭《するど》い悲鳴《ひめい》が夜の静寂《しじま》を切《き》りさいた——本《ほん》が叫《さけ》び声《ごえ》を上《あ》げた！　ハリーは本《ほん》をピシャリと閉《と》じたが、耳《みみ》をつんざくような叫《さけ》びはとぎれずに続《つづ》いた。ハリーは後《うし》ろによろけた拍子《ひょうし》にランプをひっくり返《かえ》してしまい、灯《ひ》がフッと消《き》えた。気《き》は動転《どうてん》していたが、ハリーは廊《ろう》下《か》をこちらに向《む》かってやってくる足音《あしおと》を聞《き》いた——叫《さけ》ぶ本《ほん》を棚《たな》に戻《もど》し、ハリーは逃《に》げた。出口付《でぐちふ》近《きん》でフィルチとすれちがった。血走《ちばし》った薄《うす》い色《いろ》の目《め》がハリーの体《からだ》を突《つ》き抜《ぬ》けてその先《さき》を見《み》ていた。

ハリーはフィルチの伸《の》ばした腕《うで》の下《した》をすり抜《ぬ》けて廊下《ろうか》を疾走《しっそう》した。本《ほん》の悲鳴《ひめい》がまだ耳《みみ》を離《はな》れなかった。

ふと目《め》の前《まえ》に背《せ》の高《たか》い鎧《よろい》が現《あらわ》れ、ハリーは急停止《きゅうていし》した。逃《に》げるのに必死《ひっし》で、どこに逃《に》げるかは考《かんが》える間《ま》もなかった。暗《くら》いせいだろうか、今《いま》いったいどこにいるのかわからない。たしか、キッチンのそばに鎧《よろい》があったっけ。でもそこより五階《かい》ぐらいは上《うえ》のほうにいるにちがいない。

「先生《せんせい》、誰《だれ》かが夜中《よなか》に歩《ある》き回《まわ》っていたら、直接先生《ちょくせつせんせい》にお知《し》らせするんでしたよねぇ。誰《だれ》かが図書館《としょかん》に、しかも閲覧禁止《えつらんきんし》の所《ところ》にいました」

ハリーは血《ち》の気《け》が引《ひ》くのを感《かん》じた。ここがどこかはわからないが、フィルチは近道《ちかみち》を知《し》っているにちがいない。フィルチのねっとりした猫《ねこ》なで声《ごえ》がだんだん近《ちか》づいてくる。しかも恐《おそ》ろしいことに、返事《へんじ》をしたのはスネイプだった。

「閲覧禁止《えつらんきんし》の棚《たな》？　それならまだ遠《とお》くまで行《い》くまい。捕《つか》まえられる」

フィルチとスネイプが前方《ぜんぽう》の角《かど》を曲《ま》がってこちらにやってくる。ハリーはその場《ば》にくぎづけになった。もちろんハリーの姿《すがた》は見《み》えないはずだが、狭《せま》い廊下《ろうか》だし、もっと近《ちか》づいて来《く》ればハリーにまともにぶつかってしまう――マントはハリーの体《からだ》そのものを消《け》してはくれない。

ハリーはできるだけ静《しず》かにあとずさりした。左手《ひだりて》のドアが少《すこ》し開《ひら》いていた。最後《さいご》の望《のぞ》みの綱《つな》だ。

息《いき》を殺《ころ》し、ドアを動《うご》かさないようにして、ハリーはすき間《ま》からそっとすべり込《こ》んだ。よかった。二人《ふたり》に気《き》づかれずに部屋《へや》の中《なか》に入《はい》ることができた。二人《ふたり》はハリーの真《ま》ん前《まえ》を通《とお》り過《す》ぎていった。壁《かべ》に寄《よ》りかかり、足音《あしおと》が遠《とお》のいていくのを聞《き》きながら、ハリーはフーッと深《ふか》いため息《いき》をついた。危《あぶ》なかった。危機一髪《ききいっぱつ》だった。数秒後《すうびょうご》、ハリーはやっと自分《じぶん》が今隠《いまかく》れている部屋《へや》が見《み》えてきた。

昔使《むかしつか》われていた教室《きょうしつ》のような部屋《へや》だった。机《つくえ》と椅子《いす》が黒《くろ》い影《かげ》のように壁際《かべぎわ》に積《つ》み上《あ》げられ、ごみ箱《ばこ》も逆《さか》さにして置《お》いてある——ところが、ハリーの寄《よ》りかかっている壁《かべ》の反対側《はんたいがわ》の壁《かべ》に、なんだかこの部屋《へや》にそぐわないものが立《た》てかけてあった。通《とお》りのじゃまになるからと、誰《だれ》かがそこに寄《よ》せて置《お》いたみたいだった。

天井《てんじょう》まで届《とど》くような背《せ》の高《たか》い見事《みごと》な鏡《かがみ》だ。金《きん》の装飾豊《そうしょくゆた》かな枠《わく》には、二本《ほん》の鉤爪状《かぎづめじょう》の脚《あし》がついている。枠《わく》の上《うえ》のほうに字《じ》が彫《ほ》ってある。

「すつうを　みぞの　のろここ　のたなあ　くなはで　おか　のたなあ　はしたわ」

フィルチやスネイプの足音《あしおと》も聞《き》こえなくなり、ハリーは落《お》ち着《つ》きを取《と》り戻《もど》しつつあった。鏡《かがみ》に近寄《ちかよ》って透明《とうめい》な自分の姿をもう一度見《いちどみ》たくて、真《ま》ん前《まえ》に立《た》ってみた。

ハリーは思《おも》わず叫《さけ》び声《ごえ》を上《あ》げそうになり、両手《りょうて》で口《くち》をふさいだ。急《いそ》いで振《ふ》り返《かえ》って、あたりを見回《みまわ》した。本《ほん》が叫《さけ》んだときよりもずっと激《はげ》しく動悸《どうき》がした——鏡《かがみ》に映《うつ》ったのは自分《じぶん》だけではない。

ハリーのすぐ後《うし》ろにたくさんの人《ひと》が映《うつ》っていたのだ。

しかし、部屋《へや》には誰《だれ》もいない。あえぎながら、もう一度《いちど》ゆっくり鏡《かがみ》を振《ふ》り返《かえ》って見《み》た。

ハリーが青白《あおじろ》いおびえた顔《かお》で映《うつ》っている。その後《うし》ろに少《すく》なくとも十人《にん》くらいの人《ひと》がいる。肩越《かたご》しにもう一度《いちど》後《うし》ろを振《ふ》り返《かえ》って見《み》た――誰《だれ》もいない。それともみんなも透明《とうめい》なのだろうか？　この部屋《へや》には透明《とうめい》の人《ひと》がたくさんいて、この鏡《かがみ》は透明《とうめい》でも映《うつ》る仕掛《しか》けなんだろうか？

もう一度《いちど》鏡《かがみ》をのぞき込《こ》んでみた。ハリーのすぐ後《うし》ろに立《た》っている女性《じょせい》が、ハリーにほほえみかけ、手《て》を振《ふ》っている。後《うし》ろに手《て》を伸《の》ばしてみても、空《くう》をつかむばかりだった。もし本当《ほんとう》に女《おんな》の人《ひと》がそこにいるのなら、こんなにそばにいるのだから触《ふ》れることができるはずなのに、何《なん》の手応《てごた》えもなかった――女《おんな》の人《ひと》もほかの人《ひと》たちも、鏡《かがみ》の中《なか》にしかいなかった。

とてもきれいな女性《じょせい》だった。深《ふか》みがかった赤《あか》い髪《かみ》で、目《め》は……僕《ぼく》の目《め》にそっくりだ。ハリーは鏡《かがみ》にもっと近《ちか》づいてみた。明《あか》るい緑色《みどりいろ》の目《め》だ――形《かたち》も僕《ぼく》にそっくりだ。ハリーはその女《おんな》の人《ひと》が泣《な》いているのに気《き》づいた。ほほえみながら、泣《な》いている。やせて背《せ》の高《たか》い黒髪《くろかみ》の男性《だんせい》がそのそばにいて、腕《うで》を回《まわ》して女性《じょせい》の肩《かた》を抱《だ》いている。男《おとこ》の人《ひと》はめがねをかけていて、髪《かみ》がくしゃくしゃだ。後《うし》ろの毛《け》が立《た》っている。ハリーと同《おな》じだ。

鏡《かがみ》に近《ちか》づき過《す》ぎて、鼻《はな》が鏡《かがみ》の中《なか》のハリーの鼻《はな》とくっつきそうになった。

「母《かあ》さん？」ハリーはささやいた。「父《とう》さん？」

二人《ふたり》はほほえみながらハリーを見《み》つめるばかりだった。ハリーは鏡《かがみ》の中《なか》のほかの人々《ひとびと》の顔《かお》もじっと眺《なが》めた。自分《じぶん》と同《おな》じような緑《みどり》の目《め》の人《ひと》、そっくりな鼻《はな》の人《ひと》。小柄《こがら》な老人《ろうじん》はハリーと同《おな》じにひざこぞうが飛《と》び出《だ》しているみたいだ――生《う》まれて初《はじ》めて、ハリーは自分《じぶん》の家族《かぞく》を見《み》ていた。

ポッター家《け》の人々《ひとびと》はハリーに笑《わら》いかけ、手《て》を振《ふ》った。ハリーは貪《むさぼ》るようにみんなを見《み》つめ、両《りょう》手《て》をぴったりと鏡《かがみ》に押《お》し当《あ》てた。鏡《かがみ》の中《なか》に入《はい》り込《こ》み、みんなに触《ふ》れたいとでもいうように。ハリーの胸《むね》に、喜《よろこ》びと深《ふか》い悲《かな》しみが入《い》りまじった強《つよ》い痛《いた》みが走《はし》った。

どのくらいそこにいたのか、自分《じぶん》にもわからなかった。鏡《かがみ》の中《なか》の姿《すがた》はいつまでも消《き》えず、ハリーは何度《なんど》も何度《なんど》ものぞき込《こ》んだ。遠《とお》くのほうから物音《ものおと》が聞《き》こえ、ハリーはふと我《われ》に返《かえ》った。いつまでもここにはいられない。なんとかベッドに戻《もど》らないと。ハリーは鏡《かがみ》の中《なか》の母親《ははおや》から思《おも》いきって目《め》を離《はな》し、「また来《く》るからね」とつぶやいた。そして急《いそ》いで部屋《へや》を出《で》た。

「起《お》こしてくれればよかったのに」

翌朝《よくあさ》ロンが不機嫌《ふきげん》そうにいった。

「今晩《こんばん》、一緒《いっしょ》に来《く》ればいいよ。僕《ぼく》、また行《い》くから。君《きみ》に鏡《かがみ》を見《み》せたいんだ」

「君《きみ》のママとパパに会《あ》いたいよ」ロンは意気込《いきご》んだ。

「僕《ぼく》は君《きみ》の家族《かぞく》に会《あ》いたい。ウィーズリー家《け》の人《ひと》たちに会《あ》いたいよ。ほかの兄《にい》さんとか、みんなに会《あ》わせてくれるよね」

「いつだって会《あ》えるよ。今度《こんど》の夏休《なつやす》みに家《うち》に来《く》ればいい。もしかしたら、その鏡《かがみ》は亡《な》くなった人《ひと》だけを見《み》せるのかもしれないな。しかし、フラメルを見《み》つけられなかったのは残念《ざんねん》だったなぁ。ベーコンか何《なに》か食《た》べろよ。何《なに》も食《た》べてないじゃないか。どうしたの？」

ハリーは食《た》べたくなかった。両親《りょうしん》に会《あ》えた。今晩《こんばん》もまた会《あ》える。ハリーはフラメルのことはほとんど忘《わす》れてしまっていた。そんなことはもう、どうでもいいような気《き》がした。三頭犬《さんとうけん》が何《なに》を守《まも》っていようが、関係《かんけい》ない。スネイプがそれを盗《ぬす》んだところで、それがどうしたというんだ。

「大丈夫《だいじょうぶ》かい？　なんか様子《ようす》がおかしいよ」ロンが言《い》った。

あの鏡《かがみ》の部屋《へや》が二度《にど》と見《み》つからないのではと、ハリーはそれが一番怖《いちばんこわ》かった。ロンと二人《ふたり》でマントを着《き》たので、昨夜《さくや》よりのろのろ歩《ある》きになった。図書館《としょかん》からの道筋《みちすじ》をもう一度《いちど》たどりなおして、二人《ふたり》は一時間近《じかんちか》く暗《くら》い通路《つうろ》をさまよった。

「凍《こご》えちゃうよ。もうあきらめて帰《かえ》ろう」とロンが言《い》った。

「いやだ！　どっかこのあたりなんだから」ハリーはつっぱねた。背《せ》の高《たか》い魔女《まじょ》のゴーストがするすると反対方向《はんたいほうこう》に行《い》くのとすれちがったほかは、誰《だれ》も見《み》かけなかった。冷《ひ》えて足《あし》の感覚《かんかく》がなくなったと、ロンがブツブツ言《い》いはじめたちょうどその時《とき》、ハリーはあの鎧《よろい》を見《み》つけた。

「ここだ……ここだった……そう」

二人《ふたり》はドアを開《あ》けた。ハリーはマントをかなぐり捨《す》てて鏡《かがみ》に向《む》かって走《はし》った。

みんながそこにいた。父《とう》さんと母《かあ》さんがハリーを見《み》てニッコリ笑《わら》っていた。

「ねっ？」とハリーがささやいた。

「何《なに》も見《み》えないよ」

「ほら！　みんなを見《み》てよ……たくさんいるよ」

「僕《ぼく》、君《きみ》しか見《み》えないよ」

「ちゃんと見《み》てごらんよ。さぁ、僕《ぼく》のところに立《た》ってみて」

ハリーが脇《わき》にどいてロンが鏡《かがみ》の正面《しょうめん》に立《た》つと、ハリーには家族《かぞく》の姿《すがた》が見《み》えなくなって、かわりにペイズリー模様《もよう》のパジャマを着《き》たロンが映《うつ》っているのが見《み》えた。

今度《こんど》はロンのほうが、鏡《かがみ》に映《うつ》った自分《じぶん》の姿《すがた》を夢中《むちゅう》でのぞき込《こ》んでいた。

「僕《ぼく》を見《み》て！」ロンが言《い》った。

「家族《かぞく》みんなが君《きみ》を囲《かこ》んでいるのが見《み》えるかい？」

「ううん……僕一人《ぼくひとり》だ……でも僕《ぼく》じゃないみたい……もっと年上《としうえ》に見《み》える……僕《ぼく》、首席《しゅせき》だ！」

「なんだって？」

「僕《ぼく》……ビルがつけていたようなバッジをつけてる……そして最優秀寮杯《さいゆうしゅうりょうはい》とクィディッチ優勝《ゆうしょう》カップを持《も》っている……僕《ぼく》、クィディッチのキャプテンもやってるんだ」

ロンはほれぼれするような自分《じぶん》の姿《すがた》からようやく目《め》を離《はな》し、興奮《こうふん》した様子《ようす》でハリーを見《み》た。

「この鏡《かがみ》は未来《みらい》を見《み》せてくれるのかなぁ？」

「そんなはずないよ。僕《ぼく》の家族《かぞく》はみんな死《し》んじゃったんだから……もう一度《いちど》僕《ぼく》に見《み》せて……」

「君《きみ》はきのうひとり占《じ》めで見《み》たじゃないか。もう少《すこ》し僕《ぼく》に見《み》せてよ」

「君《きみ》はクィディッチの優勝《ゆうしょう》カップを持《も》ってるだけじゃないか。何《なに》がおもしろいんだよ。僕は両親《りょうしん》に会《あ》いたいんだ」

「押《お》すなよ……」

突然《とつぜん》、外《そと》の廊下《ろうか》で音《おと》がして、二人《ふたり》は言《い》い争《あらそ》いを止《や》めた。どんなに大声《おおごえ》で話《はな》していたかに気《き》がつかなかったのだ。

「早《はや》く！」

ロンがマントを二人《ふたり》にかぶせたとたん、ミセス・ノリスの蛍《ほたる》のように光《ひか》る目《め》がドアのむこうから現《あらわ》れた。ロンとハリーは息《いき》をひそめて立《た》っていた。二人《ふたり》とも同《おな》じことを考《かんが》えていた。

――このマント、猫《ねこ》にも効《き》くのかな？――何年《なんねん》もたったような気《き》がした。やがて、ミセス・ノリスはくるりと向《む》きを変《か》えて立《た》ち去《さ》った。

「まだ安心《あんしん》はできない――フィルチのところに行《い》ったかもしれない。僕《ぼく》たちの声《こえ》が聞《き》こえたにちがいないよ。さぁ」

ロンはハリーを部屋《へや》から引《ひ》っぱり出《だ》した。


次《つぎ》の朝《あさ》、雪《ゆき》はまだ解《と》けていなかった。

「ハリー、チェスしないか？」とロンが誘《さそ》った。

「しない」

「下《した》におりて、ハグリッドのところに行《い》かないか？」

「ううん……君《きみ》が行《い》けば……」

「ハリー、あの鏡《かがみ》のことを考《かんが》えてるんだろう。今夜《こんや》は行《い》かないほうがいいよ」

「どうして?」

「わかんないけど、なんだかあの鏡《かがみ》のこと、悪《わる》い予感《よかん》がするんだ。それに、君《きみ》はずいぶん危機一髪《ききいっぱつ》の目《め》にあったじゃないか。フィルチもスネイプもミセス・ノリスもうろうろしているよ。連中《れんちゅう》に君《きみ》が見《み》えないからって安心《あんしん》はできない。君《きみ》にぶつかったらどうなる? もし君《きみ》が何《なに》かひっくり返《かえ》したら?」

「ハーマイオニーみたいなこと言《い》うね」

「本当《ほんとう》に心配《しんぱい》しているんだよ。ハリー、行《い》っちゃやだめだよ」

だがハリーは鏡《かがみ》の前《まえ》に立《た》つことしか考《かんが》えていなかった。ロンが何《なん》と言《い》おうと、止《と》めることはできない。

三日目《みっかめ》の夜《よる》は昨夜《さくや》より早《はや》く道《みち》がわかった。あんまり速《はや》く歩《ある》いたので、自分《じぶん》でも用心《ようじん》が足《た》りないと思《おも》うぐらい音《おと》を立《た》てていた。だが、誰《だれ》とも出会《であ》わなかった。

父《とう》さんと母《かあ》さんはちゃんとそこにいて、ハリーにほほえみかけ、おじいさんの一人《ひとり》は、うれしそうにうなずいていた。ハリーは鏡《かがみ》の前《まえ》に座《すわ》り込《こ》んだ。何《なに》があろうと、一晩中《ひとばんじゅう》家族《かぞく》とそこにいたい。誰《だれ》も、何《なに》ものも止《と》められやしない。

ただし……。

「ハリー、また来《き》たのかね？」

ハリーは体中《からだじゅう》がヒヤーッと氷《こおり》になったかと思《おも》った。振《ふ》り返《かえ》ると、壁際《かべぎわ》の机《つくえ》に、誰《だれ》あろう、アルバス・ダンブルドアが腰《こし》かけていた。鏡《かがみ》のそばに行《い》きたい一心《いっしん》で、ダンブルドアの前《まえ》を気《き》づかずに通《とお》り過《す》ぎてしまったにちがいない。

「ぼ、僕《ぼく》、気《き》がつきませんでした」

「透明《とうめい》になると、不思議《ふしぎ》にずいぶん近眼《きんがん》になるんじゃのう」とダンブルドアが言《い》った。

先生《せんせい》がほほえんでいるのを見《み》てハリーはホッとした。ダンブルドアは机《つくえ》から下《お》りてハリーと一緒《いっしょ》に床《ゆか》に座《すわ》った。

「君《きみ》だけではない。何百人《なんびゃくにん》も君《きみ》と同《おな》じように、この『みぞの鏡《かがみ》』のとりこになった」

「先生《せんせい》、僕《ぼく》、そういう名《な》の鏡《かがみ》だとは知《し》りませんでした」

「この鏡《かがみ》が何《なに》をしてくれるのかはもう気《き》がついたじゃろう」

「鏡《かがみ》は……僕《ぼく》の家族《かぞく》を見《み》せてくれました……」

「そして君《きみ》の友達《ともだち》のロンには、首席《しゅせき》になった姿《すがた》じゃった」

「どうしてそれを……」

「わしはマントがなくても透明《とうめい》になれるのでな」

ダンブルドアは穏《おだ》やかに言《い》った。

「それで、この『みぞの鏡《かがみ》』はわしたちに何《なに》を見《み》せてくれると思《おも》うかね？」

ハリーは首《くび》を横《よこ》に振《ふ》った。

「ではヒントをあげようかのう。この世《よ》で一番幸《いちばんしあわ》せな人《ひと》には、この鏡《かがみ》は普通《ふつう》の鏡《かがみ》になる。その人《ひと》が鏡《かがみ》を見《み》ると、そのまんまの姿《すがた》が映《うつ》るのじゃ。これで何《なに》かわかったかね」

ハリーは考《かんが》えてからゆっくりと答《こた》えた。

「何《なに》か欲《ほ》しいものを見《み》せてくれる……何《なん》でも自分《じぶん》の欲《ほ》しいものを……」

「当《あ》たりでもあるし、はずれでもある」

ダンブルドアが静《しず》かに言《い》った。

「鏡《かがみ》が見《み》せてくれるのは、心《こころ》の一番奥底《いちばんおくそこ》にある一番強《いちばんつよ》い『のぞみ』じゃ。それ以上《いじょう》でもそれ以下《いか》でもない。君《きみ》は家族《かぞく》を知《し》らないので、家族《かぞく》に囲《かこ》まれた自分《じぶん》を見《み》る。ロナルド・ウィーズリーはいつも兄弟《きょうだい》の陰《かげ》でかすんでいるから、兄弟《きょうだい》の誰《だれ》よりもすばらしい自分《じぶん》が一人《ひとり》で堂々《どうどう》と立《た》っている姿《すがた》が見《み》える。しかしこの鏡《かがみ》は、知識《ちしき》や真実《しんじつ》を示《しめ》してくれるものではない。鏡《かがみ》が映《うつ》すものが現実《げんじつ》のものか、はたして実現《じつげん》が可能《かのう》なものなのかさえ判断《はんだん》できず、鏡《かがみ》の前《まえ》でへとへとになったり、鏡《かがみ》に映《うつ》る姿《すがた》に魅入《みい》られてしまったり、正気《しょうき》を失《うしな》ってしまったりしたんじゃよ。

ハリー、この鏡《かがみ》は明日《あす》、よそに移《うつ》す。もうこの鏡《かがみ》を探《さが》してはいけないよ。たとえ再《ふたた》びこの鏡《かがみ》に出合《であ》うことがあっても、もう大丈夫《だいじょうぶ》じゃろう。夢《ゆめ》にふけったり、生《い》きることを忘《わす》れてしまうのはよくない。それをよく覚《おぼ》えておきなさい。さぁて、そのすばらしいマントを着《き》て、ベッドに戻《もど》ってはいかがかな」

ハリーは立《た》ち上《あ》がった。

「あの……ダンブルドア先生《せんせい》、質問《しつもん》してよろしいですか？」

「いいとも。今《いま》のもすでに質問《しつもん》だったがのう」

ダンブルドアはほほえんだ。

「でも、もう一つだけ質問《しつもん》を許《ゆる》そう」

「先生《せんせい》ならこの鏡《かがみ》で何《なに》が見《み》えるんですか」

「わしかね？　厚手《あつで》のウールの靴下《くつした》を一足《そく》、手《て》に持《も》っておるのが見《み》える」

ハリーは目《め》を見開《みひら》いた。

「靴下《くつした》はいくつあってもいいものじゃ。なのに今年《ことし》のクリスマスにも靴下《くつした》は一足《そく》ももらえなかった。わしにプレゼントしてくれる人《ひと》は本《ほん》ばっかり贈《おく》りたがるんじゃ」

ダンブルドアは本当《ほんとう》のことを言《い》わなかったのかもしれない、ハリーがそう気《き》づいたのはベッドに入《はい》ってからだった。でも……ハリーは枕《まくら》の上《うえ》にいたスキャバーズを払《はら》いのけながら考《かんが》えた――きっとあれはちょっと無遠慮《ぶえんりょ》な質問《しつもん》だったんだ……。

第《だい》13章《しょう》 ニコラス・フラメル

「みぞの鏡《かがみ》」を二度《にど》と探《さが》さないようにとダンブルドアに説得《せっとく》され、クリスマス休暇《きゅうか》が終《お》わるまで透明《とうめい》マントはハリーのトランクの底《そこ》にしまい込《こ》まれたままだった。ハリーは鏡《かがみ》の中《なか》で見《み》たものを忘《わす》れたいと思《おも》ったが、そう簡単《かんたん》にはいかなかった。それからよく悪夢《あくむ》にうなされた。高笑《たかわら》いが響《ひび》き、両親《りょうしん》が緑色《みどりいろ》の閃光《せんこう》とともに消《き》え去《さ》る夢《ゆめ》を何度《なんど》もくり返《かえ》し見《み》た。

ハリーがロンに夢《ゆめ》のことを話《はな》すと、ロンが言《い》った。

「ほら、ダンブルドアの言《い》うとおりだよ。鏡《かがみ》を見《み》て気《き》が変《へん》になる人《ひと》がいるって」

新学期《しんがっき》が始《はじ》まる一日前《にちまえ》にハーマイオニーが帰《かえ》ってきた。ロンとはちがい、ハーマイオニーの気《き》持《も》ちは複雑《ふくざつ》だった。一方《いっぽう》では、ハリーが三晩《みばん》も続《つづ》けてベッドを抜《ぬ》け出《だ》し、学校中《がっこうじゅう》をうろうろしたと聞《き》いて驚《おどろ》きあきれたが（もしフィルチに捕《つか》まっていたら！）、一方《いっぽう》、どうせそういうことならせめてニコラス・フラメルについてハリーが何《なに》か見《み》つければよかったのに、と悔《くや》しがった。

図書館《としょかん》ではフラメルは見《み》つからないと、三人《にん》はほとんどあきらめかけていたが、ハリーには絶《ぜっ》対《たい》どこかでその名前《なまえ》を見《み》たという確信《かくしん》があった。新学期《しんがっき》が始《はじ》まると、三人《さんにん》は再《ふたた》び十分間《ぶんかん》の休《やす》み時《じ》間中《かんちゅう》に必死《ひっし》で本《ほん》をあさった。クィディッチの練習《れんしゅう》も始《はじ》まったので、ハリーは二人《ふたり》より時間《じかん》が取《と》れなかった。

ウッドのしごきは前《まえ》よりも厳《きび》しくなった。雪《ゆき》が雨《あめ》に変《か》わり、果《は》てしなく降《ふ》り続《つづ》いてもウッドの意気込《いきご》みが湿《しめ》りつくことはなかった。ウッドはほとんどいかれてる、と双子《ふたご》のウィーズリーは文《もん》句《く》を言《い》ったが、ハリーはウッドの味方《みかた》だった。次《つぎ》の試合《しあい》でハッフルパフに勝《か》てば七年《ねん》ぶりに寮対《りょうたい》抗杯《こうはい》をスリザリンから取《と》り戻《もど》せるのだ。たしかに勝《か》ちたいという気持《きも》ちはあったが、それとは別《べつ》に、練習《れんしゅう》でつかれたあとはあまり悪夢《あくむ》を見《み》なくなることも、ハリーは意識《いしき》していた。

ひときわ激《はげ》しい雨《あめ》でびしょびしょになり、泥《どろ》んこになって練習《れんしゅう》している最中《さいちゅう》、ウッドが悪《わる》い知《し》らせをもたらした。双子《ふたご》のウィーズリーが互《たが》いに急降下《きゅうこうか》爆撃《ばくげき》をしかけ、箒《ほうき》から落《お》ちるふりをするので、カンカンに腹《はら》を立《た》てたウッドが叫《さけ》んだ。

「ふざけるのはやめろ！　そんなことをすると、今度《こんど》の試合《しあい》には負《ま》けるぞ。次《つぎ》の試合《しあい》の審判《しんぱん》はスネイプだ。すきあらばグリフィンドールから減点《げんてん》しようとねらってくるぞ」

とたんにジョージ・ウィーズリーは本当《ほんとう》に箒《ほうき》から落《お》ちてしまった。

「スネイプが審判《しんぱん》をやるって？」

ジョージは口《くち》いっぱいの泥《どろ》を吐《は》きちらしながら急《せ》き込《こ》んで聞《き》いた。

「スネイプがクィディッチの審判《しんぱん》をやったことなんかあるか？　俺《おれ》たちがスリザリンに勝《か》つかもしれないとなったら、きっとフェアでなくなるぜ」

チーム全員《ぜんいん》がジョージのそばに着地《ちゃくち》して文句《もんく》を言《い》いはじめた。

「僕《ぼく》のせいじゃない。僕《ぼく》たちは、つけ込《こ》む口実《こうじつ》を与《あた》えないよう、絶対《ぜったい》にフェアプレーをしなければ」

それはそうだとハリーは思《おも》った。しかしハリーには、クィディッチの試合中《しあいちゅう》スネイプがそばにいると困《こま》る理由《りゆう》がもう一つあった……。

練習《れんしゅう》のあと、選手《せんしゅ》たちはいつもどおりだらだらとしゃべっていたが、ハリーはまっすぐグリフィンドールの談話室《だんわしつ》に戻《もど》った。ロンとハーマイオニーはチェスの対戦中《たいせんちゅう》だった。ハーマイオニーが負《ま》けるのはチェスだけだったが、負《ま》けるのは彼女《かのじょ》にとっていいことだとハリーとロンは思《おも》っていた。

「今《いま》は話《はな》しかけないで。集中《しゅうちゅう》しなくちゃ……」

ロンはハリーがそばに座《すわ》るなりそう言《い》ったが、ハリーの顔《かお》を見《み》ると、「なんかあったのか？　なんて顔《かお》してるんだい」と聞《き》いた。

ほかの人《ひと》に聞《き》かれないように小声《こごえ》で、ハリーは、スネイプが突然《とつぜん》クィディッチの審判《しんぱん》をやりたいと言《い》いだした、という不吉《ふきつ》なニュースを伝《つた》えた。ハーマイオニーとロンはすぐに反応《はんのう》した。

「試合《しあい》に出《で》ちゃだめよ」

「病気《びょうき》だって言《い》えよ」

「足《あし》を折《お》ったことにすれば」とハーマイオニー。

「いっそ本当《ほんとう》に足《あし》を折《お》ってしまえ」とロン。

「できないよ。シーカーの補欠《ほけつ》はいないんだ。僕《ぼく》が出《で》ないとグリフィンドールはプレーできなくなってしまう」

その時《とき》、ネビルが談話室《だんわしつ》に倒《たお》れこんできた。どうやって肖像画《しょうぞうが》の穴《あな》をはい登《のぼ》れたやら、両足《りょうあし》がぴったりくっついたままで、「足縛《あししば》りの呪《のろ》い」をかけられたとすぐにわかる。グリフィンドール塔《とう》までずっとウサギ跳《と》びをしてきたにちがいない。

みんな笑《わら》い転《ころ》げたが、ハーマイオニーだけはすぐ立《た》ち上《あ》がって呪《のろ》いを解《と》く呪文《じゅもん》を唱《とな》えた。両足《りょうあし》がパッと離《はな》れ、ネビルは震《ふる》えながら立《た》ち上《あ》がった。

「どうしたの？」

ネビルをハリーとロンのそばに座《すわ》らせながらハーマイオニーが尋《たず》ねた。

「マルフォイが……」ネビルは震《ふる》え声《ごえ》で答《こた》えた。「図書館《としょかん》の外《そと》で出会《であ》ったの。誰《だれ》かに呪文《じゅもん》を試《ため》してみたかったって……」

「マクゴナガル先生《せんせい》のところに行《い》きなさいよ！　マルフォイがやったって報告《ほうこく》するのよ！」

とハーマイオニーが急《せ》き立《た》てた。

ネビルは首《くび》を横《よこ》に振《ふ》った。

「これ以上《いじょう》、面倒《めんどう》はいやだ」

「ネビル、マルフォイに立《た》ち向《む》かわなきゃだめだよ」ロンが言《い》った。

「あいつは平気《へいき》でみんなをバカにしてる。だからといって屈服《くっぷく》してヤツをつけ上《あ》がらせていいってもんじゃない」

「僕《ぼく》が、勇気《ゆうき》がなくてグリフィンドールにふさわしくないって、言《い》われなくってもわかってるよ。マルフォイがさっきそう言《い》ったから」

ネビルが声《こえ》を詰《つ》まらせた。

ハリーはポケットを探《さぐ》って蛙《かえる》チョコレートを取《と》り出《だ》した。ハーマイオニーがクリスマスにくれたのが一つだけ残《のこ》っていた。ハリーは今《いま》にも泣《な》きそうになっているネビルにそれを差《さ》し出《だ》した。

「マルフォイが十人束《にんたば》になったって君《きみ》にはおよばないよ。組分《くみわ》け帽子《ぼうし》に選《えら》ばれて、君《きみ》はグリフィンドールに入《はい》ったんだろう？　マルフォイはどうだい？　くされスリザリンに入《い》れられたよ」

蛙《かえる》チョコの包《つつ》み紙《がみ》を開《あ》けながら、ネビルはかすかにほほえんだ。

「ハリー、ありがとう……僕《ぼく》、もう寝《ね》るよ……カードあげる。集《あつ》めてるんだろう？」

ネビルが行《い》ってしまってから、ハリーは「有名魔法使《ゆうめいまほうつか》いカード」を眺《なが》めた。

「またダンブルドアだ。僕《ぼく》が初《はじ》めて見《み》たカード……」

ハリーは息《いき》をのんだ。カードの裏《うら》を食《く》い入《い》るように見《み》つめ、そしてロンとハーマイオニーの顔《かお》を見《み》た。

「見《み》つけたぞ！」

ハリーが声《こえ》を殺《ころ》して叫《さけ》んだ。

「フラメルを見《み》つけた！　どっかで名前《なまえ》を見《み》たことがあるって言《い》ったよね。ホグワーツに来《く》る汽《き》車《しゃ》の中《なか》で見《み》たんだ……聞《き》いて……『特《とく》に、一九四五年《ねん》、闇《やみ》の魔法使《まほうつか》い、グリンデルバルドを破《やぶ》ったこと、ドラゴンの血液《けつえき》の十二種類《しゅるい》の利用法《りようほう》の発見《はっけん》、パートナーであるニコラス・フラメルとの錬金術《れんきんじゅつ》の共同研究《きょうどうけんきゅう》などで有名《ゆうめい》』」

ハーマイオニーは跳《と》び上《あ》がった。こんなに興奮《こうふん》したハーマイオニーを見《み》るのは、三人《にん》の最初《さいしょ》の宿題《しゅくだい》が採点《さいてん》されて戻《もど》ってきたとき以来《いらい》だった。

「ちょっと待《ま》ってて！」

ハーマイオニーは女子寮《じょしりょう》への階段《かいだん》を脱兎《だっと》のごとくかけ上《あ》がっていった。どうしたんだろうとロンとハリーが顔《かお》を見交《みか》わす間《ま》もないうちに、巨大《きょだい》な古《ふる》い本《ほん》を抱《かか》えてハーマイオニーが矢《や》のように戻《もど》ってきた。

「この本《ほん》で探《さが》してみようなんて考《かんが》えつきもしなかったわ」

ハーマイオニーは興奮《こうふん》しながらささやいた。

「ちょっと軽《かる》い読書《どくしょ》をしようと思《おも》って、ずいぶん前《まえ》に図書館《としょかん》から借《か》り出《だ》していたの」

「軽《かる》い？」とロンが口走《くちばし》った。

ハーマイオニーは、見《み》つけるまでだまっていてと言《い》うなり、ブツブツひとり言《ごと》を言《い》いながらすごい勢《いきお》いでページをめくりはじめた。

いよいよ探《さが》していたものを見《み》つけた。

「これだわ！　思《おも》ったとおりよ！」

「もうしゃべってもいいのかな？」とロンが不機嫌《ふきげん》な声《こえ》を出《だ》した。

ハーマイオニーはおかまいなしにヒソヒソ声《ごえ》でドラマチックに読《よ》み上《あ》げた。「ニコラス・フラメルは、**我々《われわれ》の知《し》るかぎり、賢者《けんじゃ》の石《いし》の創造《そうぞう》に成功《せいこう》した唯一《ゆいいつ》の者《もの》！**」

ハーマイオニーが期待《きたい》したような反応《はんのう》がなかった。

「何《なに》、それ？」

ハリーとロンの反応《はんのう》がこれだ。

「まったく、もう。二人《ふたり》とも本《ほん》を読《よ》まないの？　ほら、ここ……読《よ》んでみて」

ハーマイオニーが二人《ふたり》のほうに本《ほん》を押《お》して寄《よ》こした。二人《ふたり》は読《よ》みはじめた。


　錬金術《れんきんじゅつ》とは、「賢者の石《けんじゃのいし》」と言《い》われる恐《おそ》るべき力《ちから》をもつ伝説《でんせつ》の物質《ぶっしつ》を創造《そうぞう》することに関《かか》わる古代《こだい》の学問《がくもん》であった。この「賢者の石《けんじゃのいし》」は、いかなる金属《きんぞく》をも黄金《おうごん》に変《か》える力《ちから》があり、また飲《の》めば不老不死《ふろうふし》になる「命《いのち》の水《みず》」の源《みなもと》でもある。

「賢者の石《けんじゃのいし》」については何世紀《なんせいき》にもわたって多《おお》くの報告《ほうこく》がなされてきたが、現存《げんそん》する唯一《ゆいいつ》の石《いし》は著名《ちょめい》な錬金術師《れんきんじゅつし》であり、オペラ愛好家《あいこうか》であるニコラス・フラメル氏《し》が所有《しょゆう》している。フラメル氏《し》は昨年《さくねん》六百六十五歳《さい》の誕生日《たんじょうび》を迎《むか》え、デボン州《しゅう》でペレネレ夫人《ふじん》（六百五十八歳《さい》）と静《しず》かに暮《く》らしている。


ハリーとロンが読《よ》み終《お》わると、ハーマイオニーが言《い》った。

「ねっ？　あの犬《いぬ》はフラメルの『賢者《けんじゃ》の石《いし》』を守《まも》っているにちがいないわ！　フラメルがダンブルドアに保管《ほかん》してくれって頼《たの》んだのよ。だって二人《ふたり》は友達《ともだち》だし、フラメルは誰《だれ》かがねらっているのを知《し》ってたのね。だからグリンゴッツから石《いし》を移《うつ》してほしかったんだわ！」

「金《きん》を作《つく》る石《いし》、けっして死《し》なないようにする石《いし》！　スネイプがねらうのも無理《むり》ないよ。誰《だれ》だって欲《ほ》しいもの」とハリーが言《い》った。

「それに『魔法界《まほうかい》における最近《さいきん》の進歩《しんぽ》に関《かん》する研究《けんきゅう》』に載《の》ってなかったわけだ。だって六百六十五歳《さい》じゃ厳密《げんみつ》には最近《さいきん》と言《い》えないよな」とロンが続《つづ》けた。

翌朝《よくあさ》、「闇《やみ》の魔術《まじゅつ》に対《たい》する防衛術《ぼうえいじゅつ》」の授業《じゅぎょう》で、狼人間《おおかみにんげん》にかまれた傷《きず》のさまざまな処置法《しょちほう》についてノートを取《と》りながら、ハリーとロンは自分《じぶん》が「賢者《けんじゃ》の石《いし》」を持《も》っていたらどうするかを話《はな》していた。ロンが自分《じぶん》のクィディッチ・チームを買《か》うと言《い》ったとたん、ハリーはスネイプと試合《しあい》のことを思《おも》い出《だ》した。

「僕《ぼく》、試合《しあい》に出《で》るよ」

ハリーはロンとハーマイオニーに言《い》った。

「出《で》なかったら、スリザリンの連中《れんちゅう》はスネイプが怖《こわ》くて僕《ぼく》が試合《しあい》に出《で》なかったと思《おも》うだろう。目《め》にもの見《み》せてやる……僕《ぼく》たちが勝《か》って、連中《れんちゅう》の顔《かお》から笑《わら》いをぬぐい去《さ》ってやる」

「ピッチに落《お》ちたあなたを、私《わたし》たちがぬぐい去《さ》るようなハメにならなければね」

とハーマイオニーが言《い》った。

二人《ふたり》に向《む》かって強《つよ》がりを言《い》ったものの、試合《しあい》が近《ちか》づくにつれてハリーは不安《ふあん》になってきた。ほかの選手《せんしゅ》もあまり冷静《れいせい》ではいられなかった。七年近《ねんちか》くスリザリンに取《と》られっぱなしだった優勝《ゆうしょう》を手《て》にすることができたなら、どんなにすばらしいだろう。でも審判《しんぱん》が公正《こうせい》でなかったらそれは可《か》能《のう》なことなのだろうか。

思《おも》い過《す》ごしかもしれないが、ハリーはどこに行《い》ってもスネイプに出《で》くわすような気《き》がした。ハリーがひとりぼっちになったときに捕《つか》まえようと、後《あと》をつけてるのではないかと思《おも》うことがときどきあった。「魔法薬学《まほうやくがく》」の授業《じゅぎょう》は毎週《まいしゅう》拷問《ごうもん》にかけられているようだった。スネイプはハリーにとてもつらくあたった。ハリーたちが「賢者《けんじゃ》の石《いし》」のことを知《し》ったと気《き》づいたのだろうか？そんなはずはないと思《おも》いながらも、ときどきハリーは、スネイプには人《ひと》の心《こころ》が読《よ》めるのではないかという恐《おそ》ろしい思《おも》いに囚《とら》われてしまうのだった。

次《つぎ》の日《ひ》の昼過《ひるす》ぎ、ロンとハーマイオニーは更衣室《こういしつ》の外《そと》で「幸運《こううん》を祈《いの》る」とハリーを見送《みおく》った。はたして再《ふたた》び生《い》きて自分《じぶん》に会《あ》えるかどうかと二人《ふたり》が考《かんが》えていることをハリーは知《し》っていた。どうも意気《いき》が上《あ》がらない。ウッドの激励《げきれい》の言葉《ことば》もほとんど耳《みみ》に入《はい》らないまま、ハリーはクィディッチのユニフォームを着《き》てニンバス2000を手《て》に取《と》った。

ハリーと別《わか》れたあと、ロンとハーマイオニーはスタンドでネビルの隣《となり》に座《すわ》った。ネビルはなぜ二人《ふたり》が深刻《しんこく》な顔《かお》をしているのか、クィディッチの試合観戦《しあいかんせん》なのになぜ杖《つえ》を持《も》ってきているのか、さっぱりわからなかった。ハリーにだまって、ロンとハーマイオニーはひそかに「足縛《あししば》りの呪文《じゅもん》」を練習《れんしゅう》していた。マルフォイがネビルに術《じゅつ》を使《つか》ったことからヒントを得《え》て、もしスネイプがハリーを傷《きず》つけるようなそぶりをちらっとでも見《み》せたらこの術《じゅつ》をかけようと準備《じゅんび》していた。

「いいこと、忘《わす》れちゃだめよ。ロコモーター　モルティスよ」

ハーマイオニーが杖《つえ》をそでの中《なか》に隠《かく》そうとしているロンにささやいた。

「**わかってるったら**。ガミガミ言《い》うなよ」

ロンがピシャリと言《い》った。

更衣室《こういしつ》ではウッドがハリーをそばに呼《よ》んで話《はなし》をしていた。

「ポッター、プレッシャーをかけるつもりはないが、この試合《しあい》こそ、とにかく早《はや》くスニッチを捕《つか》まえてほしいんだ。スネイプにハッフルパフをひいきする余裕《よゆう》を与《あた》えずに試合《しあい》を終《お》わらせてくれ」

「学校中《がっこうじゅう》が観戦《かんせん》に出《で》てきたぜ」

フレッド・ウィーズリーがドアからのぞいて言《い》った。

「こりゃ驚《おどろ》いた……ダンブルドアまで見《み》に来《き》てる」

ハリーの心臓《しんぞう》が宙返《ちゅうがえ》りした。

「ダンブルドア？」

ハリーはドアにかけ寄《よ》ってたしかめた。フレッドの言《い》うとおりだ。あの銀色《ぎんいろ》のひげはまちがいようがない。

ハリーはホッとして笑《わら》いだしそうになった。助《たす》かった。ダンブルドアが見《み》ている前《まえ》では、スネイプがハリーを傷《きず》つけるなんてできっこない。

選手《せんしゅ》がピッチに入場《にゅうじょう》してきたとき、スネイプが腹《はら》を立《た》てているように見《み》えたのは、そのせいかもしれない。ロンもそれに気《き》づいた。

「スネイプがあんなに意地悪《いじわる》な顔《かお》をしたの、見《み》たことない」

ロンがハーマイオニーに話《はな》しかけた。

「さぁ、プレー・ボールだ。アイタッ！」

誰《だれ》かがロンの頭《あたま》の後《うし》ろをこづいた。マルフォイだった。

「ああ、ごめん。ウィーズリー、気《き》がつかなかったよ」

マルフォイはクラッブとゴイルに向《む》かってニヤッと笑《わら》った。

「この試合《しあい》、ポッターはどのくらい箒《ほうき》に乗《の》っていられるかな？　誰《だれ》か、賭《か》けるかい？　ウィーズリー、どうだい？」

ロンは答《こた》えなかった。ジョージ・ウィーズリーがブラッジャーをスネイプのほうに打《う》ったという理由《りゆう》で、スネイプがハッフルパフにペナルティ・スローを与《あた》えたところだった。ハーマイオニーはひざの上《うえ》で指《ゆび》を十字架《じゅうじか》の形《かたち》に組《く》んで祈《いの》りながら、目《め》を凝《こ》らしてハリーを見《み》つめ続《つづ》けていた。ハリーはスニッチを探《さが》して鷹《たか》のようにぐるぐると高《たか》いところを旋回《せんかい》していた。

「グリフィンドールの選手《せんしゅ》がどういうふうに選《えら》ばれたか知《し》ってるかい？」

しばらくしてマルフォイが聞《き》こえよがしに言《い》った。ちょうどスネイプが何《なん》の理由《りゆう》もなくハッフルパフにペナルティ・スローを与《あた》えたところだった。

「気《き》の毒《どく》な人《ひと》が選《えら》ばれてるんだよ。ポッターは両親《りょうしん》がいないし、ウィーズリー一家《いっか》はお金《かね》がないし……ネビル・ロングボトム、君《きみ》もチームに入《はい》るべきだね。脳《のう》みそがないから」

ネビルは顔《かお》を真《ま》っ赤《か》にしたが、座《すわ》ったまま後《うし》ろを振《ふ》り返《かえ》ってマルフォイの顔《かお》を見《み》た。

「マルフォイ、ぼ、僕《ぼく》、君《きみ》が十人束《にんたば》になってもかなわないぐらい価値《かち》があるんだ」

ネビルがつっかえながらも言《い》いきった。

マルフォイもクラッブもゴイルも大笑《おおわら》いした。ロンは試合《しあい》から目《め》を離《はな》す余裕《よゆう》がなかったが、

「そうだ、ネビル、もっと言《い》ってやれよ」と口《くち》を出《だ》した。

「ロングボトム、もし脳《のう》みそが金《きん》でできてるなら、君《きみ》はウィーズリーより貧乏《びんぼう》だよ。つまり生半《なまはん》可《か》な貧乏《びんぼう》じゃないってことだな」

ロンはハリーのことが心配《しんぱい》で、神経《しんけい》が張《は》りつめて切《き》れる寸前《すんぜん》だった。

「マルフォイ、これ以上《いじょう》一言《ひとこと》でも言《い》ってみろ。ただでは……」

「ロン！」

突然《とつぜん》ハーマイオニーが叫《さけ》んだ。

「ハリーが！」

「何《なに》？　どこ？」

ハリーが突然《とつぜん》ものすごい急降下《きゅうこうか》を始《はじ》めた。そのすばらしさに観衆《かんしゅう》は息《いき》をのみ、大歓声《だいかんせい》を上《あ》げた。

ハーマイオニーは立《た》ち上《あ》がり、指《ゆび》を十字《じゅうじ》に組《く》んだまま口《くち》にくわえていた。ハリーは弾丸《だんがん》のように一直線《いっちょくせん》に地上《ちじょう》に向《む》かって突《つ》っ込《こ》んでいく。

「運《うん》がいいぞ、ウィーズリー！　ポッターはきっと地面《じめん》にお金《かね》が落《お》ちているのを見《み》つけたのにちがいない！」とマルフォイが言《い》った。

ロンはついに切《き》れた。マルフォイが気《き》がついたときには、もうロンがマルフォイに馬乗《うまの》りになり、地面《じめん》に組《く》み伏《ふ》せていた。ネビルは一瞬《いっしゅん》ひるんだが、観客席《かんきゃくせき》の椅子《いす》の背《せ》をまたいで助勢《じょせい》に加《くわ》わった。

「行《い》けっ！　ハリー」

ハーマイオニーが椅子《いす》の上《うえ》に跳《と》び上《あ》がり、声《こえ》を張《は》り上《あ》げた。ハリーがスネイプのほうに猛《もう》スピードで突進《とっしん》してゆく。ロンとマルフォイが椅子《いす》の下《した》で転《ころ》がり回《まわ》っていることにも、ネビル、クラッブ、ゴイルが取《と》っ組《く》み合《あ》って拳《こぶし》の嵐《あらし》の中《なか》から悲鳴《ひめい》が聞《き》こえてくるのにも、ハーマイオニーはまるで気《き》がつかなかった。

空中《くうちゅう》では、スネイプが箒《ほうき》の向《む》きを変《か》えた瞬間《しゅんかん》、耳元《みみもと》のほんの数《すう》センチ先《さき》を紅《くれない》の閃光《せんこう》がかすめていった。次《つぎ》の瞬間《しゅんかん》、ハリーは急降下《きゅうこうか》を止《や》め、意気揚々《いきようよう》と手《て》を挙《あ》げた。その手《て》にはスニッチが握《にぎ》られていた。

スタンドがドッと沸《わ》いた。新記録《しんきろく》だ。こんなに早《はや》くスニッチを捕《つか》まえるなんて前代未聞《ぜんだいみもん》だ。

「ロン！　ロン！　どこ行《い》ったの？　試合終了《しあいしゅうりょう》よ！　ハリーが勝《か》った！　私《わたし》たちの勝《か》ちよ！

グリフィンドールが首位《しゅい》に立《た》ったわ！」

ハーマイオニーは狂喜《きょうき》して椅子《いす》の上《うえ》で跳《と》びはね、踊《おど》り、前列《ぜんれつ》にいたパーバティ・パチルに抱《だ》きついた。

ハリーは地上《ちじょう》から三十センチのところで箒《ほうき》から飛《と》び降《お》りた。自分《じぶん》でも信《しん》じられなかった。やった！　試合終了《しあいしゅうりょう》だ。試合開始《しあいかいし》から五分《ふん》も経《た》っていなかった。グリフィンドールの選手《せんしゅ》が次々《つぎつぎ》とグラウンドに降《お》りてきた。スネイプもハリーの近《ちか》くに着地《ちゃくち》した。青白《あおじろ》い顔《かお》をして唇《くちびる》をギュッと結《むす》んでいた。誰《だれ》かがハリーの肩《かた》に手《て》を置《お》いた。見上《みあ》げるとダンブルドアがほほえんでいた。

「よくやった」

ダンブルドアがハリーだけに聞《き》こえるようにそっと言《い》った。

「君《きみ》があの鏡《かがみ》のことをくよくよ考《かんが》えず、一生懸命《いっしょうけんめい》やってきたのは偉《えら》い……すばらしい……」

スネイプが苦々《にがにが》しげに地面《じめん》につばを吐《は》いた。

しばらくして、ハリーはニンバス２０００を箒置《ほうきお》き場《ば》に戻《もど》すため、一人《ひとり》で更衣室《こういしつ》を出《で》た。こんなに幸《しあわ》せな気分《きぶん》になったことはなかった。ほんとうに誇《ほこ》りにできることをやり遂《と》げた——名前《なまえ》だけが有名《ゆうめい》だなんてもう誰《だれ》も言《い》わないだろう。夕方《ゆうがた》の空気《くうき》がこんなに甘《あま》く感《かん》じられたことはなかった。湿《しめ》った芝生《しばふ》の上《うえ》を歩《ある》いていると、この一時間《じかん》の出来事《できごと》がよみがえってきた。幸《しあわ》せでぼうっとなった時間《じかん》だった。グリフィンドールの寮生《りょうせい》がかけ寄《よ》ってきてハリーを肩車《かたぐるま》したので、ロンとハーマイオニーが遠《とお》くのほうでピョンピョン跳《と》びはねているのが見《み》えた。ロンはひどい鼻血《はなぢ》を流《なが》しながら歓声《かんせい》を上《あ》げていた。

箒置《ほうきお》き場《ば》にやってきたハリーが、木《き》の扉《とびら》に寄《よ》りかかってホグワーツを見上《みあ》げると、窓《まど》という窓《まど》が夕日《ゆうひ》に照《て》らされて赤《あか》くキラキラ輝《かがや》いている。グリフィンドールが首位《しゅい》に立《た》った。僕《ぼく》、やったんだ。スネイプに目《め》にもの見《み》せてやった……。

スネイプと言《い》えば……。

城《しろ》の正面《しょうめん》の階段《かいだん》をフードをかぶった人物《じんぶつ》が急《いそ》ぎ足《あし》で下《お》りてきた。あきらかに人目《ひとめ》をさけている。禁《きん》じられた森《もり》に足早《あしばや》に歩《ある》いて行《い》く。試合《しあい》の勝利熱《しょうりねつ》があっという間《ま》に吹《ふ》っ飛《と》んでしまった。あのすべるような忍《しの》び歩《ある》きが誰《だれ》なのか、ハリーにはわかる。スネイプだ。ほかの人《ひと》たちが夕食《ゆうしょく》を食《た》べているときにこっそり森《もり》に行《い》くとは――いったい何事《なにごと》だろう?

ハリーはまたニンバス2000に跳《と》び乗《の》り、飛《と》び上《あ》がった。城《しろ》の上《うえ》まで音《おと》をたてずに滑走《かっそう》すると、スネイプが森《もり》の中《なか》にかけ込《こ》んで行《い》くのが見《み》えた。ハリーは後《あと》をつけた。

木《き》が深々《しんしん》と繁《しげ》り、ハリーはスネイプを見失《みうしな》った。円《えん》を描《えが》きながらだんだん高度《こうど》を下《さ》げ、木《き》の梢《こずえ》に触《ふ》れるほどの高《たか》さまできたとき、誰《だれ》かの話《はな》し声《ごえ》が聞《き》こえた。声《こえ》のするほうにスーッと移動《いどう》し、ひときわ高《たか》いぶなの木《き》に音《おと》を立《た》てずに降《お》りた。

箒《ほうき》をしっかり握《にぎ》りしめ、そっと枝《えだ》を登《のぼ》り、ハリーは葉《は》っぱの陰《かげ》から下《した》をのぞき込《こ》んだ。

木《き》の下《した》の薄暗《うすぐら》い平地《へいち》にスネイプがいた。一人《ひとり》ではなかった。クィレルもいた。どんな顔《かお》をしているかハリーにはよく見《み》えなかったが、クィレルはいつもよりひどくつかえながら話《はな》していた。ハリーは耳《みみ》をそばだてた。

「……な、なんで……よりによって、こ、こんな場所《ばしょ》で……セブルス、君《きみ》にあ、会《あ》わなくちゃいけないんだ」

「このことは二人《ふたり》だけの問題《もんだい》にしようと思《おも》いましてね」

スネイプの声《こえ》は氷《こおり》のようだった。

「生徒諸君《せいとしょくん》に『賢者《けんじゃ》の石《いし》』のことを知《し》られてはまずいのでね」

ハリーは身《み》を乗《の》り出《だ》した。クィレルが何《なに》かもごもご言《い》っている。スネイプがそれをさえぎった。

「あのハグリッドの野獣《やじゅう》をどう出《だ》し抜《ぬ》くか、もうわかったのかね」

「で、でもセブルス……私《わたし》は……」

「クィレル、私《わたし》を敵《てき》に回《まわ》したくなかったら」

スネイプはぐいと一歩前《いちぽまえ》に出《で》た。

「ど、どういうことなのか、私《わたし》には……」

「私《わたし》が何《なに》が言《い》いたいか、よくわかっているはずだ」

ふくろうが大《おお》きな声《こえ》でホーッと鳴《な》いたので、ハリーは木《き》から落《お》ちそうになった。やっとバランスを取《と》り、スネイプの次《つぎ》の言葉《ことば》を聞《き》きとった。

「……あなたの怪《あや》しげなまやかしについて聞《き》かせていただきましょうか」

「で、でも私《わたし》は、な、何《なに》も……」

「いいでしょう」

とスネイプがさえぎった。

「それでは、近々《ちかぢか》、またお話《はなし》をすることになりますな。もう一度《いちど》よく考《かんが》えて、どちらに忠誠《ちゅうせい》を尽《つ》くすのか決《き》めておいていただきましょう」

スネイプはマントを頭《あたま》からすっぽりかぶり、大股《おおまた》に立《た》ち去《さ》った。もう暗《くら》くなりかかっていたが、ハリーにはその場《ば》に石《いし》のように立《た》ち尽《つ》くすクィレルの姿《すがた》が見《み》えた。

「ハリーったら、いったいどこにいたのよ？」

ハーマイオニーがかん高《だか》い声《こえ》を出《だ》した。

「僕《ぼく》らが勝《か》った！　君《きみ》が勝《か》った！　僕《ぼく》らの勝《か》ちだ！」

ロンがハリーの背《せ》をバンバンたたきながら言《い》った。

「それに、僕《ぼく》はマルフォイの目《め》に青《あお》あざを作《つく》ってやったし、ネビルなんか、クラッブとゴイルにたった一人《ひとり》で立《た》ち向《む》かったんだぜ。まだ気《き》を失《うしな》ってるけど、大丈夫《だいじょうぶ》だってマダム・ポンフリーが言《い》ってた……スリザリンに目《め》にもの見《み》せてやったぜ。みんな談話室《だんわしつ》で君《きみ》を待《ま》ってるんだ。パーティをやってるんだよ。フレッドとジョージがケーキやら何《なに》やら、キッチンから失敬《しっけい》してきたんだ」

「それどころじゃない」

ハリーが息《いき》もつかずに言《い》った。

「どこか誰《だれ》もいない部屋《へや》を探《さが》そう。大変《たいへん》な話《はなし》があるんだ……」

ハリーはピーブズがいないことをたしかめてから部屋《へや》のドアをぴたりと閉《し》めて、今見《いまみ》てきたこと、聞《き》いたことを二人《ふたり》に話《はな》した。

「僕《ぼく》らは正《ただ》しかった。『賢者《けんじゃ》の石《いし》』だったんだ。それを手《て》に入《い》れるのを手伝《てつだ》えって、スネイプがクィレルを脅《おど》していたんだ。スネイプはフラッフィーを出《だ》し抜《ぬ》く方法《ほうほう》を知《し》ってるかって聞《き》いていた……それと、クィレルの『怪《あや》しげなまやかし』のことも何《なに》か話《はな》してた……フラッフィー以外《いがい》にも何《なに》か別《べつ》なものが石《いし》を守《まも》っているんだと思《おも》う。きっと、人《ひと》を惑《まど》わすような魔法《まほう》がいっぱいかけてあるんだよ。クィレルが闇《やみ》の魔術《まじゅつ》に対抗《たいこう》する呪文《じゅもん》をかけて、スネイプがそれを破《やぶ》らなくちゃいけないのかもしれない……」

「それじゃ『賢者《けんじゃ》の石《いし》』が安全《あんぜん》なのは、クィレルがスネイプに抵抗《ていこう》している間《あいだ》だけということになるの？」ハーマイオニーが不安《ふあん》げに言《い》った。

「それじゃ、三日《みっか》ともたないな。石《いし》はすぐなくなっちまうよ」とロンが言《い》った。

第《だい》14章《しょう》　ノルウェー・ドラゴンのノーバート

クィレルはハリーたちが思《おも》っていた以上《いじょう》のねばりを見《み》せた。それから何週間《なんしゅうかん》かが経《た》ち、ますます青白《あおじろ》く、ますますやつれて見《み》えたが、口《くち》を割《わ》った気配《けはい》はなかった。

四階《かい》の廊下《ろうか》を通《とお》るたび、ハリー、ロン、ハーマイオニーの三人《にん》は扉《とびら》にぴったり耳《みみ》をつけて、フラッフィーのうなり声《ごえ》が聞《き》こえるかどうかをたしかめた。スネイプは相変《あいか》わらず不機嫌《ふきげん》にマントを翻《ひるがえ》して歩《ある》いていたが、それこそ石《いし》がまだ無事《ぶじ》だという証拠《しょうこ》でもあった。クィレルと出会《であ》うたびに、ハリーは励《はげ》ますような笑顔《えがお》を向《む》けるようにしたし、ロンはクィレルの吃音《きつおん》をからかう連中《れんちゅう》をたしなめはじめた。

しかし、ハーマイオニーは「賢者《けんじゃ》の石《いし》」だけに関心《かんしん》を持《も》っていたわけではなかった。復習予定表《ふくしゅうよていひょう》を作《つく》り上《あ》げ、ノートにはマーカーで印《しるし》をつけはじめた。彼女《かのじょ》だけがすることなら、ハリーもロンも気《き》にせずにすんだのだが、ハーマイオニーは自分《じぶん》と同《おな》じことをするよう二人《ふたり》にもしつこく勧《すす》めていた。

「ハーマイオニー、試験《しけん》はまだズーッと先《さき》だよ」

「十週間先《しゅうかんさき》でしょ。ズーッと先《さき》じゃないわ。ニコラス・フラメルの時間《じかん》にしたらほんの一秒《びょう》でしょう」

「僕《ぼく》たち、六百歳《さい》じゃないんだぜ」

ロンは忘《わす》れちゃいませんか、と反論《はんろん》した。

「それに、何《なん》のために復習《ふくしゅう》するんだよ。君《きみ》はもう、全部知《ぜんぶし》ってるじゃないか」

「何《なん》のためですって？　気《き》はたしか？　二年生《ねんせい》に進級《しんきゅう》するには試験《しけん》をパスしなけりゃいけないのよ。大切《たいせつ》な試験《しけん》なのに、私《わたし》としたことが……もう一月前《ひとつきまえ》から勉強《べんきょう》を始《はじ》めるべきだったわ」

ありがたくないことに先生《せんせい》たちもハーマイオニーと同意見《どういけん》のようだった。山《やま》のような宿題《しゅくだい》が出《で》て、復活祭《ふっかつさい》の休《やす》みは、クリスマス休暇《きゅうか》ほど楽《たの》しくはなかった。ハーマイオニーがすぐそばで、ドラゴンの血《ち》の十二種類《しゅるい》の利用法《りようほう》を暗唱《あんしょう》したり、杖《つえ》の振《ふ》り方《かた》を練習《れんしゅう》したりするので、二人《ふたり》はのんびりするどころではなかった。うめいたりあくびをしたりしながらも、ハリーとロンは自由時間《じゆうじかん》のほとんどをハーマイオニーと一緒《いっしょ》に図書館《としょかん》で過《す》ごし、復習《ふくしゅう》に精《せい》を出《だ》した。

「こんなのとっても覚《おぼ》えきれないよ」

とうとうロンは音《ね》を上《あ》げ、羽根《はね》ペンを投《な》げ出《だ》すと、図書館《としょかん》の窓《まど》から恨《うら》めしげに外《そと》を見《み》た。ここ数《すう》か月振《げつぶ》りのすばらしいお天気《てんき》だった。空《そら》は忘《わす》れな草色《ぐさいろ》のブルーに澄《す》み渡《わた》り、夏《なつ》の近《ちか》づく気配《けはい》が感《かん》じられた。

『薬草《やくそう》とキノコ千種《せんしゅ》』で「ハナハッカ」を探《さが》していたハリーは、「ハグリッド！　図書館《としょかん》で何《なに》してるんだい？」というロンの声《こえ》に、思《おも》わず顔《かお》を上《あ》げた。

ハグリッドがバツが悪《わる》そうにもじもじしながら現《あらわ》れた。背中《せなか》に何《なに》か隠《かく》している。モールスキンのコートを着《き》たハグリッドは、いかにも場《ば》ちがいだった。

「いや、ちーっと見《み》てるだけ」

ごまかし声《ごえ》が上《うわ》ずって、たちまち三人《にん》の興味《きょうみ》を引《ひ》いた。

「おまえさんたちは何《なに》をしてるんだ？」

ハグリッドが突然疑《とつぜんうたが》わしげに尋《たず》ねた。

「まさか、ニコラス・フラメルをまだ探《さが》しとるんじゃねえだろうな」

「そんなのもうとっくの昔《むかし》にわかったさ」

ロンが意気揚揚《いきようよう》と言《い》った。

「それだけじゃない。あの犬《いぬ》が何《なに》を守《まも》っているかも知《し》ってるよ。『賢者《けんじゃ》のい──』」

「シーッ！」

ハグリッドは急《いそ》いで周《まわ》りを見回《みまわ》した。

「そのことは大声《おおごえ》で言《い》い触《ふ》らしちゃいかん。おまえさんたち、まったくどうかしちまったんじゃねえか」

「ちょうどよかった。ハグリッドに聞《き》きたいことがあるんだけど。フラッフィー以外《いがい》にあの石《いし》を守《まも》っているのは何《なん》なの」ハリーが聞《き》いた。

「シーッ！　いいか――あとで小屋《こや》に来《き》てくれや。ただし、教《おし》えるなんて約束《やくそく》はできねえぞ。ここでそんなことをしゃべりまくられちゃ困《こま》る。生徒《せいと》が知《し》ってるはずはねえんだから。俺《おれ》がしゃべったと思《おも》われるだろうが……」

「じゃ、あとで行《い》くよ」

とハリーが言《い》った。

ハグリッドはもぞもぞと出《で》ていった。

「ハグリッドったら、背中《せなか》に何《なに》を隠《かく》してたのかしら？」

ハーマイオニーが考《かんが》え込《こ》んだ。

「もしかしたら石《いし》と関係《かんけい》があると思《おも》わない？」

「僕《ぼく》、ハグリッドがどの書棚《しょだな》のところにいたか見《み》てくる」
勉強《べんきょう》にうんざりしていたロンが言《い》った。ほどなくロンが本《ほん》をどっさり抱《かか》えて戻《もど》ってきて、テーブルの上《うえ》にドサッと置《お》いた。

「ドラゴンだよ！」

ロンが声《こえ》をひそめて言《い》った。

「ハグリッドはドラゴンの本《ほん》を探《さが》してたんだ。ほら、見《み》てごらん。『イギリスとアイルランドのドラゴンの種類《しゅるい》』『ドラゴンの飼《か》い方《かた》——卵《たまご》から焦熱地獄《しょうねつじごく》まで』だってさ」

「初《はじ》めてハグリッドに会《あ》ったとき、ずっと前《まえ》からドラゴンを飼《か》いたいと思《おも》ってたって、そう言《い》ってたよ」ハリーが言《い》った。

「でも、僕《ぼく》たちの世界《せかい》じゃ法律違反《ほうりついはん》だよ。一七〇九年のワーロック法《ほう》で、ドラゴンの飼育《しいく》は違法《いほう》になったんだ。みんな知《し》ってる。もし家《いえ》の裏庭《うらにわ》でドラゴンを飼《か》ってたら、どうしたってマグルが僕《ぼく》らのことに気《き》づくだろ——どっちみちドラゴンを手《て》なずけるのは無理《むり》なんだ。狂暴《きょうぼう》だからね。チャーリーがルーマニアで野生《やせい》のドラゴンにやられた火傷《やけど》を見《み》せてやりたいよ」

「だけどまさか、イギリスに野生《やせい》のドラゴンなんていないんだろう？」

とハリーが聞《き》いた。

「いるともさ」

ロンが答《こた》えた。

「ウェールズ・グリーン普通種《ふつうしゅ》とか、ヘブリディーズ諸島《しょとう》ブラック種《しゅ》とか。そいつらの存在《そんざい》のうわさをもみ消《け》すのに魔法省《まほうしょう》が苦労《くろう》してるんだ。もしマグルがそいつらを見《み》つけてしまったら、こっちはそのたびにそれを忘《わす》れさせる魔法《まほう》をかけなくちゃいけないんだ」

「じゃ、ハグリッドはいったい何《なに》を考《かんが》えてるのかしら？」

ハーマイオニーが言《い》った。


一時間後《じかんご》、ハグリッドの小屋《こや》を訪《たず》ねると、驚《おどろ》いたことにカーテンが全部閉《ぜんぶし》まっていた。ハグリッドは「誰《だれ》だ？」とたしかめてからドアを開《あ》け、三人《にん》を中《なか》に入《い》れるとすぐまたドアを閉《し》めた。中《なか》は窒息《ちっそく》しそうなほど暑《あつ》かった。こんなに暑《あつ》い日《ひ》だというのに、暖炉《だんろ》にはごうごうと炎《ほのお》が上《あ》がっている。ハグリッドはお茶《ちゃ》を入《い》れ、イタチの肉《にく》を挟《はさ》んだサンドイッチをすすめたが、三人《さんにん》は遠慮《えんりょ》した。

「それで、おまえさん、何《なに》か聞《き》きたいって言《い》ってたな？」

ハリーは単刀直入《たんとうちょくにゅう》に聞《き》くことにした。

「うん。フラッフィー以外《いがい》に『賢者《けんじゃ》の石《いし》』を守《まも》っているのは何《なに》か、ハグリッドに教《おし》えてもらえたらなと思《おも》って」

ハグリッドはしかめっ面《つら》をした。

「もちろんそんなことはできん。まず第《だい》一、俺自身《おれじしん》が知《し》らん。第《だい》二に、お前《まえ》さんたちはもう知《し》り過《す》ぎちょる。だから俺《おれ》が知《し》ってたとしても言《い》わん。石《いし》がここにあるのにはそれなりのわけがあるんだ。グリンゴッツから盗《ぬす》まれそうになってなあ——もうすでにそれにも気《き》づいとるだろうが。だいたいフラッフィーのことも、いったいどうしておまえさんたちに知《し》られっちまったのかわからんなぁ」

「ねえ、ハグリッド。私《わたし》たちに言《い》いたくないだけでしょう。でも、絶対知《ぜったいし》ってるのよね。だって、ここで起《お》きてることであなたの知《し》らないことなんかないんですもの」

ハーマイオニーはやさしい声《こえ》でおだてた。

ハグリッドのひげがぴくぴく動《うご》き、ひげの中《なか》でニコリとしたのがわかった。ハーマイオニーは追《お》い討《う》ちをかけた。

「私《わたし》たち、石《いし》が盗《ぬす》まれないように、誰《だれ》が、どうやって守《まも》りを固《かた》めたのかなぁって考《かんが》えてるだけなのよ。ダンブルドアが信頼《しんらい》して助《たす》けを借《か》りるのは誰《だれ》かしらね、ハグリッド以外《いがい》に」

最後《さいご》の言葉《ことば》を聞《き》くとハグリッドは胸《むね》をそらした。ハリーとロンはよくやったとハーマイオニーに目配《めくば》せした。

「まあ、それくらいなら言《い》ってもかまわんじゃろう……さてと……俺《おれ》からフラッフィーを借《か》りて……何人《なんにん》かの先生《せんせい》が魔法《まほう》の罠《わな》をかけて……スプラウト先生《せんせい》……フリットウィック先生《せんせい》……マクゴナガル先生《せんせい》……」

ハグリッドは指《ゆび》を折《お》って名前《なまえ》を挙《あ》げはじめた。

「それからクィレル先生《せんせい》、もちろんダンブルドア先生《せんせい》もちょっと細工《さいく》したし、まてよ、誰《だれ》か忘《わす》れておるな。そうそう、スネイプ先生《せんせい》」

「スネイプだって？」

「ああ、そうだ。まだあのことにこだわっとるのか？　スネイプは石《いし》を守《まも》るほうの手助《てだす》けをしたんだ。盗《ぬす》もうとするはずがなかろう」

ハリーは、ロンもハーマイオニーも自分《じぶん》と同《おな》じことを考《かんが》えているなと思《おも》った。もしスネイプが石《いし》を守《まも》る側《がわ》にいるならば、ほかの先生《せんせい》がどんなやり方《かた》で守《まも》ろうとしたかも簡単《かんたん》にわかるはずだ。たぶん全部《ぜんぶ》わかったんだ――クィレルの呪文《じゅもん》とフラッフィーを出《だ》し抜《ぬ》く方法《ほうほう》以外《いがい》は。

「ハグリッドだけがフラッフィーをおとなしくさせられるんだよね？　誰《だれ》にも教《おし》えたりはしない

よね？　たとえ先生《せんせい》にだって」

ハリーは心配《しんぱい》そうに聞《き》いた。

「俺《おれ》とダンブルドア先生以外《せんせいいがい》は誰一人《だれひとり》として知《し》らん」

ハグリッドは得意《とくい》げに言《い》った。

「そう、それなら一安心《ひとあんしん》だ」

ハリーはほかの二人《ふたり》に向《む》かってそうつぶやいた。

「ハグリッド、窓《まど》を開《あ》けてもいい？　ゆだっちゃうよ」

「悪《わる》いな。それはできん」

ハリーはハグリッドがちらりと暖炉《だんろ》を見《み》たのに気《き》づいた。

「ハグリッド――あれは何《なに》？」

聞《き》くまでもなくハリーにはわかっていた。炎《ほのお》の真《ま》ん中《なか》、やかんの下《した》に大《おお》きな黒《くろ》い卵《たまご》があった。

「えーと、あれは……その……」

ハグリッドは落《お》ち着《つ》かない様子《ようす》でひげをいじっていた。

「ハグリッド、どこで手《て》に入《い》れたの？　すごく高《たか》かったろう」

ロンはそう言《い》いながら、火《ひ》のそばにかがみ込《こ》んで卵《たまご》をよく見《み》ようとした。

「賭《か》けに勝《か》ったんだ。きのうの晩《ばん》、村《むら》まで行《い》って、ちょっと酒《さけ》を飲《の》んで、知《し》らないやつとトランプをしてな。はっきり言《い》えば、そいつは厄介払《やっかいばら》いして喜《よろこ》んどったな」

「だけど、もし卵《たまご》が孵《かえ》ったらどうするつもりなの?」

ハーマイオニーが尋《たず》ねた。

「それで、ちぃと読《よ》んどるんだがな」

ハグリッドは枕《まくら》の下《した》から大《おお》きな本《ほん》を取《と》り出《だ》した。

「図書館《としょかん》で借《か》りたんだ——『趣味《しゅみ》と実益《じつえき》を兼《か》ねたドラゴンの育《そだ》て方《かた》』——もちろん、ちぃと古《ふる》いが、何《なん》でも書《か》いてある。母竜《ははりゅう》が息《いき》を吹《ふ》きかけるように卵《たまご》は火《ひ》の中《なか》に置《お》け。なぁ?　それからっと……孵《かえ》ったときにはブランデーと鶏《にわとり》の血《ち》を混《ま》ぜて三十分《ぷん》ごとにバケツ一杯《ぱい》飲《の》ませろとか。それとここを見《み》てみろや——卵《たまご》の見分《みわ》け方《かた》——俺《おれ》のはノルウェー・リッジバックという種類《しゅるい》らしい。こいつが珍《めずら》しいやつでな」

ハグリッドのほうは大満足《だいまんぞく》そうだったが、ハーマイオニーはちがった。

「ハグリッド、この家《いえ》は木《き》の家《いえ》なのよ」

ハグリッドはどこ吹《ふ》く風《かぜ》、ルンルン鼻歌《はなうた》まじりで薪《まき》をくべていた。

結局《けっきょく》、もう一つ心配《しんぱい》を抱《かか》えることになってしまった。ハグリッドが法《ほう》を犯《おか》して小屋《こや》にドラゴンを隠《かく》しているのがばれたらどうなるんだろう。

「あーあ、平穏《へいおん》な生活《せいかつ》って、どんなものかなぁ」

次々《つぎつぎ》に出《だ》される宿題《しゅくだい》と来《く》る日《ひ》も来《く》る日《ひ》も格闘《かくとう》しながら、ロンがため息《いき》をついた。ハーマイオニーがハリーとロンの分《ぶん》も復習予定表《ふくしゅうよていひょう》を作《つく》りはじめたので、二人《ふたり》とも気《き》が変《へん》になりそうだった。

ある朝《あさ》、ヘドウィグがハリーにハグリッドからの手紙《てがみ》を届《とど》けた。たった一行《ぎょう》の手紙《てがみ》だ。

いよいよ孵《かえ》るぞ

ロンは「薬草学《やくそうがく》」の授業《じゅぎょう》をさぼって、すぐ小屋《こや》に向《む》かおうとしたが、ハーマイオニーががんとして受《う》けつけない。

「だって、ハーマイオニー、ドラゴンの卵《たまご》が孵《かえ》るところなんて、一生《いっしょう》に何度《なんど》も見《み》られると思《おも》うかい？」

「授業《じゅぎょう》があるでしょ。さぼったらまた面倒《めんどう》なことになるわよ。でも、ハグリッドがしていることがばれたら、私《わたし》たちの面倒《めんどう》とは比《くら》べものにならないぐらい、あの人《ひと》、ひどく困《こま》ることになるわ

「……」

「だまって！」ハリーが小声《こごえ》で言《い》った。

マルフォイがほんの数《すう》メートル先《さき》にいて、立《た》ち止《ど》まってじっと聞《き》き耳《みみ》を立《た》てていた。どこまで聞《き》かれてしまったんだろう？　ハリーはマルフォイの表情《ひょうじょう》がとても気《き》にかかった。

ロンとハーマイオニーは「薬草学《やくそうがく》」の教室《きょうしつ》に行《い》く間《あいだ》、ずっと言《い》い争《あらそ》っていた。とうとうハーマイオニーも折《お》れて、午前中《ごぜんちゅう》の休憩時間《きゅうけいじかん》に三人《にん》で急《いそ》いで小屋《こや》に行《い》ってみようということになった。授業《じゅぎょう》の終《お》わりを告《つ》げるベルが城《しろ》から聞《き》こえてくるやいなや、三人《にん》は移植《いしょく》ごてを放《ほう》り投《な》げ、校庭《こうてい》を横切《よこぎ》って森《もり》のはずれへと急《いそ》いだ。

ハグリッドは興奮《こうふん》で紅潮《こうちょう》していた。

「もうすぐ出《で》てくるぞ」と三人《にん》を招《まね》き入《い》れた。

卵《たまご》はテーブルの上《うえ》に置《お》かれ、深《ふか》い亀裂《きれつ》が入《はい》っていた。中《なか》で何《なに》かが動《うご》いている。コツン、コツンという音《おと》がする。

椅子《いす》をテーブルのそばに引《ひ》き寄《よ》せ、四人《にん》とも息《いき》をひそめて見守《みまも》った。

突然《とつぜん》キーッと引《ひ》っかくような音《おと》がして卵《たまご》がパックリ割《わ》れ、赤《あか》ちゃんドラゴンがテーブルにポイと出《で》てきた。かわいいとはとても言《い》えない。しわくちゃの黒《くろ》いコウモリ傘《がさ》のようだ、とハリーは思《おも》った。やせっぽちの真《ま》っ黒《くろ》な胴体《どうたい》に不似合《ふにあ》いな、巨大《きょだい》な骨《ほね》っぽい翼《つばさ》、長《なが》い鼻《はな》に大《おお》きな鼻《はな》の穴《あな》、こぶのような角《つの》、オレンジ色《いろ》の出目金《でめきん》のような目《め》だ。

赤《あか》ちゃんがくしゃみをすると、鼻《はな》から火花《ひばな》が散《ち》った。

「すばらしく美《うつく》しいだろう？」

ハグリッドがそうつぶやきながら手《て》を差《さ》し出《だ》してドラゴンの頭《あたま》をなでようとした。するとドラゴンは、とがった牙《きば》を見《み》せてハグリッドの指《ゆび》にかみついた。

「こりゃすごい、ちゃんとママちゃんがわかっとる！」

「ハグリッド。ノルウェー・リッジバック種《しゅ》ってどれくらいの早《はや》さで大《おお》きくなるの？」

ハーマイオニーが聞《き》いた。

答《こた》えようとしたとたん、ハグリッドの顔《かお》から血《ち》の気《け》が引《ひ》いた――はじかれたように立《た》ち上《あ》がり、窓際《まどぎわ》にかけ寄《よ》った。

「どうしたの？」

「カーテンのすき間《ま》から誰《だれ》かが見《み》とった……子供《こども》だ……学校《がっこう》のほうへかけて行《い》く」

ハリーが急《いそ》いでドアにかけ寄《よ》り外《そと》を見《み》た。遠目《とおめ》にだってあの姿《すがた》はまぎれもない。マルフォイにドラゴンを見《み》られてしまった。

次《つぎ》の週《しゅう》、マルフォイが薄笑《うすわら》いを浮《う》かべているのが、三人《にん》は気《き》になって仕方《しかた》がなかった。ひまさえあれば三人《にん》でハグリッドのところに行《い》き、暗《くら》くした小屋《こや》の中《なか》でなんとかハグリッドを説得《せっとく》しようとした。

「外《そと》に放《はな》せば？　自由《じゆう》にしてあげれば？」

とハリーがうながした。

「そんなことはできん。こんなにちっちゃいんだ。死《し》んじまう」

ドラゴンはたった一週間《しゅうかん》で三倍《ばい》に成長《せいちょう》していた。鼻《はな》の穴《あな》からは煙《けむり》がしょっちゅう噴出《ふんしゅつ》している。ハグリッドはドラゴンの面倒《めんどう》を見《み》るのに忙《いそが》しく、家畜《かちく》の世話《せわ》の仕事《しごと》もろくにしていなかった。ブランデーの空瓶《あきびん》や鶏《にわとり》の羽根《はね》がそこら中《じゅう》の床《ゆか》の上《うえ》に散《ち》らかっていた。

「この子《こ》をノーバートと呼《よ》ぶことにしたんだ」

ドラゴンを見《み》るハグリッドの目《め》は潤《うる》んでいる。

「もう俺《おれ》がはっきりわかるらしいぞ。いいか、見《み》てろよ。ノーバートや、ノーバート！　ママちゃんはどこ？」

「おかしくなってるぜ」ロンがハリーにささやいた。

「ハグリッド、二週間《しゅうかん》もしたら、ノーバートはこの家《いえ》ぐらいに大《おお》きくなるんだよ。マルフォイがいつダンブルドアに言《い》いつけるかわからないよ」

ハリーがハグリッドの耳《みみ》に入《はい》るように大声《おおごえ》で言《い》った。

「そ、そりゃ……俺《おれ》もずっと飼《か》っておけんぐらいのことはわかっとる。だけんどほっぽり出《だ》すなんてことはできん。どうしてもできん」ハグリッドは唇《くちびる》をかんだ。

ハリーが突然《とつぜん》ロンに呼《よ》びかけた。

「チャーリー！」

「君《きみ》までおかしくなっちゃったか。僕《ぼく》はロンだよ。わかるかい？」

「ちがうよ——チャーリーだ、君《きみ》の兄《にい》さんのチャーリー。ルーマニアでドラゴンの研究《けんきゅう》をしている——チャーリーにノーバートを預《あず》ければいい。面倒《めんどう》を見《み》て、自然《しぜん》に帰《かえ》してくれるよ」

「名案《めいあん》！　ハグリッド、どうだい？」

ロンも賛成《さんせい》だ。

ハグリッドはとうとう、チャーリーに頼《たの》みたいというふくろう便《びん》を送《おく》ることに同意《どうい》した。

その次《つぎ》の週《しゅう》はのろのろと過《す》ぎた。水曜日《すいようび》の夜《よる》、みんながとっくに寝静《ねしず》まり、ハリーとハーマイオニーの二人《ふたり》だけが談話室《だんわしつ》に残《のこ》っていた。壁《かべ》の掛時計《かけどけい》が零時《れいじ》を告《つ》げたとき、肖像画《しょうぞうが》の扉《とびら》が突然開《とつぜんひら》き、ロンがどこからともなく現《あらわ》れた。ハリーの透明《とうめい》マントを脱《ぬ》いだのだ。ロンはハグリッドの小《こ》屋《や》でノーバートに餌《えさ》をやるのを手伝《てつだ》っていた。ノーバートは死《し》んだネズミを木箱《きばこ》に何杯《なんばい》も食《た》べるようになっていた。

「かまれちゃったよ」

ロンは血《ち》だらけのハンカチにくるんだ手《て》を差《さ》し出《だ》して見《み》せた。

「一週間《しゅうかん》は羽根《はね》ペンを持《も》てないぜ。まったく、あんな恐《おそ》ろしい生《い》き物《もの》は今《いま》まで見《み》たことないよ。なのにハグリッドの言《い》うことを聞《き》いていたら、ふわふわしたちっちゃな子《こ》ウサギかと思《おも》っちゃうよ。やつが僕《ぼく》の手《て》をかんだというのに、僕《ぼく》がやつを怖《こわ》がらせたからだって叱《しか》るんだ。僕《ぼく》が帰《かえ》るとき、子守唄《こもりうた》を歌《うた》ってやってたよ」

暗闇《くらやみ》の中《なか》で窓《まど》をたたく音《おと》がした。

「ヘドウィグだ！」

ハリーは急《いそ》いでふくろうを中《なか》に入《い》れた。

「チャーリーの返事《へんじ》を持《も》ってきたんだ！」

三つの頭《あたま》が手紙《てがみ》をのぞき込《こ》んだ。

ロン、元気《げんき》かい？

手紙《てがみ》をありがとう。喜《よろこ》んでノルウェー・リッジバックを引《ひ》き受《う》けるよ。だけど、ここに連《つ》れてくるのはそう簡単《かんたん》ではない。来週《らいしゅう》、僕《ぼく》の友達《ともだち》が訪《たず》ねてくることになっているから、彼《かれ》らに頼《たの》んでこっちに連《つ》れてきてもらうのが一番《いちばん》いいと思《おも》う。問題《もんだい》は彼《かれ》らが法律違反《ほうりついはん》のドラゴンを運《はこ》んでいるところを、見《み》られてはいけないということだ。

土曜日《どようび》の真夜中《まよなか》、一番高《いちばんたか》い塔《とう》にリッジバックを連《つ》れてこられるかい？　そしたら、彼《かれ》らがそこで君《きみ》たちと会《あ》って、暗《くら》いうちにドラゴンを運《はこ》び出《だ》せる。

できるだけ早《はや》く返事《へんじ》をくれ。

がんばれよ……。

チャーリーより

三人《にん》は互《たが》いに顔《かお》を見合《みあ》わせた。

「透明《とうめい》マントがある」

ハリーが言《い》った。

「できなくはないよ……僕《ぼく》ともう一人《ひとり》とノーバートぐらいなら隠《かく》せるんじゃないかな？」

ハリーの提案《ていあん》にほかの二人《ふたり》もすぐに同意《どうい》した。ノーバートを——それにマルフォイを——追《お》っ払《ぱら》うためなら何《なん》でもするという気持《きも》ちになるぐらい、ここ一週間《しゅうかん》は大変《たいへん》だったのだ。

障害《しょうがい》が起《お》きてしまった。翌朝《よくあさ》、ロンの手《て》は二倍《ばい》ぐらいの大《おお》きさに腫《は》れ上《あ》がったのだ。ロンはドラゴンにかまれたことがばれるのを恐《おそ》れて、マダム・ポンフリーの所《ところ》へ行《い》くのをためらっていた。だが、昼過《ひるす》ぎにはそんなことを言《い》っていられなくなった。傷口《きずぐち》が気持《きも》ちの悪《わる》い緑色《みどりいろ》になったのだ。どうやらノーバートの牙《きば》には毒《どく》があったようだ。

その日《ひ》の授業《じゅぎょう》が終《お》わったあと、ハリーとハーマイオニーは医務室《いむしつ》に飛《と》んで行《い》った。ロンはひどい状態《じょうたい》でベッドに横《よこ》になっていた。

「手《て》だけじゃないんだ」

ロンが声《こえ》をひそめた。

「もちろん手《て》のほうもちぎれるように痛《いた》いけど。マルフォイが来《き》たんだ。あいつ、僕《ぼく》の本《ほん》を借《か》りたいってマダム・ポンフリーに言《い》って入《はい》ってきやがった。僕《ぼく》のことを笑《わら》いに来《き》たんだよ。何《なん》にかまれたか本当《ほんとう》のことをマダム・ポンフリーに言《い》いつけるって僕《ぼく》を脅《おど》すんだ――僕《ぼく》は犬《いぬ》にかまれたって言《い》ったんだけど、たぶんマダム・ポンフリーは信《しん》じてないと思《おも》う――クィディッチの試合《しあい》のとき、殴《なぐ》ったりしなけりゃよかった。だから仕返《しかえ》しに僕《ぼく》にこんな仕打《しう》ちをするんだ」

ハリーとハーマイオニーはロンをなだめようとした。

「土曜日《どようび》の真夜中《まよなか》ですべて終《お》わるわよ」

ハーマイオニーのなぐさめはロンを落《お》ち着《つ》かせるどころか逆効果《ぎゃくこうか》になった。ロンは突然《とつぜん》ベッドに起《お》き上《あ》がり、すごい汗《あせ》をかきはじめた。

「土曜零時《どようれいじ》！」

ロンの声《こえ》はかすれていた。

「あぁ、どうしよう……大変《たいへん》だ……今《いま》、思《おも》い出《だ》した……チャーリーの手紙《てがみ》をあの本《ほん》に挟《はさ》んだままだ。僕《ぼく》たちがノーバートを処分《しょぶん》しようとしてることがマルフォイに知《し》れてしまう」

ハリーとハーマイオニーが答《こた》える間《ま》はなかった。マダム・ポンフリーが入《はい》ってきて、「ロンは眠《ねむ》らないといけないから」と二人《ふたり》を病室《びょうしつ》から追《お》い出《だ》してしまったのだ。

「今《いま》さら計画《けいかく》は変《か》えられないよ」

ハリーはハーマイオニーにそう言《い》った。

「チャーリーにまたふくろう便《びん》を送《おく》っている時間《じかん》はないし、ノーバートをなんとかする最後《さいご》のチャンスだ。危険《きけん》でもやってみなくちゃ。それに、こっちには透明《とうめい》マントがあるってこと、マルフォイはまだ知《し》らないし」

ハグリッドの所《ところ》に行《い》くと、大型犬《おおがたけん》ボアハウンドのファングがしっぽに包帯《ほうたい》を巻《ま》かれて小屋《こや》の外《そと》に座《すわ》り込《こ》んでいた。ハグリッドは窓《まど》を開《あ》けて中《なか》から二人《ふたり》に話《はな》しかけた。

「中《なか》には入《い》れてやれない」

ハグリッドはフウフウ言《い》っている。

「ノーバートは難《むずか》しい時期《じき》でな……いや、けっして俺《おれ》の手《て》に負《お》えないほどではないぞ」

チャーリーの手紙《てがみ》の内容《ないよう》を話《はな》すと、ハグリッドは目《め》に涙《なみだ》をいっぱいためた——ノーバートがちょうどハグリッドの足《あし》にかみついたせいかもしれないが。

「ウワーッ！　いや、俺《おれ》は大丈夫《だいじょうぶ》。ちょいとブーツをかんだだけだ……ジャレてるんだ……だって、まだ赤《あか》ん坊《ぼう》だからな」

その「赤《あか》ん坊《ぼう》」がしっぽで壁《かべ》をバーンとたたき、窓《まど》がガタガタ揺《ゆ》れた。ハリーとハーマイオニーは一刻《いっこく》も早《はや》く土曜日《どようび》が来《き》てほしいと思《おも》いながら城《しろ》へ帰《かえ》っていった。

ハグリッドがノーバートに別《わか》れを告《つ》げる時《とき》がやってきた。ハリーたちは自分《じぶん》の心配《しんぱい》で手《て》いっぱいで、ハグリッドを気《き》の毒《どく》に思《おも》う余裕《よゆう》はなかった。暗《くら》く曇《くも》った夜《よる》だった。ピーブズが入口《いりぐち》のホールで壁《かべ》にボールを打《う》ちつけるテニスをしていたので、終《お》わるまで出《で》られず、二人《ふたり》がハグリッドの小屋《こや》に着《つ》いたのは予定《よてい》より少《すこ》し遅《おそ》い時間《じかん》だった。

ハグリッドはノーバートを大《おお》きな木箱《きばこ》に入《い》れて準備《じゅんび》をすませていた。

「長旅《ながたび》だから、ネズミをたくさん入《い》れといたし、ブランデーも入《い》れといたよ」

ハグリッドの声《こえ》がくぐもっていた。

「さびしいといけないから、テディベアのぬいぐるみも入《い》れてやった」

箱《はこ》の中《なか》からは何《なに》かを引《ひ》き裂《さ》くような物音《ものおと》がした。ハリーにはぬいぐるみのテディベアの頭《あたま》が引《ひ》きちぎられる音《おと》に聞《き》こえた。

「ノーバート、バイバイだよ」

ハリーとハーマイオニーが透明《とうめい》マントを箱《はこ》にかぶせ、自分《じぶん》たちもその下《した》に隠《かく》れると、ハグリッドはしゃくり上《あ》げた。

「ママちゃんはけっしておまえを忘《わす》れないよ」

どうやって箱《はこ》を城《しろ》に持《も》ち帰《かえ》ったやら、二人《ふたり》は覚《おぼ》えていない。入口《いりぐち》のホールから大理石《だいりせき》の階段《かいだん》を上《あ》がり、暗《くら》い廊下《ろうか》を渡《わた》り、二人《ふたり》が息《いき》を切《き》らしてノーバートを運《はこ》ぶ間《あいだ》、刻一刻《こくいっこく》と零時《れいじ》が近《ちか》づいていた。一つ階段《かいだん》を上《あ》がるとまた次《つぎ》の階段《かいだん》——ハリーの知《し》っている近道《ちかみち》を使《つか》っても、作業《さぎょう》はあまり楽《らく》にはならなかった。

「もうすぐだ！」

一番高《いちばんたか》い塔《とう》の下《した》の階段《かいだん》にたどり着《つ》き、ハリーはハアハアしながら言《い》った。

その時《とき》、目《め》の前《まえ》で何《なに》かが突然動《とつぜんうご》いた。二人《ふたり》はあやうく箱《はこ》を落《お》としそうになった。自分《じぶん》たちの姿《すがた》が見《み》えなくなっていることも忘《わす》れて、二人《ふたり》は物陰《ものかげ》に小《ち》さくなって隠《かく》れた。数《すう》メートル先《さき》で二人《ふたり》の人間《にんげん》がもみ合《あ》っている姿《すがた》がおぼろげに見《み》える。ランプが一瞬《いっしゅん》燃《も》え上《あ》がった。

タータンチェックのガウンを着《き》て頭《あたま》にヘアネットをかぶったマクゴナガル先生《せんせい》が、マルフォイの耳《みみ》をつかんでいた。

「罰則《ばっそく》です！」

先生《せんせい》が声《こえ》を張《は》り上《あ》げた。

「さらに、スリザリンから二十点減点《てんげんてん》！　こんな真夜中《まよなか》にうろつくなんて、なんてことを……」

「先生《せんせい》、誤解《ごかい》です。ハリー・ポッターが来《く》るんです……ドラゴンを連《つ》れてるんです！」

「なんというくだらないことを！　どうしてそんなうそをつくんですか！　いらっしゃい……マルフォイ。あなたのことでスネイプ先生《せんせい》にお目《め》にかからねば！」

それからあとは、塔《とう》のてっぺんにつながる急《きゅう》ならせん階段《かいだん》さえ世界一楽《せかいいちらく》な道《みち》のりに思《おも》えた。夜《よる》の冷《つめ》たい外気《がいき》の中《なか》に一歩踏《いっぽふ》み出《だ》し、二人《ふたり》はやっと透明《とうめい》マントを脱《ぬ》いだ。普通《ふつう》に息《いき》ができるのがうれしかった。ハーマイオニーは小躍《こおど》りしてはしゃいだ。

「マルフォイが罰則《ばっそく》を受《う》けた！　歌《うた》でも歌《うた》いたい気分《きぶん》よ！」

「歌《うた》わないでね」

ハリーが忠告《ちゅうこく》した。

二人《ふたり》はマルフォイのことでクスクス笑《わら》いながらそこで待《ま》っていた。ノーバートは箱《はこ》の中《なか》でドタバタ暴《あば》れていた。十分《ぷん》も経《た》ったろうか、四本《ほん》の箒《ほうき》が闇《やみ》の中《なか》から舞《ま》い降《お》りてきた。

チャーリーの友人《ゆうじん》たちは陽気《ようき》な仲間《なかま》だった。四人でドラゴンを牽引《けんいん》できるよう工夫《くふう》した道具《どうぐ》を見《み》せてくれた。六人《にん》がかりでノーバートをしっかりとつなぎ止《と》め、ハリーとハーマイオニーは四人と握手《あくしゅ》し、礼《れい》を言《い》った。

ついにノーバートは出発《しゅっぱつ》した……だんだん遠《とお》くなる……遠《とお》くなる……遠《とお》くなる……見《み》えなくなってしまった。ノーバートが手《て》を離《はな》れ、荷《に》も軽《かる》く、心《こころ》も軽《かる》く、二人《ふたり》はらせん階段《かいだん》をすべり下《お》りた。ドラゴンはもういない――マルフォイは罰則《ばっそく》を受《う》ける――こんな幸《しあわ》せに水《みず》を差《さ》すものがあるだろうか？

その答《こた》えは階段《かいだん》の下《した》で待《ま》っていた。廊下《ろうか》に足《あし》を踏《ふ》み入《い》れたとたん、フィルチの顔《かお》が暗闇《くらやみ》の中《なか》からヌッと現《あらわ》れた。

「さて、さて、さて」

フィルチがささやくように言《い》った。

「これは困《こま》ったことになりましたねぇ」

二人《ふたり》は透明《とうめい》マントを塔《とう》のてっぺんに忘《わす》れてきてしまっていた。

第《だい》15章《しょう》　禁《きん》じられた森《もり》

最悪《さいあく》の事態《じたい》になった。

フィルチは二人《ふたり》を、二階《かい》のマクゴナガル先生《せんせい》の研究室《けんきゅうしつ》へ連《つ》れていった。二人《ふたり》とも一言《ひとこと》も話《はな》しをせず、そこに座《すわ》って先生《せんせい》を待《ま》った。ハーマイオニーは震《ふる》えていた。ハリーの頭《あたま》の中《なか》では、言《い》い訳《わけ》、アリバイ、とんでもないごまかしの作《つく》り話《ばなし》が、次《つぎ》から次《つぎ》へと浮《う》かんでは消《き》えた。考《かんが》えれば考《かんが》えるほど説得力《せっとくりょく》がないように思《おも》えてくる。今度《こんど》ばかりはどう切《き》り抜《ぬ》けていいかまったくわからなかった。絶体絶命《ぜったいぜつめい》だ。透明《とうめい》マントを忘《わす》れるなんて、なんというドジなんだ。真夜中《まよなか》にベッドを抜《ぬ》け出《だ》してうろうろするなんて、ましてや授業《じゅぎょう》以外《いがい》では立《た》ち入《い》り禁止《きんし》の一番高《いちばんたか》い天文台《てんもんだい》の塔《とう》に登《のぼ》るなんて、たとえどんな理由《りゆう》があってもマクゴナガル先生《せんせい》が許《ゆる》すわけがない。その上《うえ》ノーバートと透明《とうめい》マントだ。もう荷物《にもつ》をまとめて家《いえ》に帰《かえ》る支度《したく》をしたほうがよさそうだ。

最悪《さいあく》の事態《じたい》なら、これ以上悪《いじょうわる》くはならない？　とんでもない。なんと、マクゴナガル先生《せんせい》はネビルを引《ひ》き連《つ》れて現《あらわ》れたのだ。

「ハリー！」

ネビルは二人《ふたり》を見《み》たとたん、はじかれたようにしゃべった。

「探《さが》してたんだよ。注意《ちゅうい》しろって教《おし》えてあげようと思《おも》って。マルフォイが君《きみ》を捕《つか》まえるって言《い》ってたんだ。あいつ言《い》ってたんだ、君《きみ》がドラゴ……」

ハリーは激《はげ》しく頭《かぶり》を振《ふ》ってネビルをだまらせたが、マクゴナガル先生《せんせい》に見《み》られてしまった。三人《にん》を見下《みお》ろす先生《せんせい》の鼻《はな》から、ノーバートより激《はげ》しく火《ひ》が噴《ふ》き出《だ》しそうだ。

「まさか、みなさんがこんなことをするとは、まったく信《しん》じられません。ミスター・フィルチは、あなたたちが天文台《てんもんだい》の塔《とう》にいたと言《い》っています。明《あ》け方《がた》の一時《じ》にですよ。どういうことなんですか？」

ハーマイオニーが先生《せんせい》から聞《き》かれた質問《しつもん》に答《こた》えられなかったのは、これが初《はじ》めてだった。まるで銅像《どうぞう》のように身動《みうご》きひとつせず、スリッパのつま先《さき》を見《み》つめている。

「何《なに》があったか私《わたくし》にはよくわかっています」

マクゴナガル先生《せんせい》が言《い》った。

「べつに天才《てんさい》でなくとも察《さっ》しはつきます。ドラゴンなんてうそっぱちでマルフォイにいっぱい食《く》わせてベッドから誘《おび》き出《だ》し、問題《もんだい》を起《お》こさせようとしたんでしょう。マルフォイはもう捕《つか》まえました。たぶんあなた方《がた》は、ここにいるネビル・ロングボトムが、こんな作《つく》り話《ばなし》を本気《ほんき》にしたのが滑稽《こっけい》だと思《おも》ってるのでしょう？」

ハリーはネビルの視線《しせん》をとらえ、先生《せんせい》の言《い》ってることとは事情《じじょう》がちがうんだよと目《め》で教《おし》えようとした。ネビルはショックを受《う》けてしょげていた。かわいそうなネビル。ヘマばかりして……危険《きけん》を知《し》らせようと、この暗《くら》い中《なか》で二人《ふたり》を探《さが》したなんて、ネビルにしてみればどんなに大変《たいへん》なことだったか、ハリーにはわかっていた。

「あきれはてたことです」

マクゴナガル先生《せんせい》が話《はな》し続《つづ》けている。

「一晩《ひとばん》に四人《にん》もベッドを抜《ぬ》け出《だ》すなんて！　こんなことは前代未聞《ぜんだいみもん》です！　ミス・グレンジャー、あなたはもう少《すこ》し賢《かしこ》いと思《おも》っていました。ミスター・ポッター、グリフィンドールはあなたにとって、もっと価値《かち》のあるものではないのですか。三人《にん》とも処罰《しょばつ》です……ええ、あなたもですよ、ミスター・ロングボトム。どんな事情《じじょう》があっても、夜《よる》に学校《がっこう》を歩《ある》き回《まわ》る権利《けんり》はいっさいありません。特《とく》にこのごろ危険《きけん》なのですから……五十点《てん》。グリフィンドールから減点《げんてん》です」

「**五十点《てん》？**」

ハリーは息《いき》をのんだ——寮対抗《りょうたいこう》のリードを失《うしな》ってしまう。せっかくこの前《まえ》のクィディッチでハリーが獲得《かくとく》したリードを。

「一人《ひとり》五十点《てん》です」マクゴナガル先生《せんせい》はとがった高《たか》い鼻《はな》から荒々《あらあら》しく息《いき》を吐《は》いた。

「先生《せんせい》……、どうかそんなことは……」

「そんな、ひどい……」

「ポッター、ひどいかひどくないかは私《わたくし》が決《き》めます。さあ、みんなベッドに戻《もど》りなさい。グリフィンドールの寮生《りょうせい》をこんなに恥《は》ずかしく思《おも》ったことはありません」

百五十点《てん》を失《うしな》ってしまった。グリフィンドールは最下位《さいかい》に落《お》ちた。たった一晩《ひとばん》で、グリフィンドールが寮杯《りょうはい》を取《と》るチャンスをつぶしてしまった。ハリーは鉛《なまり》を飲《の》み込《こ》んだような気分《きぶん》だった。いったいどうやったら挽回《ばんかい》できるんだ?

ハリーは一晩中《ひとばんじゅう》眠《ねむ》れなかった。ネビルが枕《まくら》に顔《かお》をうずめて、長《なが》い間《あいだ》泣《な》いているのが聞《き》こえた。なぐさめの言葉《ことば》もなかった。自分《じぶん》と同《おな》じように、ネビルも夜《よ》が明《あ》けるのが恐《おそ》ろしいにちがいない。グリフィンドールのみんなが僕《ぼく》たちのしたことを知《し》ったらどうなるだろう?

翌日《よくじつ》、寮《りょう》の得点《とくてん》を記録《きろく》している大《おお》きな砂時計《すなどけい》のそばを通《とお》ったグリフィンドール寮生《りょうせい》は、真《ま》っ先《さき》に、これは掲示《けいじ》のまちがいだと思《おも》った。なんで急《きゅう》にきのうより百五十点《てん》も減《へ》っているんだ? そしてうわさが広《ひろ》がりはじめた。

——ハリー・ポッターが、あの有名《ゆうめい》なハリー・ポッターが、クィディッチの試合《しあい》で二回《かい》も続《つづ》けてヒーローになったハリーが、寮《りょう》の点《てん》をこんなに減《へ》らしてしまったらしい。何人《なんにん》かのバカな一年《ねん》生《せい》と一緒《いっしょ》に。

学校《がっこう》で最《もっと》も人気《にんき》があり、称賛《しょうさん》の的《まと》だったハリーは、一夜《いちや》にして突然《とつぜん》、一番《いちばん》の嫌《きら》われ者《もの》になっていた。レイブンクローやハッフルパフでさえ敵《てき》に回《まわ》った。みんなスリザリンから寮杯《りょうはい》が奪《うば》われるのを楽《たの》しみにしていたからだ。どこへ行《い》っても、みんながハリーを指《ゆび》さし、声《こえ》を低《ひく》めることもせず、おおっぴらに悪口《わるくち》を言《い》った。一方《いっぽう》スリザリン寮生《りょうせい》は、ハリーが通《とお》るたびに拍手《はくしゅ》をし、口笛《くちぶえ》を吹《ふ》き、「ポッター、ありがとうよ。借《か》りができたぜ！」とはやしたてた。

ロンだけが味方《みかた》だった。

「数週間《すうしゅうかん》もすれば、みんな忘《わす》れるよ。フレッドやジョージなんか、ここに入寮《にゅうりょう》してからズーッと点《てん》を引《ひ》かれっぱなしさ。それでもみんなに好《す》かれてるよ」

「だけど一回《かい》で百五十点《てん》も引《ひ》かれたりはしなかったろう？」ハリーはみじめだった。

「ウン……それはそうだけど」ロンも認《みと》めざるを得《え》ない。

ダメージを挽回《ばんかい》するにはもう遅《おそ》すぎたが、ハリーは、もう二度《にど》と関係《かんけい》のないことに首《くび》を突《つ》っ込《こ》むのはやめようと心《こころ》に誓《ちか》った。コソコソ余計《よけい》なことをかぎ回《まわ》るなんてもうたくさんだ。自分《じぶん》の今《いま》までの行動《こうどう》に責任《せきにん》を感《かん》じ、ウッドにクィディッチ・チームを辞《や》めさせてほしいと申《もう》し出《で》た。

「辞《や》める？」ウッドの雷《かみなり》が落《お》ちた。

「それが何《なん》になる？　クィディッチで勝《か》たなければ、どうやって寮《りょう》の点《てん》を取《と》り戻《もど》せるんだ？」

しかし、もうクィディッチでさえ楽《たの》しくはなかった。練習中《れんしゅうちゅう》、ほかの選手《せんしゅ》はハリーに話《はな》しかけようともしなかったし、どうしてもハリーと話《はなし》をしなければならないときでも「シーカー」としか呼《よ》ばなかった。

ハーマイオニーとネビルも苦《くる》しんでいた。ただ、二人《ふたり》は有名《ゆうめい》ではなかったおかげでハリーほどつらい目《め》にはあわなかった。それでも誰《だれ》も二人《ふたり》に話《はな》しかけようとはしなかった。ハーマイオニーは教室《きょうしつ》でみんなの注目《ちゅうもく》を引《ひ》くのをやめ、うつむいたまま黙々《もくもく》と勉強《べんきょう》していた。

ハリーには試験《しけん》の日《ひ》が近《ちか》づいていることがかえってうれしかった。試験勉強《しけんべんきょう》に没頭《ぼっとう》することで、少《すこ》しはみじめさを忘《わす》れることができた。ハリー、ロン、ハーマイオニーは三人《にん》とも、ほかの寮生《りょうせい》と離《はな》れて、夜遅《よるおそ》くまで勉強《べんきょう》した。複雑《ふくざつ》な薬《くすり》の調合《ちょうごう》を覚《おぼ》えたり、妖精《ようせい》の魔法《まほう》や呪《のろ》いの呪文《じゅもん》を暗記《あんき》したり、魔法界《まほうかい》の発見《はっけん》や小鬼《ゴブリン》の反乱《はんらん》の年号《ねんごう》を覚《おぼ》えたり……。

試験《しけん》を一週間後《しゅうかんご》に控《ひか》えたある日《ひ》、関係《かんけい》のないことにはもう絶対首《ぜったいくび》を突《つ》っ込《こ》まない、というハリーの決心《けっしん》がためされる事件《じけん》が突然《とつぜん》持《も》ち上《あ》がった。その日《ひ》の午後《ごご》、図書館《としょかん》から帰《かえ》る途中《とちゅう》、教室《きょうしつ》から誰《だれ》かのめそめそ声《ごえ》が聞《き》こえてきた。近寄《ちかよ》ってみるとクィレルの声《こえ》だった。

「だめです……だめ……もうどうぞお許《ゆる》しを……」

誰《だれ》かに脅《おど》されているようだった。ハリーはさらに近《ちか》づいてみた。

「わかりました……わかりましたよ……」

クィレルのすすり泣《な》くような声《こえ》が聞《き》こえる。

次《つぎ》の瞬間《しゅんかん》、クィレルが曲《ま》がったターバンを直《なお》しながら、教室《きょうしつ》から急《いそ》ぎ足《あし》で出《で》てきた。蒼白《そうはく》な顔《かお》をして、今《いま》にも泣《な》きだしそうだ。足早《あしばや》に行《い》ってしまったので、ハリーにはまるで気《き》づかなかったようだ。

クィレルの足音《あしおと》が聞《き》こえなくなるのを待《ま》って、ハリーは教室《きょうしつ》をのぞいた。誰《だれ》もいない。だが、反対側《はんたいがわ》のドアが少《すこ》し開《ひら》いたままになっていた。ドアに向《む》かって半分《はんぶん》ほど進《すす》んだところで、ハリーは、関《かか》わり合《あ》いにならないという決心《けっしん》を思《おも》い出《だ》した。

わざわざ追《お》わなくともわかっている。たった今《いま》このドアから出《で》ていったのはスネイプにちがいない。「賢者《けんじゃ》の石《いし》」を一《いち》ダース賭《か》けたっていい。今聞《いまき》いたことを考《かんが》えると、きっとスネイプはうきうきした足取《あしど》りで歩《ある》いていることだろう……クィレルをとうとう降参《こうさん》させたのだから。

ハリーは図書館《としょかん》に戻《もど》った。ハーマイオニーがロンに天文学《てんもんがく》のテストをしていた。ハリーは今見《いまみ》聞《き》きした出来事《できごと》をすべて二人《ふたり》に話《はな》した。

「それじゃ、スネイプはついにやったんだ！　クィレルが『闇《やみ》の魔術《まじゅつ》に対《たい》する防衛術《ぼうえいじゅつ》』を破《やぶ》る方《ほう》法《ほう》を教《おし》えたとすれば……」

「でもまだフラッフィーがいるわ」

「もしかしたら、スネイプはハグリッドに聞《き》かなくてもフラッフィーを突破《とっぱ》する方法《ほうほう》を見《み》つけたかもしれないな」

周《まわ》りにある何千冊《なんぜんさつ》という本《ほん》を見上《みあ》げながら、ロンが言《い》った。

「これだけありゃ、どっかに三頭犬《さんとうけん》を突破《とっぱ》する方法《ほうほう》だって書《か》いてあるよ。どうする？　ハリー」

ロンの目《め》には冒険心《ぼうけんしん》が再《ふたた》び燃《も》え上《あ》がっていた。しかし、ハリーよりもすばやく、ハーマイオニーが答《こた》えた。

「ダンブルドアのところへ行《い》くのよ。私《わたし》たち、ズーッと前《まえ》からそうしなくちゃいけなかったんだわ。自分《じぶん》たちだけでなんとかしようとしたら、今度《こんど》こそ退学《たいがく》になるわよ」

「だけど、僕《ぼく》たちには証拠《しょうこ》は何《なん》にもないんだ！」ハリーが言《い》った。「クィレルは怖気《おじけ》づいて、僕《ぼく》たちを助《たす》けてはくれない。スネイプは、ハロウィーンのときトロールがどうやって入《はい》ってきたのか知《し》らないって言《い》い張《は》るだろうし、あの時《とき》四階《かい》になんて行《い》かなかったってスネイプが言《い》えば、それでおしまいさ……みんなどっちの言《い》うことを信《しん》じると思《おも》う？　僕《ぼく》たちがスネイプを嫌《きら》ってるってことは誰《だれ》だって知《し》っているし、ダンブルドアだって、僕《ぼく》たちがスネイプをクビにするために作《つく》り話《ばなし》をしてると思《おも》うだろう。フィルチはどんなことがあっても、僕《ぼく》たちを助《たす》けたりしないよ。スネイプとべったりの仲《なか》だし、生徒《せいと》が追《お》い出《だ》されて少《すく》なくなればなるほどいいって思《おも》っているんだから。もう一つおまけに、僕《ぼく》たちは石《いし》のこともフラッフィーのことも知《し》らないはずなんだ。これは説明《せつめい》しようがないだろう」

ハーマイオニーは納得《なっとく》した様子《ようす》だったが、ロンはねばった。

「ちょっとだけ探《さぐ》りを入《い》れてみたらどうかな……」

「だめだ。僕《ぼく》たち、もう充分《じゅうぶん》、探《さぐ》りを入《い》れ過《す》ぎてる」

ハリーはきっぱりとそう言《い》いきると、木星《もくせい》の星図《せいず》を引《ひ》き寄《よ》せ、木星《もくせい》の月《つき》の名前《なまえ》を覚《おぼ》えはじめた。

翌朝《よくあさ》、朝食《ちょうしょく》のテーブルに、ハリー、ハーマイオニー、ネビル宛《あて》の三通《つう》の手紙《てがみ》が届《とど》いた。全員同《ぜんいんおな》じことが書《か》いてあった。

処罰《しょばつ》は今夜《こんや》十一時《じ》に行《おこな》います。
玄関《げんかん》ホールでミスター・フィルチが待《ま》っています。
マクゴナガル教授《きょうじゅ》

減点《げんてん》のことで大騒《おおさわ》ぎだったので、そのほかにも処罰《しょばつ》があることをハリーはすっかり忘《わす》れていた。ハーマイオニーが一晩分《ひとばんぶん》の勉強《べんきょう》を損《そん》するとブツブツ言《い》うのではないかと思《おも》ったが、彼女《かのじょ》は文句《もんく》一つ言《い》わなかった。ハリーと同《おな》じようにハーマイオニーも、自分《じぶん》たちは処罰《しょばつ》を受《う》けても当然《とうぜん》のことをしたと思《おも》っていた。

夜《よる》十一時《じ》、二人《ふたり》は談話室《だんわしつ》でロンに別《わか》れを告《つ》げ、ネビルと一緒《いっしょ》に玄関《げんかん》ホールへ向《む》かった。フィルチはもう来《き》ていた――そしてマルフォイも。マルフォイも処罰《しょばつ》を受《う》けることを、ハリーはすっかり忘《わす》れていた。

「ついて来《こ》い」

フィルチはランプを灯《とも》し、先《さき》に外《そと》に出《で》た。

「規則《きそく》を破《やぶ》る前《まえ》に、よーく考《かんが》えるようになったろうねぇ。どうかね？」

フィルチは意地《いじ》の悪《わる》い目《め》つきでみんなを見《み》た。

「ああ、そうだとも……私《わたし》に言《い》わせりゃ、しごいて、痛《いた》い目《め》を見《み》せるのが一番《いちばん》の薬《くすり》だよ——昔《むかし》のような体罰《たいばつ》がなくなって、まったく残念《ざんねん》だ……手首《てくび》をくって天井《てんじょう》から数日《すうじつ》吊るしたもんだ。今《いま》でも私《わたし》の事務所《じむしょ》に鎖《くさり》は取《と》ってあるがね……万一必要《まんいちひつよう》になったときに備《そな》えてピカピカに磨《みが》いてあるよ——よし、出《で》かけるとするか。逃《に》げようなんて考《かんが》えるんじゃないぞ。そんなことしたらもっとひどいことになるからねぇ」

真《ま》っ暗《くら》な校庭《こうてい》を横切《よこぎ》って一行《いっこう》は歩《ある》いた。ネビルはずっとめそめそしていた。罰《ばつ》っていったい何《なん》だろう、とハリーは思《おも》いを巡《めぐ》らせた。きっと、ひどく恐《おそ》ろしいものにちがいない。でなけりゃフィルチがあんなにうれしそうにしているはずがない。

月《つき》は晃々《こうこう》と明《あか》るかったが、時折《ときおり》サッと雲《くも》がかかり、あたりを闇《やみ》にした。行《ゆ》く手《て》に、ハリーはハグリッドの小屋《こや》の窓《まど》の明《あ》かりを見《み》た。遠《とお》くから大声《おおごえ》が聞《き》こえた。

「フィルチか？　急《いそ》いでくれ。俺《おれ》はもう出発《しゅっぱつ》したい」

ハリーの心《こころ》は踊《おど》った。ハグリッドと一緒《いっしょ》なら、そんなに悪《わる》くはないだろう。ホッとした気持《きも》ちが顔《かお》に出《で》たにちがいない。フィルチがたちまちそれを読《よ》んだ。

「あの木偶《でく》の坊《ぼう》と一緒《いっしょ》に楽《たの》しもうと思《おも》っているんだろうねぇ？　坊《ぼう》や、もう一度《いちど》よく考《かんが》えたほうがいいねぇ……おまえたちがこれから行《い》くのは、森《もり》の中《なか》だ。もし全員無傷《ぜんいんむきず》で戻《もど》ってきたら私《わたし》の見込《みこ》みちがいだがね」

とたんにネビルは低《ひく》いうめき声《ごえ》を上《あ》げ、マルフォイもその場《ば》でぴたっと動《うご》かなくなった。

「森《もり》だって？　そんなところに夜《よる》行《い》けないよ……それこそいろんなのがいるんだろう……狼男《おおかみおとこ》だとか、そう聞《き》いてるけど」マルフォイの声《こえ》はいつもの冷静《れいせい》さを失《うしな》っていた。

ネビルはハリーのローブのそでをしっかり握《にぎ》り、ヒィーッと息《いき》を詰《つ》まらせた。

「そんなことは今《いま》さら言《い》っても仕方《しかた》がないねぇ」

フィルチの声《こえ》がうれしさのあまり上《うわ》ずっている。

「狼男《おおかみおとこ》のことは、問題《もんだい》を起《お》こす前《まえ》に考《かんが》えとくべきだったねぇ？」

ハグリッドがファングをすぐ後《うし》ろに従《したが》えて暗闇《くらやみ》の中《なか》から大股《おおまた》で現《あらわ》れた。大《おお》きな石弓《いしゆみ》を持《も》ち、肩《かた》に矢筒《やたて》を背負《せお》っている。

「遅《おそ》いな。俺《おれ》はもう三十分《ぷん》くらいも待《ま》ったぞ。ハリー、ハーマイオニー、大丈夫《だいじょうぶ》か？」

「こいつらは罰《ばつ》を受《う》けに来《き》たんだ。あんまり仲良《なかよ》くするわけにはいきませんよねぇ、ハグリッド」フィルチが冷《つめ》たく言《い》った。

「それで遅《おそ》くなったと、そう言《い》うのか？」ハグリッドはフィルチをにらみつけた。「説教《せっきょう》をたれてたんだろう。え？　説教《せっきょう》するのはおまえの役目《やくめ》じゃなかろうが。おまえの役目《やくめ》はもう終《お》わりだ。ここからは俺《おれ》が引《ひ》き受《う》ける」

「夜明《よあ》けに戻《もど》ってくるよ。こいつらの体《からだ》の残《のこ》ってる部分《ぶぶん》だけ引《ひ》き取《と》りにくるさ」

フィルチはいやみたっぷりにそう言《い》うと、城《しろ》に帰《かえ》っていった。ランプが暗闇《くらやみ》にゆらゆらと消《き》えていった。今度《こんど》はマルフォイがハグリッドに向《む》かって言《い》った。

「僕《ぼく》は森《もり》には行《い》かない」

声《こえ》が恐怖《きょうふ》におののいているのがわかるので、ハリーはいい気味《きみ》だと思《おも》った。

「ホグワーツに残《のこ》りたいなら行《い》かねばならん」ハグリッドが厳《きび》しく言《い》い返《かえ》した。「悪《わる》いことをしたんだから、そのつぐないをせにゃならん」

「でも、森《もり》に行《い》くのは召使《めしつか》いがすることだよ。生徒《せいと》にさせることじゃない。同《おな》じ文章《ぶんしょう》を何百回《なんびゃっかい》も書《か》き取《と》りするとか、そういう罰《ばつ》だと思《おも》っていた。もし僕《ぼく》がこんなことをするって父上《ちちうえ》が知《し》ったら、きっと……」

「きっと、これがホグワーツの流儀《りゅうぎ》だって、そう言《い》いきかせるだろうよ」

ハグリッドがうなるように言《い》った。

「書《か》き取《と》りだって？　へっ！　それが何《なん》の役《やく》に立《た》つ？　役《やく》に立《た》つことをしろ、さもなきゃ退学《たいがく》しろ。おまえの父《とう》さんが、おまえが追《お》い出《だ》されたほうがましだって言《い》うんなら、さっさと城《しろ》に戻《もど》って荷物《にもつ》をまとめろ！　さあ行《い》け！」

マルフォイは動《うご》かなかった。ハグリッドをにらみつけていたが、やがて視線《しせん》を落《お》とした。

「よーし、それじゃ、よーく聞《き》いてくれ。なんせ、俺《おれ》たちが今夜《こんや》やろうとしていることは危険《きけん》なんだ。みんな軽《かる》はずみなことはしちゃいかん。しばらくは俺《おれ》について来《き》てくれ」

ハグリッドが先頭《せんとう》に立《た》って、森《もり》のはずれまでやってきた。ランプを高《たか》く掲《かか》げ、ハグリッドは、暗《くら》く生《お》い茂《しげ》った木々《きぎ》の奥《おく》へと消《き》えていく、細《ほそ》い曲《ま》がりくねった獣道《けものみち》を指《ゆび》さした。森《もり》の中《なか》をのぞき込《こ》むと一陣《いちじん》の風《かぜ》がみんなの髪《かみ》を逆立《さかだ》てた。

「あそこを見《み》ろ。地面《じめん》に光《ひか》った物《もの》が見《み》えるか？　銀色《ぎんいろ》の物《もの》が見《み》えるか？　一角獣《ユニコーン》の血《ち》だ。何者《なにもの》かにひどく傷《きず》つけられたユニコーンが一頭《いっとう》、この森《もり》の中《なか》にいる。今週《こんしゅう》になって二回目《かいめ》だ。水曜日《すいようび》に最初《さいしょ》の死骸《しがい》を見《み》つけた。みんなでかわいそうなやつを見《み》つけだすんだ。助《たす》からないんなら、苦《くる》しまんようにしてやらねばならん」

「ユニコーンを襲《おそ》ったやつが、先《さき》に僕《ぼく》たちを見《み》つけたらどうするんだい？」

マルフォイは恐怖《きょうふ》を隠《かく》しきれない声《こえ》で聞《き》いた。

「俺《おれ》やファングと一緒《いっしょ》におれば、この森《もり》にすむものは誰《だれ》もおまえたちを傷《きず》つけはせん。道《みち》をそれるなよ。よーし、では二組《ふたくみ》に分《わ》かれて別々《べつべつ》の道《みち》を行《い》こう。そこら中血《じゅうち》だらけだ。ユニコーンは少《すく》なくともきのうの夜《よる》からのたうち回《まわ》ってるんだろうて」

「僕《ぼく》はファングと一緒《いっしょ》がいい」ファングの長《なが》い牙《きば》を見《み》て、マルフォイが急《いそ》いで言《い》った。

「よかろう。断《ことわ》っとくが、そいつは臆病《おくびょう》だぞ。そんじゃ、ハリーとハーマイオニーは俺《おれ》と一緒《いっしょ》に行《い》こう。ドラコとネビルはファングと一緒《いっしょ》に別《べつ》の道《みち》だ。もしユニコーンを見《み》つけたら緑《みどり》の光《ひかり》を打《う》ち上《あ》げる、ええか？　杖《つえ》を出《だ》して練習《れんしゅう》しよう——それでよし——もし困《こま》ったことが起《お》きたら、赤《あか》い光《ひかり》を打《う》ち上《あ》げろ。みんなで助《たす》けに行《い》く——そんじゃ、気《き》をつけろよ——出発《しゅっぱつ》だ」

森《もり》は真《ま》っ暗《くら》でシーンとしていた。少《すこ》し歩《ある》くと道《みち》が二手《ふたて》に分《わ》かれていた。ハグリッドたちは左《ひだり》の道《みち》を、ファングの組《くみ》は右《みぎ》の道《みち》を取《と》った。

三人《にん》は無言《むごん》で足元《あしもと》だけを見《み》ながら歩《ある》いた。ときどき枝《えだ》のすき間《ま》からもれる月明《つきあ》かりが、落葉《おちば》の上《うえ》に点々《てんてん》と滴《したた》ったシルバーブルーの血痕《けっこん》を照《て》らし出《だ》した。

ハリーはハグリッドの深刻《しんこく》な顔《かお》に気《き》づいた。

「狼男《おおかみおとこ》がユニコーンを殺《ころ》すなんてこと、ありうるの？」とハリーは聞《き》いてみた。

「あいつらはそんなにすばやくねえ。ユニコーンを捕《つか》まえるのはたやすいこっちゃねえ。強《つよ》い魔《ま》力《りょく》を持《も》った生《い》き物《もの》だからな。ユニコーンがけがしたなんてこたぁ、俺《おれ》は今《いま》まで聞《き》いたことがねえな」

苔《こけ》むした切株《きりかぶ》を通《とお》り過《す》ぎるとき、ハリーは水《みず》の音《おと》を聞《き》いた。どこか近《ちか》くに川《がわ》があるらしい。曲《ま》がりくねった小道《こみち》には、まだあちこちにユニコーンの血《ち》が落《お》ちていた。

「そっちは大丈夫《だいじょうぶ》か？　ハーマイオニー」ハグリッドがささやいた。

「心配《しんぱい》するな。このひどいけがじゃそんなに遠《とお》くまでは行《い》けねえはずだ。もうすぐ……**その木《き》の陰《かげ》に隠《かく》れろ！**」

ハグリッドはハリーとハーマイオニーをひっつかみ、樫《かし》の巨木《きょぼく》の陰《かげ》に放《ほう》り込《こ》んだ。矢《や》を引《ひ》き出《だ》して弓《ゆみ》につがえ、持《も》ち上《あ》げてかまえ、いつでも矢《や》を放《はな》てるようにした。三人《さんにん》は耳《みみ》を澄《す》ました。何《なに》かが、すぐそばの枯葉《かれは》の上《うえ》をするするすべっていく。マントが地面《じめん》を引《ひ》きずるような音《おと》だった。ハグリッドが目《め》を細《ほそ》めて暗《くら》い道《みち》をじっと見《み》ていたが、数秒後《すうびょうご》に音《おと》は徐々《じょじょ》に消《き》えていった。

「思《おも》ったとおりだ」ハグリッドがつぶやいた。「ここにいるべきでない何《なに》かだ」

「狼男《おおかみおとこ》？」

「いーや、狼男《おおかみおとこ》じゃねえしユニコーンでもねえ」ハグリッドは険《けわ》しい顔《かお》をした。

「よーし、俺《おれ》について来《こ》い。気《き》をつけてな」

三人《さんにん》は前《まえ》よりもさらにゆっくりと、どんな小《ちい》さな音《おと》も聞《き》き逃《のが》すまいと聞《き》き耳《みみ》を立《た》てて進《すす》んだ。

突然《とつぜん》、前方《ぜんぽう》の開《ひら》けた場所《ばしょ》で、たしかに何《なに》かが動《うご》いた。

「そこにいるのは誰《だれ》だ？　姿《すがた》を現《あらわ》せ……こっちには武器《ぶき》があるぞ！」

ハグリッドが声《こえ》を張《は》り上《あ》げた。開《ひら》けた空《あ》き地《ち》に現《あらわ》れたのは……人間《にんげん》、いや、それとも馬《うま》？　腰《こし》から上《うえ》は赤《あか》い髪《かみ》に赤《あか》いひげの人《ひと》の姿《すがた》。そして腰《こし》から下《した》はつやつやとした栗毛《くりげ》に赤味《あかみ》がかった長《なが》い尾《お》をつけた馬《うま》。ハリーとハーマイオニーは口《くち》をポカンと開《あ》けたままだった。

「ああ、おまえさんか、ロナン」

ハグリッドがホッとしたように言《い》った。

「元気《げんき》かね？」

ハグリッドはケンタウルスに近《ちか》づき握手《あくしゅ》した。

「こんばんは、ハグリッド」

ロナンの声《こえ》は深《ふか》く、悲《かな》しげだった。

「私《わたし》を撃《う》とうとしたんですか？」

「ロナン、用心《ようじん》にこしたことはない」

石弓《いしゆみ》を軽《かる》くたたきながらハグリッドが言《い》った。

「何《なん》か悪《わる》いもんがこの森《もり》をうろついとるんでな。ところで、ここの二人《ふたり》はハリー・ポッターとハーマイオニー・グレンジャーだ。学校《がっこう》の生徒《せいと》でな。お二人《ふたり》さん、こちらはロナンだよ。ケンタウルスだ」

「気《き》がついていたわ」ハーマイオニーが消《き》え入《い》るような声《こえ》で言《い》った。

「こんばんは。生徒《せいと》さんだね？　学校《がっこう》ではたくさん勉強《べんきょう》してるかね？」

「えーと……」

「少《すこ》しは」ハーマイオニーがおずおずと答《こた》えた。

「少《すこ》し。そう。それはよかった」

ロナンはフーッとため息《いき》をつき、首《くび》をブルルッと振《ふ》って空《そら》を見上《みあ》げた。

「今夜《こんや》は火星《かせい》がとても明《あか》るい」

「ああ」

ハグリッドもちらりと空《そら》を見上《みあ》げた。

「なあ、ロナンよ。おまえさんに会《あ》えてよかった。ユニコーンが、しかもけがをしたやつがおるんだ……何《なん》か見《み》かけんかったか？」

ロナンはすぐには返事《へんじ》をしなかった。瞬《まばた》きもせず空《そら》を見《み》つめ、ロナンは再《ふたた》びため息《いき》をついた。

「いつでも罪《つみ》もない者《もの》が真《ま》っ先《さき》に犠牲《ぎせい》になる。大昔《おおむかし》からずっとそうだった。そして今《いま》もなお……」

「ああ。だがロナン、何《なに》か見《み》んかったか？　いつもとちがう何《なに》かを？」ハグリッドがもう一度《いちど》聞《き》いた。

「今夜《こんや》は火星《かせい》が明《あか》るい」

もどかしそうなハグリッドに、ロナンは同《おな》じことを繰《く》り返《かえ》した。

「いつもとちがう明《あか》るさだ」

「ああ、だが俺《おれ》が聞《き》きたいのは火星《かせい》より、もうちょいと自分《じぶん》に近《ちか》いほうのことなんだが。そうか、おまえさんは奇妙《きみょう》なものは何《なに》も気《き》づかなかったんだな？」

またしてもロナンはしばらく答《こた》えなかったが、ついにこう言《い》った。

「森《もり》は多《おお》くの秘密《ひみつ》を覆《おお》い隠《かく》す」

ロナンの後《うし》ろの木立《こだち》の中《なか》で何《なに》かが動《うご》いた。ハグリッドはまた弓《ゆみ》をかまえた。だがそれは別《べつ》のケンタウルスだった。真《ま》っ黒《くろ》な髪《かみ》と胴体《どうたい》でロナンより荒々《あらあら》しい感《かん》じがした。

「やあ、ベイン。元気《げんき》かね？」とハグリッドが声《こえ》をかけた。

「こんばんは。ハグリッド、あなたも元気《げんき》ですか？」

「ああ、元気《げんき》だ。なあ、ロナンにも今《いま》聞《き》いたんだが、最近《さいきん》この辺《へん》で何《なに》かおかしなものを見《み》んかったか？　実《じつ》はユニコーンが傷《きず》つけられてな……おまえさん何《なに》か知《し》らんかい？」

ベインはロナンのそばまで歩《ある》いていき、隣《となり》に立《た》って空《そら》を見上《みあ》げた。

「今夜《こんや》は火星《かせい》が明《あか》るい」ベインはそれだけ言《い》った。

「もうそれは聞《き》いた」ハグリッドは不機嫌《ふきげん》だった。

「さーて、もしお二人《ふたり》さんのどっちかでも何《なに》か気《き》がついたら俺《おれ》に知《し》らせてくれ、頼《たの》む。さあ、俺《おれ》たちは行《い》こうか」

ハリーとハーマイオニーはハグリッドのあとについてそこから離《はな》れた。二人《ふたり》は肩越《かたご》しに何度《なんど》も振《ふ》り返《かえ》り、木立《こだち》が邪魔《じゃま》して見《み》えなくなるまで、ロナンとベインをしげしげと見《み》つめていた。

「ただの一度《いちど》も――」ハグリッドはいらいらして言《い》った。

「ケンタウルスからはっきりした答《こた》えをもらったためしがねえ。いまいましい夢想家《むそうか》よ。星《ほし》ばっかり眺《なが》めて、月《つき》より近《ちか》くのものにはなんの興味《きょうみ》も持《も》っとらん」

「森《もり》にはあの人《ひと》たちみたいなケンタウルスがたくさんいるの？」とハーマイオニーが尋《たず》ねた。

「ああ、まあまあだな……たいていやっこさんたちはあんまりほかのやつとは接《せっ》することがない。だが俺《おれ》が話《はな》したいときは、ちゃんと現《あらわ》れるという親切《しんせつ》さはある。言《い》っとくが、連中《れんちゅう》は深《ふか》い。ケンタウルスはな……いろんなことを知《し》っとるが……あまり教《おし》えちゃくれん」

「さっき聞《き》いた音《おと》、ケンタウルスだったのかな？」ハリーが聞《き》いた。

「あれがひづめの音《おと》に聞《き》こえたか？　いーや、俺《おれ》にはわかる。ユニコーンたちを殺《ころ》したやつの物《もの》音《おと》だ……あんな音《おと》は今《いま》まで聞《き》いたことがねえ」

三人《にん》は深《ふか》く真《ま》っ暗《くら》な茂《しげ》みの中《なか》を進《すす》んだ。ハリーは神経質《しんけいしつ》に何度《なんど》も後《うし》ろを振《ふ》り返《かえ》った。なんとなく見張《みは》られているようないやな感《かん》じがするのだ。ハグリッドが一緒《いっしょ》だし、おまけに石弓《いしゆみ》もあるから大丈夫《だいじょうぶ》、とハリーは思《おも》った。ちょうど角《かど》を曲《ま》がったとき、ハーマイオニーがハグリッドの腕《うで》をつかんだ。

「ハグリッド！　見《み》て、赤《あか》い火花《ひばな》よ。ネビルたちに何《なに》かあったんだわ！」

「二人《ふたり》ともここで待《ま》ってろ。この小道《こみち》からそれるなよ。すぐ戻《もど》ってくるからな」

ハグリッドが下草《したくさ》をバッサバッサとなぎ倒《たお》し、ガサゴソと遠《とお》のいていく音《おと》を聞《き》きながら、二人《ふたり》は顔《かお》を見合《みあ》わせていた。怖《こわ》かった。とうとう、二人《ふたり》の周《まわ》りの木《こ》の葉《は》がカサコソと擦《す》れ合《あ》う音《おと》しか聞《き》こえなくなった。

「あの人《ひと》たち、けがしたりしてないわよね？」ハーマイオニーがささやく。

「マルフォイがどうなったってかまわないけど、ネビルに何《なに》かあったら……もともとネビルは僕《ぼく》たちのせいでここに来《く》ることになってしまったんだから」

何分《なんぷん》経《た》ったろう。時間《じかん》が長《なが》く感《かん》じられる。聴覚《ちょうかく》がいつもより研《と》ぎ澄《す》まされているようだ。ハリーにはどんな風《かぜ》のそよぎも、どんな細《ほそ》い小枝《こえだ》の折《お》れる音《おと》も聞《き》こえるような気《き》がした。何《なに》があったんだろう？　向《む》こうの組《くみ》はどこにいるんだろう？　やがてバキバキという大きな音《おと》を先《さき》ぶれにして、ハグリッドが戻《もど》ってきた。マルフォイ、ネビル、ファングを引《ひ》き連《つ》れている。ハグリッドはカンカンに怒《おこ》っている。どうやらマルフォイが、こっそりネビルの後《うし》ろに回《まわ》ってつかみかかるという悪《わる》ふざけをしたらしい。ネビルがパニックに陥《おちい》って火花《ひばな》を打《う》ち上《あ》げたのだ。

「おまえたち二人《ふたり》がばか騒《さわ》ぎしてくれたおかげで、もう捕《つか》まるものも捕《つか》まらんかもしれん。よーし、組分《くみわ》けを変《か》えよう……ネビル、俺《おれ》と来《く》るんだ。ハーマイオニーも。ハリーはファングとこの愚《おろ》かもんと一緒《いっしょ》だ」

ハグリッドはハリーだけにこっそり耳打《みみう》ちした。

「すまんな。おまえさんならこやつもそう簡単《かんたん》には脅《おど》せまい。とにかく仕事《しごと》をやりおおせてしまわんとな」

ハリーはマルフォイ、ファングと一緒《いっしょ》にさらに森《もり》の奥《おく》へと向《む》かった。三十分《ぷん》も歩《ある》いただろうか、奥《おく》に進《すす》むにつれて木立《こだち》がびっしりと生《お》い茂《しげ》り、もはや道《みち》をたどるのは無理《むり》になった。ハリーには血《ち》の滴《したた》りも濃《こ》くなっているように思《おも》えた。木《き》の根元《ねもと》に大量《たいりょう》の血《ち》が飛《と》び散《ち》っている。傷《きず》ついた哀《あわ》れな生《い》き物《もの》がこの辺《あた》りで苦《くる》しみ、のた打《う》ち回《まわ》ったのだろう。樹齢何千年《じゅれいなんぜんねん》の樫《かし》の古木《こぼく》の枝《えだ》がからみ合《あ》うそのむこうに、開《ひら》けた平地《へいち》が見《み》えた。

「見《み》て……」ハリーは腕《うで》を伸《の》ばしてマルフォイを制止《せいし》しながらつぶやいた。

地面《じめん》に純白《じゅんぱく》に光《ひか》り輝《かがや》くものがあった。二人《ふたり》はさらに近《ちか》づいた。

まさにユニコーンだった。死《し》んでいた。ハリーはこんなに美《うつく》しく、こんなに悲《かな》しい物《もの》を見《み》たことがなかった。

その長《なが》くしなやかな脚《あし》は、倒《たお》れたその場《ば》でバラリと投《な》げ出《だ》され、その真珠色《しんじゅいろ》に輝《かがや》くたてがみは暗《くら》い落葉《おちば》の上《うえ》に広《ひろ》がっている。

ハリーが一歩《いっぽ》踏《ふ》み出《だ》したその時《とき》、ずるずるすべるような音《おと》がした。ハリーの足《あし》はその場《ば》で凍《こお》りついた。平地《へいち》の端《はし》が揺《ゆ》れた……そして、暗《くら》がりの中《なか》から、頭《あたま》をフードにすっぽり包《つつ》んだ何《なに》かが、まるで獲物《えもの》をあさる獣《けもの》のように地面《じめん》をはってきた。ハリー、マルフォイ、ファングは金縛《かなしば》りにあったように立《た》ちすくんだ。マントを着《き》たその影《かげ》はユニコーンに近《ちか》づき、かたわらに身《み》をかがめて傷口《きずぐち》からその血《ち》を飲《の》みはじめたのだ。

「ぎゃああああアアア！」

マルフォイが絶叫《ぜっきょう》して逃《に》げ出《だ》した……ファングも……。フードに包《つつ》まれた影《かげ》が頭《あたま》を上《あ》げ、ハリーを真正面《ましょうめん》から見《み》た——ユニコーンの血《ち》がフードに隠《かく》れた顔《かお》から滴《したた》り落《お》ちた。その影《かげ》は立《た》ち上《あ》がり、ハリーに向《む》かってするすると近寄《ちかよ》ってくる——ハリーは恐《おそ》ろしさのあまり動《うご》けなかった。

その瞬間《しゅんかん》、今《いま》まで感《かん》じたことのないほどの激痛《げきつう》がハリーの頭《あたま》を貫《つらぬ》いた。額《ひたい》の傷痕《きずあと》が燃《も》えるようだった——目《め》がくらみ、ハリーはよろよろと倒《たお》れかかった。背後《はいご》からひづめの音《おと》が聞《き》こえてきた。早足《はやあし》でかけてくる。ハリーの真上《まうえ》を何《なに》かがひらりと飛《と》び越《こ》え、影《かげ》に向《む》かって突進《とっしん》した。

激痛《げきつう》のあまりハリーはひざをついた。一分、いや二分《ふん》も経《た》っただろうか。ハリーが顔《かお》を上《あ》げると、もう影《かげ》は消《き》えていた。ケンタウルスだけがハリーを覆《おお》うように立《た》っていた。ロナンともベインともちがう。もっと若《わか》く、明《あか》るい金髪《きんぱつ》に胴《どう》はプラチナブロンド、淡《あわ》い金茶色《きんちゃいろ》のパロミノのケンタウルスだった。

「けがはないかい？」ハリーを引っ張《ぱ》り上《あ》げて立《た》たせながらケンタウルスが声《こえ》をかけた。

「ええ……、ありがとう……。あれは何《なん》だったのですか？」

ケンタウルスは答《こた》えない。信《しん》じられないほど青《あお》い目《め》、まるで淡《あわ》いサファイアのようだ。その目《め》がハリーを観察《かんさつ》している。そして額《ひたい》の傷《きず》にじっと注《そそ》がれた。傷痕《きずあと》は額《ひたい》にきわだって青《あお》く刻《きざ》まれていた。

「君《きみ》があのポッターなんだね。早《はや》くハグリッドのところに戻《もど》ったほうがいい。今《いま》、森《もり》は安全《あんぜん》じゃない……特《とく》に君《きみ》にはね。私《わたし》に乗《の》れるかな？　そのほうが早《はや》いから」

「私《わたし》の名《な》はフィレンツェだ」

前脚《まえあし》を曲《ま》げ身体《からだ》を低《ひく》くしてハリーが乗《の》りやすいようにしながらケンタウルスが名《な》のった。

その時突然《ときとつぜん》、平地《へいち》の反対側《はんたいがわ》から疾走《しっそう》するひづめの音《おと》が聞《き》こえてきた。木《き》の茂《しげ》みを破《やぶ》るように、ロナンとベインが現《あらわ》れた。脇腹《わきばら》がフウフウと波打《なみう》ち、汗《あせ》で光《ひか》っている。

「フィレンツェ！」ベインがどなった。

「なんということを……人間《にんげん》を背中《せなか》に乗《の》せるなど恥《は》ずかしくないのか？　君《きみ》はただのロバなのか？」

「この子《こ》が誰《だれ》だかわかってるのですか？　あのポッターなのですよ。この子《こ》は一刻《いっこく》も早《はや》くこの森《もり》を離《はな》れるほうがいい」とフィレンツェが言《い》った。

「君《きみ》はこの子《こ》に何《なに》を話《はな》していたのだ？　フィレンツェ、忘《わす》れてはいけない。我々《われわれ》は天《てん》に逆《さか》らわないと誓《ちか》った。惑星《わくせい》の動《うご》きから、何《なに》が起《お》こるかを読《よ》み取《と》ったはずではないかね」ベインがうなるように言《い》った。

「私《わたし》はフィレンツェが最善《さいぜん》と思《おも》うことをしているんだと信《しん》じています」

ロナンは落《お》ち着《つ》かない様子《ようす》で、ひづめで地面《じめん》をかきながら、例《れい》のくぐもった声《こえ》で言《い》った。

「最善《さいぜん》！　それが我々《われわれ》と何《なん》の関《かか》わりがあると言《い》うのかね？　ケンタウルスは予言《よげん》されたことにだ

け関心《かんしん》を持《も》てばそれでよい！　森《もり》の中《なか》でさまよう人間《にんげん》を追《お》いかけてロバのように走《はし》り回《まわ》るのが我《われ》のすることだろうか！」

ベインは怒《おこ》って後脚《あとあし》をけり上《あ》げた。

フィレンツェも怒《いか》り、急《きゅう》に後脚《あとあし》で立《た》ちあがったので、ハリーは振《ふ》り落《お》とされないように必死《ひっし》に彼《かれ》の肩《かた》につかまった。

「あのユニコーンを見《み》なかったのですか？」フィレンツェはベインに向《む》かって声《こえ》を荒《あら》らげた。「なぜ殺《ころ》されたのか、あなたにはわからないのですか？　惑星《わくせい》がその秘密《ひみつ》を教《おし》えてはいないのですか？　ベイン、私《わたし》はこの森《もり》に忍《しの》び寄《よ》るものに立《た》ち向《む》かう。そう、必要《ひつよう》とあらば人間《にんげん》とも手《て》を組《く》みます」

フィレンツェがさっと向《む》きを変《か》え、ハリーは必死《ひっし》でその背《せ》にしがみついた。二人《ふたり》はロナンとベインをあとに残《のこ》し、木立《こだち》の中《なか》に飛《と》び込《こ》んだ。

何《なに》が起《お》こっているのかハリーにはまったく見当《けんとう》がつかなかった。

「どうしてベインはあんなに怒《おこ》っていたの？　あなたはいったい何《なに》から僕《ぼく》を救《すく》ってくれたですか？」

フィレンツェはスピードを落《お》とし、並足《なみあし》になった。低《ひく》い枝《えだ》にぶつからないよう頭《あたま》を低《ひく》くしているように注意《ちゅうい》はしてくれたが、ハリーの質問《しつもん》には答《こた》えなかった。二人《ふたり》はだまったまま木立《こだち》の中《なか》を進《すす》んだ。長《なが》いこと沈黙《ちんもく》が続《つづ》いたので、フィレンツェはもう口《くち》をききたくないのだろうとハリーは考《かんが》えた。ところが、ひときわ木《き》の生《お》い茂《しげ》った場所《ばしょ》を通《とお》る途中《とちゅう》、フィレンツェが突然《とつぜん》立《た》ち止《ど》まった。

「ハリー・ポッター、ユニコーンの血《ち》が何《なに》に使《つか》われるか知《し》っていますか？」

「ううん」ハリーは突然《とつぜん》の質問《しつもん》に驚《おどろ》いた。「角《つの》とか尾《お》の毛《け》とかを魔法薬《まほうやく》の時間《じかん》に使《つか》ったきりです」

「それはね、ユニコーンを殺《ころ》すなんて非情《ひじょう》きわまりないことだからなのです。失《うしな》う物《もの》は何《なに》もなく、しかも殺《ころ》すことで自分《じぶん》の利益《りえき》になる者《もの》だけが、そのような罪《つみ》を犯《おか》す。ユニコーンの血《ち》は、たとえ死《し》の淵《ふち》にいるときでも命《いのち》を長《なが》らえさせてくれる。でも恐《おそ》ろしい代償《だいしょう》を払《はら》わなければならない。自《みずか》らの命《いのち》を救《すく》うために、純粋《じゅんすい》で無防備《むぼうび》な生《い》き物《もの》を殺害《さつがい》するのだから、得《え》られる命《いのち》は完全《かんぜん》な命《いのち》ではない。その血《ち》に唇《くちびる》が触《ふ》れた瞬間《しゅんかん》から、その者《もの》は呪《のろ》われた命《いのち》を生《い》きる、生《い》きながらの死《し》の命《いのち》なのです」

フィレンツェの髪《かみ》は月明《つきあ》かりで銀色《ぎんいろ》の濃淡《のうたん》をつくり出《だ》していた。ハリーはその髪《かみ》を後《うし》ろから見《み》つめた。

「いったい誰《だれ》がそんなに必死《ひっし》に？」ハリーは考《かんが》えながら話《はな》した。「永遠《えいえん》に呪《のろ》われるんだったら、死《し》んだほうがましだと思《おも》うけど。ちがいますか？」

「そのとおり。しかし、ほかの何《なに》かを飲《の》むまでの間《あいだ》だけ生《い》き長《なが》らえればよいとしたら――完全《かんぜん》な力《ちから》と強《つよ》さを取《と》り戻《もど》してくれる何《なに》か――けっして死《し》ぬことがなくなる何《なに》か。ポッター君《くん》、今《いま》この瞬《しゅん》間《かん》に、学校《がっこう》に何《なに》が隠《かく》されているか知《し》っていますか?」

「『賢者《けんじゃ》の石《いし》』――そうか――命《いのち》の水《みず》だ! だけどいったい誰《だれ》が……」

「力《ちから》を取《と》り戻《もど》すために長《なが》い間《あいだ》待《ま》っていたのが誰《だれ》なのか、思《おも》い浮《う》かばないですか? 命《いのち》にしがみついて、チャンスをうかがってきたのは誰《だれ》なのか?」

ハリーは鉄《てつ》の手《て》で突然《とつぜん》心臓《しんぞう》をわしづかみにされたような気《き》がした。木々《きぎ》のざわめきの中《なか》から、ハグリッドに初《はじ》めて会《あ》ったあの夜《よる》に聞《き》いた言葉《ことば》がよみがえってきた。

――あやつが死《し》んだという者《もの》もいる。おれに言《い》わせりゃ、くそくらえだ。やつに人間《にんげん》らしさのかけらでも残《のこ》っていれば死《し》ぬこともあろうさ――

「それじゃ……」ハリーの声《こえ》がしわがれた。「僕《ぼく》が、今見《いまみ》たのは**ヴォル**……」

「ハリー! ハリー、あなた大丈夫《だいじょうぶ》?」

ハーマイオニーが道《みち》のむこうからかけてきた。ハグリッドもハアハア言《い》いながらその後《うし》ろを走《はし》ってくる。

「僕《ぼく》は大丈夫《だいじょうぶ》だよ」

ハリーは自分《じぶん》が何《なに》を言《い》っているのかほとんどわからなかった。

「ハグリッド、ユニコーンが死《し》んでる。森《もり》の奥《おく》の開《ひら》けたところにいたよ」

「ここで別《わか》れましょう。君《きみ》はもう安全《あんぜん》だ」

ハグリッドがユニコーンをたしかめに急《いそ》いで戻《もど》っていくのを見《み》ながら、フィレンツェがつぶやいた。

ハリーはフィレンツェの背中《せなか》からすべり降《お》りた。

「幸運《こううん》を祈《いの》りますよ、ハリー・ポッター。ケンタウルスでさえも惑星《わくせい》の読《よ》みをまちがえたことがある。今回《こんかい》もそうなりますように」

フィレンツェは森《もり》の奥深《おくふか》くへゆるやかに走《はし》り去《さ》った。ブルブル震《ふる》えているハリーを残《のこ》して……。


みなの帰《かえ》りを待《ま》っているうちに、ロンは真《ま》っ暗《くら》になった談話室《だんわしつ》で眠《ねむ》り込《こ》んでしまった。ハリーが乱暴《らんぼう》に揺《ゆ》り動《うご》かして起《お》こそうとしたとき、クィディッチだのファウルだのと寝言《ねごと》を叫《さけ》んだ。しかし、ハリーがハーマイオニーとロンに、森《もり》での出来事《できごと》を話《はな》すうちに、ロンはすっかり目《め》を覚《さ》ますことになった。

ハリーは座《すわ》っていられなかった。まだ震《ふる》えが止《と》まらず、暖炉《だんろ》の前《まえ》を往《い》ったり来《き》たりした。

「スネイプはヴォルデモートのためにあの石《いし》が欲《ほ》しかったんだ……ヴォルデモートは森《もり》の中《なか》で

待《ま》っているんだ……僕《ぼく》たち、今《いま》までずっと、スネイプはお金《かね》のためにあの石《いし》が欲《ほ》しいんだと思《おも》っていた……」

「その名前《なまえ》を言《い》うのはやめてくれ！」

ロンはヴォルデモートに聞《き》かれるのを恐《おそ》れるかのように、こわごわささやいた。

ハリーの耳《みみ》には入《はい》らない。

「フィレンツェは僕《ぼく》を助《たす》けてくれた。だけどそれはいけないことだったんだ……ベインがものすごく怒《おこ》っていた……惑星《わくせい》が起《お》こるべきことを予言《よげん》しているのに、それに干渉《かんしょう》するなって言《い》ってた……惑星《わくせい》はヴォルデモートが戻《もど》ってくると予言《よげん》しているんだ……ヴォルデモートが僕《ぼく》を殺《ころ》すなら、それをフィレンツェが止《と》めるのはいけないって、ベインはそう思《おも》ったんだ……僕《ぼく》が殺《ころ》されることも星《ほし》が予言《よげん》してたんだ」

「**頼《たの》むからその名前《なまえ》を言《い》わないで！**」ロンがシーッという口調《くちょう》で頼《たの》んだ。

「だから、僕《ぼく》はスネイプが石《いし》を盗《ぬす》むのをただ待《ま》ってればいいんだ」

ハリーは熱《ねつ》に浮《う》かされたように話《はな》し続《つづ》けた。

「そしたらヴォルデモートがやってきて僕《ぼく》の息《いき》の根《ね》を止《と》める……そう、それでベインは満足《まんぞく》するだろう」

ハーマイオニーも怖《こわ》がっていたが、ハリーをなぐさめる言葉《ことば》をかけた。

「ハリー、ダンブルドアは『あの人《ひと》』が唯一恐《ゆいいつおそ》れている人《ひと》だって、みんなが言《い》ってるじゃない。ダンブルドアがそばにいるかぎり、『あの人《ひと》』はあなたに指一本触《ゆびいっぽんふ》れることはできないわ。それに、ケンタウルスが正《ただ》しいなんて誰《だれ》が言《い》った？　私《わたし》には占《うらな》いみたいなものに思《おも》えるわ。マクゴナガル先生《せんせい》がおっしゃったでしょう。占《うらな》いは魔法《まほう》の中《なか》でも、とっても不正確《ふせいかく》な分野《ぶんや》だって」

話《はな》し込《こ》んでいるうちに、空《そら》が白《しら》みはじめていた。ベッドに入《はい》ったときには三人《にん》ともくたくたで、話《はな》しすぎてのどがヒリヒリした。だがその夜《よる》の驚《おどろ》きはまだ終《お》わってはいなかった。

ハリーがシーツをめくると、そこにはきちんとたたまれた透明《とうめい》マントが置《お》いてあった。小《ちい》さなメモがピンで止《と》めてある。

「必要《ひつよう》な時《とき》のために」

第《だい》16章《しょう》　仕掛《しか》けられた罠《わな》

ヴォルデモートが今《いま》にもドアを破《やぶ》って襲《おそ》ってくるかもしれない、そんな恐怖《きょうふ》の中《なか》で、いったいどうやって試験《しけん》を終《お》えることができたのだろう。これから先何年《さきなんねん》かが過《す》ぎてもハリーはこの時期《じき》のことを正確《せいかく》には思《おも》い出《だ》せないにちがいない。いつのまにかじわじわと数日《すうじつ》が過《す》ぎていた。フラッフィーはまちがいなくまだ生《い》きていて、鍵《かぎ》のかかったドアのむこうで踏《ふ》んばっていた。

うだるような暑《あつ》さの中《なか》、筆記試験《ひっきしけん》の大教室《だいきょうしつ》はことさら暑《あつ》かった。試験用《しけんよう》に、カンニング防止《ぼうし》の魔法《まほう》がかけられた特別《とくべつ》な羽根《はね》ペンが配《くば》られた。

実技試験《じつぎしけん》もあった。フリットウィック先生《せんせい》は、生徒《せいと》を一人《ひとり》ずつ教室《きょうしつ》に呼《よ》び入《い》れ、パイナップルを机《つくえ》の端《はし》から端《はし》までタップダンスさせられるかどうかを試験《しけん》した。マクゴナガル先生《せんせい》の試験《しけん》は、ネズミを「かぎたばこ入《い》れ」に変《か》えることだった。美《うつく》しい箱《はこ》は点数《てんすう》が高《たか》く、ひげのはえた箱《はこ》は減《げん》点《てん》された。スネイプは、「忘《わす》れ薬《ぐすり》」の作《つく》り方《かた》を思《おも》い出《だ》そうとみんな必死《ひっし》になっている時《とき》に、生徒《せいと》のすぐ後《うし》ろに回《まわ》ってまじまじと監視《かんし》するので、みんなどぎまぎした。

森《もり》の事件以来《じけんいらい》、ハリーは額《ひたい》にずきずきと刺《さ》すような痛《いた》みを感《かん》じていたが、忘《わす》れようと努《つと》めた。ハリーが眠《ねむ》れないのを見《み》て、ネビルはハリーが重症《じゅうしょう》の試験恐怖症《しけんきょうふしょう》だろうと思《おも》ったようだが、本当《ほんとう》は、例《れい》の悪夢《あくむ》のせいで何度《なんど》も目《め》を覚《さ》ましたのだった。しかも、これまでより怖《こわ》い悪夢《あくむ》になり、フードをかぶった影《かげ》が血《ち》を滴《したた》らせて現《あらわ》れるのだ。

ロンやハーマイオニーは、ハリーほど「石《いし》」を心配《しんぱい》していないようだった。ハリーが森《もり》で見《み》たあの光景《こうけい》を二人《ふたり》は見《み》ていなかったし、額《ひたい》の傷《きず》が燃《も》えるように痛《いた》むこともないからかもしれない。二人《ふたり》ともたしかにヴォルデモートを恐《おそ》れてはいたが、ハリーのように夢《ゆめ》でうなされることはなかった。その上《うえ》、復習《ふくしゅう》で忙《いそが》しくて、スネイプであれ誰《だれ》であれ、何《なに》を企《たくら》んでいようが、気《き》にしている余裕《よゆう》がなかったのだ。

最後《さいご》の試験《しけん》は魔法史《まほうし》だった。一時間《じかん》の試験《しけん》で、「鍋《なべ》が勝手《かって》に中身《なかみ》をかき混《ま》ぜる大鍋《おおなべ》」を発明《はつめい》した風変《ふうが》わりな老魔法使《ろうまほうつか》いたちについての答案《とうあん》を書《か》き終《お》えると、すべて終了《しゅうりょう》だ。一週間後《しゅうかんご》に試験《しけん》の結果《けっか》が発表《はっぴょう》されるまでは、すばらしい自由《じゆう》な時間《じかん》が待《ま》っている。幽霊《ゆうれい》のビンズ先生《せんせい》が、羽根《はね》ペンを置《お》いて答案羊皮紙《とうあんようひし》を巻《ま》きなさい、と言《い》った時《とき》には、ハリーもほかの生徒《せいと》たちと一緒《いっしょ》に思《おも》わず歓声《かんせい》を上《あ》げた。

「思《おも》ってたよりずーっとやさしかったわ。一六三七年《ねん》の狼人間《おおかみにんげん》の行動綱領《こうどうこうりょう》とか、熱血漢《ねっけつかん》エルフリックの反乱《はんらん》なんか勉強《べんきょう》する必要《ひつよう》なかったんだわ」
さんさんと陽《ひ》の射《さ》す校庭《こうてい》に、ワッと繰《く》り出《だ》した生徒《せいと》の群《む》れに加《くわ》わって、ハーマイオニーが言《い》った。

ハーマイオニーはいつものように、試験《しけん》の答《こた》え合《あ》わせをしたがったが、ロンがそんなことをすると気分《きぶん》が悪《わる》くなると言《い》ったので、三人《にん》は湖《みずうみ》までぶらぶら下《お》りて行《い》き、木陰《こかげ》に寝《ね》ころんだ。ウィーズリーの双子《ふたご》とリー・ジョーダンが、暖《あたた》かな浅瀬《あさせ》で日向《ひなた》ぼっこをしている大《おお》イカの足《あし》をくすぐっていた。

「もう復習《ふくしゅう》しなくてもいいんだ」

ロンが草《くさ》の上《うえ》に大《だい》の字《じ》になりながらうれしそうにホーッと息《いき》をついた。

「ハリー、もっとうれしそうな顔《かお》をしろよ。試験《しけん》でどんなにしくじったって、結果《けっか》が出《で》るまでにまだ一週間《しゅうかん》もあるんだ。今《いま》からあれこれ考《かんが》えたってしょうがないだろ」

「いったいこれはどういうことなのか知《し》りたいよ！」

ハリーは額《ひたい》をこすりながら、怒《いか》りを吐《は》き出《だ》すように言《い》った。

「ずーっと傷《きず》がうずくんだ……今《いま》までもときどきこういうことはあったけど、こんなに続《つづ》くのは初《はじ》めてだ」

「マダム・ポンフリーのところに行《い》ったほうがいいわ」

ハーマイオニーが言《い》った。

「僕《ぼく》は病気《びょうき》じゃない。きっと警告《けいこく》なんだ……何《なに》か危険《きけん》が迫《せま》っている証拠《しょうこ》なんだ」

ロンはそれでも反応《はんのう》しない。何《なに》しろ暑《あつ》すぎるのだ。

「ハリー、リラックスしろよ。ハーマイオニーの言《い》うとおりだ。ダンブルドアがいるかぎり、『石《いし》』は無事《ぶじ》だよ。スネイプがフラッフィーを突破《とっぱ》する方法《ほうほう》を見《み》つけたっていう証拠《しょうこ》もないし。いっぺん足《あし》をかみ切《き》られそうになったんだから、スネイプがすぐにまた同《おな》じことをやるわけないよ。それに、ハグリッドが口《くち》を割《わ》ってダンブルドアを裏切《うらぎ》るなんてありえない。そんなことが起《お》こるくらいなら、ネビルはとっくにクィディッチ世界選手権《せかいせんしゅけん》のイングランド代表選手《だいひょうせんしゅ》になってるよ」

ハリーはうなずいた。しかし、何《なに》か忘《わす》れているような感《かん》じがしてならない。何《なに》か大変《たいへん》なことを。ハリーがそれを説明《せつめい》すると、ハーマイオニーが言《い》った。

「それって、試験《しけん》のせいよ。私《わたし》もきのう夜中《よなか》に目《め》を覚《さ》まして、変身術《へんしんじゅつ》のノートのおさらいを始《はじ》めたのよ。半分《はんぶん》ぐらいすんだとき、この試験《しけん》はもう終《お》わってたってことを思《おも》い出《だ》したの」

この落《お》ち着《つ》かない気分《きぶん》は試験《しけん》とはまったく関係《かんけい》ないと、ハリーには、はっきりわかっていた。まぶしいほどの青空《あおぞら》に、ふくろうが手紙《てがみ》をくわえて学校《がっこう》のほうに飛《と》んでいくのが見《み》えた。ハリーに手紙《てがみ》をくれたのはハグリッドだけだ。ハグリッドはけっしてダンブルドアを裏切《うらぎ》ることはない。ハグリッドがどうやってフラッフィーを手《て》なずけるかを、誰《だれ》かに教《おし》えるはずがない……絶《ぜっ》対《たい》に……しかし――

ハリーは突然《とつぜん》立《た》ち上《あ》がった。

「どこに行《い》くんだい？」

ロンが眠《ねむ》たそうに聞《き》いた。

「今《いま》、気《き》づいたことがあるんだ」

ハリーの顔《かお》は真《ま》っ青《さお》だった。

「すぐ、ハグリッドに会《あ》いに行《い》かなくちゃ」

「どうして？」ハリーに追《お》いつこうと、息《いき》を切《き》らしながらハーマイオニーが聞《き》いた。

「おかしいと思《おも》わないか？」

草《くさ》の茂《しげ》った斜面《しゃめん》をよじ登《のぼ》りながらハリーが言《い》った。

「ハグリッドはドラゴンが欲《ほ》しくてたまらなかった。でも、いきなり見《み》ず知《し》らずの人間《にんげん》が、たまたまドラゴンの卵《たまご》をポケットに入《い》れて現《あらわ》れるかい？　魔法界《まほうかい》の法律《ほうりつ》で禁止《きんし》されているのに、ドラゴンの卵《たまご》を持《も》ってうろついている人《ひと》がざらにいるかい？　ハグリッドにたまたま出会《であ》ったなんて、話《はなし》がうますぎると思《おも》わないか？　どうして今《いま》まで気《き》づかなかったんだろう」

「何《なに》が言《い》いたいんだい？」とロンが聞《き》いたが、ハリーは答《こた》えもせずに、校庭《こうてい》を横切《よこぎ》って森《もり》へと全《ぜん》力疾走《りょくしっそう》した。

ハグリッドは家《いえ》の外《そと》にいた。ひじかけ椅子《いす》に腰《こし》かけて、ズボンもそでもたくし上《あ》げ、大《おお》きなボウルを前《まえ》において、豆《まめ》のさやをむいていた。

「よう。試験《しけん》は終《お》わったかい。お茶《ちゃ》でも飲《の》むか？」

ハグリッドはニッコリした。

「うん。ありがとう」

とロンが言《い》いかけるのをハリーがさえぎった。

「ううん。僕《ぼく》たち急《いそ》いでるんだ。ハグリッド、聞《き》きたいことがあるんだけど。ノーバートを賭《か》けで手《て》に入《い》れた夜《よる》のことを覚《おぼ》えているかい。トランプをした相手《あいて》って、どんな人《ひと》だった？」

「わからんよ。マントを着《き》たままだったしな」

ハグリッドはこともなげに答《こた》えた。

三人《にん》が絶句《ぜっく》しているのを見《み》て、ハグリッドは眉《まゆ》をちょっと動《うご》かしながら言《い》った。

「そんなにめずらしいこっちゃない。『ホッグズ・ヘッド』なんてとこにゃ……村《むら》にあるパブだがな、おかしなやつがうようよしちょる。もしかしたらドラゴン売人《ばいにん》だったかもしれん。そうじゃろ？　顔《かお》も見《み》んかったよ。フードをすっぽりかぶったまんまだったし」

ハリーは豆《まめ》のボウルのそばにへたりこんでしまった。

「ハグリッド。その人《ひと》とどんな話《はなし》をしたの？　ホグワーツのこと、何《なに》か話《はな》した？」

「話《はな》したかもしれん」

ハグリッドは思《おも》い出《だ》そうとして顔《かお》をしかめた。

「うん……俺《おれ》が何《なに》をしているのかって聞《き》いたんで、森番《もりばん》をしているって言《い》ったな……そしたらどんな動物《どうぶつ》を飼《か》ってるかって聞《き》いてきたんで……それに答《こた》えて……それで、ほんとはずーっとドラゴンが欲《ほ》しかったって言《い》ったな……それから……あんまり覚《おぼ》えとらん。なにせ次々酒《つぎつぎさけ》をおごってくれるんで……そうさなあ……うん、それからドラゴンの卵《たまご》を持《も》ってるけどトランプで卵《たまご》を賭《か》けてもいいってな……でもちゃんと飼《か》えなきゃだめだって、どこにでもくれてやるわけにゃいかんって……だから言《い》ってやったよ。フラッフィーに比《くら》べりゃ、ドラゴンなんか楽《らく》なもんだって……」

「それで、そ、その人《ひと》はフラッフィーに興味《きょうみ》あるみたいだった？」

ハリーはなるべく落《お》ち着《つ》いた声《こえ》で聞《き》いた。

「そりゃそうだ……三頭犬《さんとうけん》なんて、たとえホグワーツだって、そんなに何匹《なんびき》もいねえだろう？

だから俺《おれ》は言《い》ってやったよ。フラッフィーなんか、なだめ方《かた》さえ知《し》ってれば、お茶《ちゃ》の子《こ》さいさいだって。ちょいと音楽《おんがく》を聞《き》かせればすぐねんねしちまうって……」

ハグリッドは突然《とつぜん》、しまった大変《たいへん》だという顔《かお》をした。

「おまえたちに話《はな》しちゃいけなかったんだ！」

ハグリッドはあわてて言《い》った。

「忘《わす》れてくれ！　おーい、みんなどこに行《い》くんだ？」

玄関《げんかん》ホールに着《つ》くまで、互《たが》いに一言《ひとこと》も口《くち》をきかなかった。校庭《こうてい》の明《あか》るさに比《くら》べると、ホールは冷《つめ》たく、陰気《いんき》に感《かん》じられた。

「ダンブルドアのところに行《い》かなくちゃ」とハリーが言《い》った。

「ハグリッドが怪《あや》しいやつに、フラッフィーをどうやって手《て》なずけるか教《おし》えてしまった。マントの人物《じんぶつ》はスネイプかヴォルデモートだったんだ……ハグリッドを酔《よ》っぱらわせてしまえば、あとは簡単《かんたん》だったにちがいない。ダンブルドアが僕《ぼく》たちの言《い》うことを信《しん》じてくれればいいけど。ベインさえ止《と》めなければ、フィレンツェが証言《しょうげん》してくれるかもしれない。校長室《こうちょうしつ》はどこだろう？」

三人《にん》はあたりを見回《みまわ》した。どこかに矢印《やじるし》で校長室《こうちょうしつ》と書《か》いてないだろうか。そう言《い》えば、ダンブルドアがどこに住《す》んでいるのか聞《き》いたことがないし、誰《だれ》かが校長室《こうちょうしつ》に呼《よ》ばれたという話《はなし》も聞《き》いたことがない。

「こうなったら僕《ぼく》たちとしては……」

とハリーが言《い》いかけたとき、突然《とつぜん》ホールのむこうから声《こえ》が響《ひび》いてきた。

「そこの三人《にん》、こんなところで何《なに》をしているのですか？」

山《やま》のような本《ほん》を抱《かか》えたマクゴナガル先生《せんせい》だった。

「ダンブルドア先生《せんせい》にお目《め》にかかりたいんです」

ハーマイオニーが勇敢《ゆうかん》にも（と、ハリーもロンもそう思《おも》った）そう言《い》った。

「ダンブルドア先生《せんせい》にお目《め》にかかる？」

マクゴナガル先生《せんせい》は、そんなことを望《のぞ》むのはどうも怪《あや》しいとでも言《い》うように、おうむ返《がえ》しに聞《き》いた。

「理由《りゆう》は？」

ハリーはグッとつばを飲《の》みこんだ――さあどうしよう？

「ちょっと秘密《ひみつ》なんです」

ハリーはそう言《い》うなり、言《い》わなきゃよかったと思《おも》った。マクゴナガル先生《せんせい》の鼻《はな》の穴《あな》がふくらむのを見《み》たからだ。

「ダンブルドア先生《せんせい》は十分前《ぷんまえ》にお出《で》かけになりました」

マクゴナガル先生《せんせい》が冷《つめ》たく言《い》った。

「魔法省《まほうしょう》から緊急《きんきゅう》のふくろう便《びん》が来《き》て、すぐにロンドンに飛《と》び発《た》たれました」

「先生《せんせい》がいらっしゃらない？　この肝心《かんじん》な時《とき》に？」

ハリーはあわてた。

「ポッター。ダンブルドア先生《せんせい》は偉大《いだい》な魔法使《まほうつか》いですから、大変《たいへん》ご多忙《たぼう》でいらっしゃる……」

「でも、重大《じゅうだい》なことなんです」

「ポッター。魔法省《まほうしょう》の件《けん》よりあなたの用件《ようけん》のほうが重要《じゅうよう》だと言《い》うんですか？」

「実《じつ》は……」ハリーは慎重《しんちょう》さをかなぐり捨《す》てて言《い》った。「先生《せんせい》……『賢者《けんじゃ》の石《いし》』の件《けん》なのです……」

この答《こた》えだけはさすがのマクゴナガル先生《せんせい》にも予想外《よそうがい》だった。先生《せんせい》の手《て》からバラバラと本《ほん》が落《お》ちたが、先生《せんせい》は拾《ひろ》おうともしない。

「どうしてそれを……？」

先生《せんせい》はしどろもどろだ。

「先生《せんせい》、僕《ぼく》の考《かんが》えでは、いいえ、僕《ぼく》は知《し》ってるんです。スネイ……いや、誰《だれ》かが『石《いし》』を盗《ぬす》もうとしています。どうしてもダンブルドア先生《せんせい》にお話《はな》ししなくてはならないのです」

マクゴナガル先生《せんせい》は驚《おどろ》きと疑《うたが》いの入《い》りまじった目《め》をハリーに向《む》けていたが、しばらくして、やっと口《くち》を開《ひら》いた。

「ダンブルドア先生《せんせい》は、明日《あす》お帰《かえ》りになります。あなたたちがどうしてあの『石《いし》』のことを知《し》ったのかわかりませんが、安心《あんしん》なさい。磐石《ばんじゃく》の守《まも》りですから、誰《だれ》も盗《ぬす》むことはできません」

「でも先生《せんせい》……」

「ポッター、二度《にど》同《おな》じことは言《い》いません」

先生《せんせい》はきっぱりと言《い》った。

「三人《にん》とも外《そと》に行《い》きなさい。せっかくのよい天気《てんき》ですよ」

先生《せんせい》はかがんで本《ほん》を拾《ひろ》いはじめた。

三人《にん》とも外《そと》には出《で》なかった。

「今夜《こんや》だ」

マクゴナガル先生《せんせい》が声《こえ》の届《とど》かないところまで行《い》ってしまうのを待《ま》って、ハリーが言《い》った。

「スネイプが仕掛《しか》け扉《とびら》を破《やぶ》るなら今夜《こんや》だ。必要《ひつよう》なことは全部《ぜんぶ》わかったし、ダンブルドアも追《お》い払《はら》った。スネイプが手紙《てがみ》を送《おく》ったんだ。ダンブルドア先生《せんせい》が顔《かお》を出《だ》したら、きっと魔法省《まほうしょう》じゃキョトンとするにちがいない」

「でも私《わたし》たちに何《なに》ができるって……」

突然《とつぜん》ハーマイオニーが息《いき》をのんだ。ハリーとロンが急《いそ》いで振《ふ》り返《かえ》ると、そこにスネイプが立《た》っていた。

「やあ、諸君《しょくん》」

スネイプがいやに愛想《あいそ》よく挨拶《あいさつ》をした。

三人《にん》はスネイプをじっと見《み》つめた。

「こんな日《ひ》には屋内《おくない》にいるものではない」

スネイプはとってつけたようなゆがんだほほえみを浮《う》かべた。

「僕《ぼく》たちは……」

ハリーは、そのあと何《なに》を言《い》ったらよいのか考《かんが》えつかなかった。

「もっと慎重《しんちょう》に願《ねが》いたいものですな。こんなふうにうろうろしているところを人《ひと》が見《み》たら、何《なに》か企《たくら》んでいるように見《み》えますぞ。グリフィンドールとしては、これ以上減点《いじょうげんてん》される余裕《よゆう》はないはずだろう？」

ハリーは顔《かお》に血《ち》がのぼるのを感《かん》じた。三人《さんにん》が外《そと》に出《で》ようとすると、スネイプが呼《よ》び止《と》めた。

「ポッター、警告《けいこく》しておく。これ以上《いじょう》夜中《よなか》にうろついているのを見《み》かけたら、我輩《わがはい》が自《みずか》ら君《きみ》を退校処分《たいこうしょぶん》にするぞ。さあもう行《い》きたまえ」

スネイプは大股《おおまた》に職員室《しょくいんしつ》のほうに歩《ある》いていった。

入口《いりぐち》の石段《いしだん》のところで、ハリーは二人《ふたり》に向《む》かって緊迫《きんぱく》した口調《くちょう》でささやいた。

「よし。こうしよう。誰《だれ》か一人《ひとり》がスネイプを見張《みは》るんだ……職員室《しょくいんしつ》の外《そと》で待《ま》ち伏《ぶ》せして、スネイプが出《で》てきたら後《あと》をつける。ハーマイオニー、君《きみ》がやってくれ」

「なんで私《わたし》なの？」

「あたりまえだろう」ロンが言《い》った。

「フリットウィック先生《せんせい》を待《ま》ってるふりをすればいいじゃないか」

ロンはハーマイオニーの声色《こわいろ》を使《つか》った。

「ああ、フリットウィック先生《せんせい》。私《わたし》、14b《ビー》の答《こた》えをまちがえてしまったみたいで、とっても心配《しんぱい》なんですけど……」

「まあ失礼《しつれい》ね。だまんなさい！」

それでも結局《けっきょく》ハーマイオニーがスネイプを見張《みは》ることになった。

「僕《ぼく》たちは四階《かい》の例《れい》の廊下《ろうか》の外《そと》にいよう。さあ行《い》こう」とハリーはロンをうながした。

だがこっちの計画《けいかく》は失敗《しっぱい》だった。フラッフィーを隔離《かくり》しているドアの前《まえ》に着《つ》いたとたん、またマクゴナガル先生《せんせい》が現《あらわ》れたのだ。今度《こんど》こそ堪忍袋《かんにんぶくろ》の緒《お》が切《き》れたようだ。

「何度《なんど》言《い》ったらわかるんです！　あなたたちのほうが、何重《なんじゅう》もの魔法陣《まほうじん》の守《まも》りより強《つよ》いとでも思《おも》っているのですか！」とすごい剣幕《けんまく》だ。

「こんな愚《おろ》かしいことはもう許《ゆる》しません！　もしあなたたちがまたこのあたりに近《ちか》づいたと私《わたくし》の耳《みみ》に入《はい》ったら、グリフィンドールは五十点減点《てんげんてん》です！　ええ、そうですとも、ウィーズリー、私《わたくし》自身《じしん》の寮《りょう》でも減点《げんてん》します！」

ハリーとロンは寮《りょう》の談話室《だんわしつ》に戻《もど》った。

「でも、まだハーマイオニーがスネイプを見張《みは》ってる」とハリーが言《い》ったとたん、太《ふと》った婦人《レディ》の肖像画《しょうぞうが》がパッと開《ひら》いてハーマイオニーが入《はい》ってきた。

「ハリー、ごめん！」おろおろ声《ごえ》だ。

「スネイプが出《で》てきて、何《なに》してるって聞《き》かれたの。フリットウィック先生《せんせい》を待《ま》ってるって言《い》ったのよ。そしたらスネイプがフリットウィック先生《せんせい》を呼《よ》びに行《い》ったの。だから私《わたし》、ずっと捕《つか》まっちゃってて、今《いま》やっと戻《もど》ってこられたの。スネイプがどこに行《い》ったかわからないわ」

「じゃあ、もう僕《ぼく》が行《い》くしかない。そうだろう？」とハリーが言《い》った。

ロンとハーマイオニーはハリーを見《み》つめた。青《あお》ざめたハリーの顔《かお》に緑《みどり》の目《め》が燃《も》えていた。

「僕《ぼく》は今夜《こんや》ここを抜《ぬ》け出《だ》す。『石《いし》』をなんとか先《さき》に手《て》に入《い》れる」

「気《き》はたしかか！」とロンが言《い》った。

「だめよ！　マクゴナガル先生《せんせい》にもスネイプにも言《い》われたでしょ。退校《たいこう》になっちゃうわ！」

「だからなんだっていうんだ？」

ハリーが叫《さけ》んだ。

「わからないのかい？　もしスネイプが『石《いし》』を手《て》に入《い》れたら、ヴォルデモートが戻《もど》ってくるんだ。あいつがすべてを征服《せいふく》しようとしていたとき、どんなありさまだったか、聞《き》いてるだろう？　退校《たいこう》にされようにも、ホグワーツそのものがなくなってしまう。ぺシャンコにされてしまう。でなければ闇《やみ》の魔術《まじゅつ》の学校《がっこう》にされてしまうんだ！　減点《げんてん》なんてもう問題《もんだい》じゃない。それがわからないのかい？　グリフィンドールが寮対抗杯《りょうたいこうはい》を獲得《かくとく》しさえしたら、君《きみ》たちや家族《かぞく》には手出《てだ》しをしないとでも思《おも》ってるのかい？　もし僕《ぼく》が『石《いし》』にたどり着《つ》く前《まえ》に見《み》つかってしまったら、そう、退校《たいこう》になった僕《ぼく》はダーズリー家《け》に戻《もど》り、そこでヴォルデモートがやってくるのをじっと待《ま》つしかない。死《し》ぬのが少《すこ》しだけ遅《おそ》くなるだけだ。だって僕《ぼく》は絶対《ぜったい》に闇《やみ》の陣営《じんえい》には屈服《くっぷく》しないから！　今《こん》晩《ばん》、僕《ぼく》は仕掛《しか》け扉《とびら》を開《あ》ける。君《きみ》たちが何《なん》と言《い》おうと僕《ぼく》は行《い》く。いいかい、僕《ぼく》の両親《りょうしん》はヴォルデモートに殺《ころ》されたんだ」

ハリーは二人《ふたり》をにらみつけた。

「そのとおりだわ、ハリー」

ハーマイオニーが消《き》え入《い》るような声《こえ》で言《い》った。

「僕《ぼく》は透明《とうめい》マントを使《つか》うよ。マントが戻《もど》ってきたのはラッキーだった」

「でも三人全員入《にんぜんいんはい》れるかな？」とロンが言《い》った。

「全員《ぜんいん》って……君《きみ》たちも行《い》くつもりかい？」

「バカ言《い》うなよ。君《きみ》だけを行《い》かせると思《おも》うのかい？」

「もちろん、そんなことできないわ」

とハーマイオニーが威勢《いせい》よく言《い》った。

「私《わたし》たち二人《ふたり》なしで、どうやって『石《いし》』までたどり着《つ》くつもりなの？ こうしちゃいられないわ。私《わたし》、本《ほん》を調《しら》べてくる。何《なに》か役《やく》にたつことがあるかも……」

「でも、もしつかまったら、君《きみ》たちも退校《たいこう》になるよ」

「それはどうかしら」ハーマイオニーが決然《けつぜん》と言《い》った。「フリットウィック先生《せんせい》がそっと教《おし》えてくれたんだけど、彼《かれ》の試験《しけん》で私《わたし》は百点満点《てんまんてん》中《ちゅう》百十二点《てん》だったんですって。これじゃ私《わたし》を退校《たいこう》にはできないわ」

夕食《ゆうしょく》のあと、談話室《だんわしつ》で三人《にん》は落《お》ち着《つ》かない様子《ようす》でみんなから離《はな》れて座《すわ》った。もう誰《だれ》も三人《にん》のことを気《き》にとめなかったし、グリフィンドール寮生《りょうせい》はハリーに口《くち》をきかなくなっていた。今夜《こんや》ばかりは、三人《にん》は無視《むし》されても気《き》にならなかった。ハーマイオニーはこれから突破《とっぱ》しなければならない呪《のろ》いを一つでも見《み》つけようとノートをめくっていた。ハリーとロンはだまりがちで、二人《ふたり》ともこれからやろうとしていることに考《かんが》えを巡《めぐ》らせていた。

寮生《りょうせい》が少《すこ》しずつ寝室《しんしつ》に去《さ》っていき、談話室《だんわしつ》は人気《ひとけ》がなくなってきた。最後《さいご》にリー・ジョーダンが伸《の》びをしてあくびをしながら出《で》ていった。

「マントを取《と》ってきたら」とロンがささやいた。

ハリーは階段《かいだん》をかけ上《あ》がり暗《くら》い寝室《しんしつ》に向《む》かった。透明《とうめい》マントを引っ張《ぱ》り出《だ》すと、ハグリッドがクリスマスプレゼントにくれた横笛《よこぶえ》がふと目《め》にとまった。フラッフィーの前《まえ》で吹《ふ》こうと、笛《ふえ》をポケットに入《い》れた——とても歌《うた》う気持《きも》ちにはなれそうにもなかったからだ。

ハリーは談話室《だんわしつ》にかけ戻《もど》った。

「ここでマントを着《き》てみたほうがいいな。三人全員《にんぜんいん》隠《かく》れるかどうかたしかめよう……もしも足《あし》が一本《ぽん》だけはみ出《で》たまま歩《ある》き回《まわ》っているのをフィルチにでも見《み》つかったら……」

「君《きみ》たち、何《なに》してるの？」

部屋《へや》の隅《すみ》から声《こえ》が聞《き》こえた。

ネビルがひじかけ椅子《いす》の陰《かげ》から現《あらわ》れた。自由《じゆう》を求《もと》めてまたしても逃亡《とうぼう》したような顔《かお》のヒキガエルのトレバーをしっかりとつかんでいる。

「なんでもないよ、ネビル。なんでもない」

ハリーは急《いそ》いでマントを後《うし》ろに隠《かく》した。

「また外《そと》に出《で》るんだろ」

ネビルは三人《にん》の後《うし》ろめたそうな顔《かお》を見《み》つめた。

「ううん。ちがう。ちがうわよ。出《で》てなんかいかないわ。ネビル、もう寝《ね》たら？」

とハーマイオニーが言《い》った。

ハリーは扉《とびら》の脇《わき》の大《おお》きな柱時計《はしらどけい》を見《み》た。もう時間《じかん》がない。スネイプがこの瞬間《しゅんかん》にもフラッフィーに音楽《おんがく》を聞《き》かせて眠《ねむ》らせているかもしれない。

「外《そと》に出《で》てはいけないよ。また見《み》つかったら、グリフィンドールはもっと大変《たいへん》なことになる」

とネビルが言《い》った。

「君《きみ》にはわからないことだけど、これは、とっても重要《じゅうよう》なことなんだ」

とハリーが言《い》っても、ネビルは必死《ひっし》にがんばり、譲《ゆず》ろうとしなかった。

「行《い》かせるもんか」

ネビルは出口《でぐち》の肖像画《しょうぞうが》の前《まえ》に急《いそ》いで立《た》ちはだかった。

「僕《ぼく》、僕《ぼく》、君《きみ》たちと戦《たたか》う！」

「**ネビル**」

ロンのかんしゃく玉《だま》が破裂《はれつ》した。

「そこをどけよ。バカはよせ……」

「バカ呼《よ》ばわりするな！ もうこれ以上《いじょう》規則《きそく》を破《やぶ》ってはいけない！ 恐《おそ》れずに立《た》ち向《む》かえと言《い》ったのは君《きみ》じゃないか」

「ああ、そうだ。でも立《た》ち向《む》かう相手《あいて》は**僕《ぼく》たち**じゃない」

ロンがいきりたった。

「ネビル、君《きみ》は自分《じぶん》が何《なに》をしようとしてるのかわかってないんだ」

ロンが一歩《いっぽ》前《まえ》に出《で》ると、ネビルがヒキガエルのトレバーをポロリと落《お》とした。トレバーはピョンと飛《と》んで、行方《ゆくえ》をくらました。

「やるならやってみろ。殴《なぐ》れよ！　いつでもかかってこい！」

ネビルが拳《こぶし》を振《ふ》り上《あ》げて言《い》った。

ハリーはハーマイオニーを振《ふ》り返《かえ》り、弱《よわ》りはてて頼《たの》んだ。

「なんとかしてくれ」

ハーマイオニーが一歩《いっぽ》進《すす》み出《で》た。

「ネビル、ほんとに、ほんとにごめんなさい」

ハーマイオニーは杖《つえ》を振《ふ》り上《あ》げ、ネビルに杖《つえ》の先《さき》を向《む》けた。

「ペトリフィカス　トタルス、石《いし》になれ！」

ネビルの両腕《りょううで》が体《からだ》の脇《わき》にピチッとはりつき、両足《りょうあし》がパチッと閉《と》じた。体《からだ》が固《かた》くなり、その場《ば》でゆらゆらと揺《ゆ》れ、まるで一枚板《いちまいいた》のようにうつ伏《ぶ》せにばったり倒《たお》れた。

ハーマイオニーがかけ寄《よ》り、ネビルをひっくり返《かえ》した。ネビルはあごをくいしばり、話《はな》すこともできなかった。目《め》だけが動《うご》いて、恐怖《きょうふ》の色《いろ》を浮《う》かべ三人《にん》を見《み》ていた。

「ネビルに何《なに》をしたんだい？」とハリーが小声《こごえ》でたずねた。

「『全身金縛《ぜんしんかなしば》り』をかけたの。ネビル、ごめんなさい」ハーマイオニーはつらそうだ。

「ネビル、こうしなくちゃならなかったんだ。訳《わけ》を話《はな》してるひまがないけど」とハリーが言《い》った。

「あとできっとわかるよ、ネビル」とロンが言《い》った。

三人《にん》はネビルをまたぎ、透明《とうめい》マントをかぶった。

動《うご》けなくなったネビルを床《ゆか》に転《ころ》がしたまま出《で》ていくのは、幸先《さいさき》のよいことだとは思《おも》えなかった。三人《にん》とも神経《しんけい》がピリピリしていたので、銅像《どうぞう》の影《かげ》を見《み》るたびに、フィルチかと思《おも》ったり、遠《とお》くの風《かぜ》の音《おと》までが、ピーブズの襲《おそ》いかかってくる音《おと》に聞《き》こえたりした。

最初《さいしょ》の階段《かいだん》の下《した》まで来《く》ると、ミセス・ノリスが階段《かいだん》の上《うえ》を忍《しの》び歩《ある》きしているのが見《み》えた。

「ねえ、けっとばしてやろうよ。一回《かい》だけ」とロンがハリーの耳元《みみもと》でささやいたが、ハリーは首《くび》を横《よこ》に振《ふ》った。気《き》づかれないように慎重《しんちょう》に彼女《かのじょ》をよけて上《あ》がっていくと、ミセス・ノリスはランプのような目《め》で三人《にん》のほうを見《み》たが、何《なに》もしなかった。

四階《かい》に続《つづ》く階段《かいだん》の下《した》にたどり着《つ》くまで、あとは誰《だれ》にも出会《であ》わなかった。四階《かい》への階段《かいだん》の途中《とちゅう》で、ピーブズがひょこひょこ上下《じょうげ》に揺《ゆ》れながら、誰《だれ》かをつまずかせようとじゅうたんをたるませていた。

「そこにいるのはだーれだ？」

三人《にん》が階段《かいだん》を上《のぼ》っていくと、突然《とつぜん》ピーブズが意地悪《いじわる》そうな黒《くろ》い目《め》を細《ほそ》めた。

「見《み》えなくたって、そこにいるのはわかってるんだ。だーれだ。幽霊《ゆうれい》っ子《こ》、亡霊《ぼうれい》っ子《こ》、それとも生徒《せいと》のいたずらっ子《こ》か？」

ピーブズは空中《くうちゅう》に飛《と》び上《あ》がり、プカプカしながら目《め》を細《ほそ》めて三人《にん》のほうを見《み》た。

「見《み》えないものが忍《しの》び歩《ある》きしてる。フィルチを呼《よ》ーぼう。呼《よ》ばなくちゃ」

突然《とつぜん》ハリーはひらめいた。

「ピーブズ」ハリーは低《ひく》いしわがれ声《ごえ》を出《だ》した。

「血《ち》みどろ男爵様《だんしゃくさま》が、訳《わけ》あって身《み》を隠《かく》しているのがわからんか」

ピーブズは肝《きも》をつぶして空中《くうちゅう》から転落《てんらく》しそうになったが、あわや階段《かいだん》にぶつかる寸前《すんぜん》に、やっとのことで空中《くうちゅう》に踏《ふ》みとどまった。

「も、申《もう》し訳《わけ》ありません。血《ち》みどろ閣下《かっか》、男爵様《だんしゃくさま》」

ピーブズはとたんにへりくだった。

「手前《てまえ》の失態《しったい》でございます。まちがえました……お姿《すがた》が見《み》えなかったものですから……そうですとも、透明《とうめい》で見《み》えなかったのでございます。老《お》いぼれピーブズめの茶番劇《ちゃばんげき》を、どうかお許《ゆる》しください」

「わしはここに用《よう》がある。ピーブズ、今夜《こんや》はここに近寄《ちかよ》るでない」

ハリーがしわがれ声《ごえ》で言《い》った。

「はい、閣下《かっか》。仰《おお》せのとおりにいたします」

ピーブズは再《ふたた》び空中《くうちゅう》に舞《ま》い上《あ》がった。

「首尾《しゅび》よくお仕事《しごと》が進《すす》みますように。男爵様《だんしゃくさま》、おじゃまはいたしません」

ピーブズはサッと消《き》えた。

「すごいぞ、ハリー！」ロンが小声《こごえ》で言《い》った。

まもなく三人《にん》は四階《かい》の廊下《ろうか》にたどり着《つ》いた。扉《とびら》はすでに少《すこ》し開《あ》いていた。

「ほら、やっぱりだ」ハリーは声《こえ》を殺《ころ》した。

「スネイプはもうフラッフィーを突破《とっぱ》したんだ」

開《ひら》いたままの扉《とびら》を見《み》ると、三人《にん》は自分《じぶん》たちのしようとしていることが何《なん》なのかを改《あらた》めて思《おも》い知《し》らされた。マントの中《なか》でハリーは二人《ふたり》を振《ふ》り返《かえ》った。

「君《きみ》たち、戻《もど》りたかったら、恨《うら》んだりしないから戻《もど》ってくれ。マントも持《も》っていっていい。僕《ぼく》にはもう必要《ひつよう》がないから」

「バカ言《い》うな」

「一緒《いっしょ》に行《い》くわ」ロンとハーマイオニーが言《い》った。

ハリーは扉《とびら》を押《お》し開《あ》けた。

扉《とびら》はきしみながら開《あ》き、低《ひく》い、グルルというううなり声《ごえ》が聞《き》こえた。三つの鼻《はな》が、姿《すがた》の見《み》えない三人《にん》のいる方向《ほうこう》をさかんにかぎ回《まわ》った。

「犬《いぬ》の足元《あしもと》にあるのは何《なに》かしら」とハーマイオニーがささやいた。

「ハープみたいだ。スネイプが置《お》いていったにちがいない」とロンが言《い》った。

「きっと音楽《おんがく》が止《や》んだとたんに起《お》きてしまうんだ」とハリーが言《い》った。

「さあ、はじめよう……」

ハリーはハグリッドにもらった横笛《よこぶえ》を唇《くちびる》にあてて吹《ふ》きはじめた。メロディーとも言《い》えないものだったが、最初《さいしょ》の音《おと》を聞《き》いた瞬間《しゅんかん》から、三頭犬《さんとうけん》はとろんとしはじめた。ハリーは息《いき》も継《つ》がずに吹《ふ》いた。だんだんと犬《いぬ》のうなり声《ごえ》が消《き》え、よろよろっとしたかと思《おも》うと、ひざをついて座《すわ》り込《こ》み、ごろんと床《ゆか》に横《よこ》たわった。ぐっすりと眠《ねむ》りこんでいる。

「吹《ふ》き続《つづ》けてくれ」

三人《さんにん》がマントを抜《ぬ》け出《だ》すとき、ロンが念《ねん》を押《お》した。三人《さんにん》はそっと仕掛《しか》け扉《とびら》のほうに移動《いどう》し、犬《いぬ》の巨大《きょだい》な頭《あたま》に近《ちか》づいた。熱《あつ》くて臭《くさ》い鼻息《はないき》がかかった。

犬《いぬ》の背中《せなか》越《ご》しにむこう側《がわ》をのぞきこんで、ロンが言《い》った。

「扉《とびら》は引《ひ》っ張《ぱ》れば開《ひら》くと思《おも》うよ。ハーマイオニー、先《さき》に行《い》くかい？」

「いやよ！」

「ようし！」

ロンがギュッと歯《は》を食《く》いしばって、慎重《しんちょう》に犬《いぬ》の足《あし》をまたいだ。かがんで仕掛《しか》け扉《とびら》の引《ひ》き手《て》を引《ひ》っ張《ぱ》ると、扉《とびら》が跳《は》ね上《あ》がった。

「何《なに》が見《み》える？」ハーマイオニーがこわごわ尋《たず》ねた。

「何《なん》にも……真《ま》っ暗《くら》だ……下《お》りていく階段《かいだん》もない。落《お》ちていくしかない」

ハリーはまだ横笛《よこぶえ》を吹《ふ》いていたが、ロンに手《て》で合図《あいず》をし、自分自身《じぶんじしん》を指《ゆび》さした。

「君《きみ》が先《さき》に行《い》きたいのかい？　本当《ほんとう》に？」とロンが言《い》った。

「どのくらい深《ふか》いかわからないよ。ハーマイオニーに笛《ふえ》を渡《わた》して、犬《いぬ》を眠《ねむ》らせておいてもらおう」

ハリーは横笛《よこぶえ》をハーマイオニーに渡《わた》した。ほんのわずか音《おと》がとだえただけで、犬《いぬ》はグルルとうなり、ぴくぴく動《うご》いた。ハーマイオニーが吹《ふ》きはじめると、またすぐ深《ふか》い眠《ねむ》りに落《お》ちていった。

ハリーは犬《いぬ》を乗《の》り越《こ》え、仕掛《しか》け扉《とびら》から下《した》を見《み》た。底《そこ》が見《み》えない。

ハリーは穴《あな》に入《はい》り、最後《さいご》に指先《ゆびさき》だけで扉《とびら》にしがみつき、ロンのほうを見上《みあ》げて言《い》った。

「もし僕《ぼく》の身《み》に何《なに》か起《お》きたら、ついてくるなよ。まっすぐふくろう小屋《ごや》に行《い》って、ダンブルドア宛《あて》にヘドウィグを送《おく》ってくれ。いいかい？」

「了解《りょうかい》」

「じゃ、あとで会《あ》おう。できればね……」

ハリーは指《ゆび》を離《はな》した。冷《つめ》たい湿《しめ》った空気《くうき》を切《き》って、ハリーは落《お》ちて行《い》った。下《した》へ……下《した》へ……下《した》へ……そして——

ドシン。奇妙《きみょう》な鈍《にぶ》い音《おと》をたてて、ハリーは何《なに》やらやわらかい物《もの》の上《うえ》に着地《ちゃくち》した。ハリーは座《すわ》り直《なお》し、まだ目《め》が暗闇《くらやみ》に慣《な》れていなかったので、あたりを手探《てさぐ》りでさわった。何《なに》か植物《しょくぶつ》のような物《もの》の上《うえ》に座《すわ》っている感《かん》じだった。

「オーケーだよ！」

入口《いりぐち》の穴《あな》は切手《きって》ぐらいの小《ち》さに見《み》えた。その明《あ》かりに向《む》かってハリーが叫《さけ》んだ。

「軟着陸《なんちゃくりく》だ。飛《と》び降《お》りても大丈夫《だいじょうぶ》だよ！」

ロンがすぐ飛《と》び降《お》りてきた。ハリーのすぐ隣《となり》に大《だい》の字《じ》になって着地《ちゃくち》した。

「これ、何《なん》だい？」ロンの第一声《だいいっせい》だった。

「わかんない。何《なに》か植物《しょくぶつ》らしい。落《お》ちるショックを和《やわ》らげるためにあるみたいだ。さあ、ハーマイオニー、おいでよ！」

遠《とお》くのほうで聞《き》こえていた笛《ふえ》の音《ね》がやんだ。犬《いぬ》が大《おお》きな声《こえ》でほえている。でもハーマイオニーはもうジャンプしていた。ハリーの脇《わき》に、ロンとは反対側《はんたいがわ》に着地《ちゃくち》した。

「ここって、学校《がっこう》の何《なん》キロも下《した》にちがいないわ」とハーマイオニーが言《い》った。

「この植物《しょくぶつ》のおかげで、ほんとにラッキーだった」ロンが言《い》った。

「ラッキーですって！」

ハーマイオニーが悲鳴《ひめい》を上《あ》げた。

「二人《ふたり》とも自分《じぶん》を見《み》てごらんなさいよ！」

ハーマイオニーははじけるように立《た》ち上《あ》がり、じとっと湿《しめ》った壁《かべ》のほうに行《い》こうともがいた。ハーマイオニーが着地《ちゃくち》したとたん、植物《しょくぶつ》のツルが蛇《へび》のように足首《あしくび》にからみついてきたのだ。知《し》らないうちにハリーとロンの足《あし》は長《なが》いツルで固《かた》くしめつけられていた。

ハーマイオニーは、植物《しょくぶつ》が固《かた》く巻《ま》きつく前《まえ》だったのでなんとか振《ふ》りほどき、ハリーとロンがツルと奮闘《ふんとう》するのを、引《ひ》きつった顔《かお》で見《み》ていた。振《ふ》りほどこうとすればするほど、ツルはますますきつく、すばやく二人《ふたり》に巻《ま》きついた。

「動《うご》かないで！」ハーマイオニーが叫《さけ》んだ。

「私《わたし》、知《し》ってる……これ、『悪魔《あくま》の罠《わな》』だわ！」

「ああ。何《なん》て名前《なまえ》か知《し》ってるなんて、大《おお》いに助《たす》かるよ」

ロンが首《くび》に巻《ま》きつこうとするツルから逃《のが》れようと、のけぞりながらうなった。

「だまってて！　どうやってやっつけるか思《おも》い出《だ》そうとしてるんだから！」とハーマイオニーが言《い》った。

「早《はや》くして！　もう息《いき》ができないよ」

ハリーは胸《むね》に巻《ま》きついたツルと格闘《かくとう》しながらあえいだ。

「『悪魔《あくま》の罠《わな》』、『悪魔《あくま》の罠《わな》』っと……スプラウト先生《せんせい》は何《なん》て言《い》ったっけ？　暗闇《くらやみ》と湿気《しっけ》を好《この》み……」

「だったら火《ひ》をつけて！」

ハリーは息《いき》も絶《た》え絶《だ》えだ。

「そうだわ……それよ……でも薪《まき》がないわ！」

ハーマイオニーがいらいらと両手《りょうて》をよじりながら叫《さけ》んだ。

「**気《き》が変《へん》になったのか！　君《きみ》はそれでも魔女《まじょ》か！**」ロンが大声《おおごえ》を出《だ》した。

「あっ、そうだった！」

ハーマイオニーはサッと杖《つえ》を取《と》り出《だ》し、何《なに》かつぶやきながら振《ふ》った。すると、スネイプに仕掛《しか》けたのと同《おな》じリンドウ色《いろ》の炎《ほのお》が植物《しょくぶつ》めがけて噴《ふ》き出《だ》した。光《ひかり》と温《ぬく》もりで草《くさ》がすくみ上《あ》がり、二人《ふたり》の体《からだ》をしめつけていたツルが、見《み》る見《み》るほどけていった。草《くさ》は身《み》をよじり、へなへなとほぐれ、二人《ふたり》はツルを振《ふ》り払《はら》って自由《じゆう》になった。

「ハーマイオニー、君《きみ》が薬草学《やくそうがく》をちゃんと勉強《べんきょう》してくれていてよかったよ」

額《ひたい》の汗《あせ》をぬぐいながら、ハリーもハーマイオニーのいる壁《かべ》のところに行《い》った。

「ほんとだ。それにこんな危険《きけん》な状態《じょうたい》で、ハリーが冷静《れいせい》でよかったよ……それにしても、『薪《まき》がないわ』なんて、まったく……」とロンが言《い》った。

「こっちだ」

ハリーは奥《おく》へ続《つづ》く石《いし》の一本道《いっぽんみち》を指《ゆび》さした。

足音《あしおと》以外《いがい》に聞《き》こえるのは、壁《かべ》を伝《つた》い落《お》ちる水滴《すいてき》のかすかな音《おと》だけだった。通路《つうろ》は下《くだ》り坂《ざか》で、ハリーはグリンゴッツを思《おも》い出《だ》していた。そういえば、あの魔法銀行《まほうぎんこう》ではドラゴンが金庫《きんこ》を守《まも》っているとか……ハリーの心臓《しんぞう》にいやな震《ふる》えが走《はし》った。もしここでドラゴンに出《で》くわしたら、それも大人《おとな》のドラゴンだったら。赤《あか》ん坊《ぼう》のノーバートだって手《て》に負《お》えなかったのに……。

「何《なに》か聞《き》こえないか？」とロンが小声《こごえ》で言《い》った。

ハリーも耳《みみ》をすました。前《まえ》のほうから、やわらかく擦《す》れ合《あ》う音《おと》やチリンチリンという音《おと》が聞《き》こえてきた。

「ゴーストかな？」

「わからない……羽《はね》の音《おと》みたいに聞《き》こえるけど」

「前《まえ》のほうに光《ひかり》が見《み》える……何《なに》か動《うご》いている」

三人《さんにん》は通路《つうろ》の出口《でぐち》に出《で》た。目《め》の前《まえ》にまばゆく輝《かがや》く部屋《へや》が広《ひろ》がった。天井《てんじょう》は高《たか》くアーチ形《がた》をしている。宝石《ほうせき》のようにキラキラとした無数《むすう》の小鳥《ことり》が、部屋《へや》いっぱいに飛《と》び回《まわ》っていた。部屋《へや》の向《む》こう側《がわ》には分厚《ぶあつ》い木《き》の扉《とびら》がある。

「僕《ぼく》たちが部屋《へや》を横切《よこぎ》ったら鳥《とり》が襲《おそ》ってくるんだろうか？」とロンが聞《き》いた。

「たぶんね。そんなに獰猛《どうもう》には見《み》えないけど、もし全部《ぜんぶ》いっぺんに飛《と》びかかってきたら……でも、ほかに手段《しゅだん》はない……僕《ぼく》は走《はし》るよ」とハリーが言《い》った。

大《おお》きく息《いき》を吸《す》い込《こ》み、腕《うで》で顔《かお》をおおい、ハリーは部屋《へや》をかけ抜《ぬ》けた。今《いま》にも鋭《するど》いくちばしや爪《つめ》が襲《おそ》ってくるかもしれない、と思《おも》ったが何事《なにごと》も起《お》こらなかった。ハリーは無傷《むきず》で扉《とびら》にたどり着《つ》いた。取《と》っ手《て》を引《ひ》いてみたが、鍵《かぎ》がかかっていた。

ロンとハーマイオニーが続《つづ》いてやってきた。三人《にん》で押《お》せども引《ひ》けども扉《とびら》はびくともしない。

ハーマイオニーがアロホモラ呪文《じゅもん》を試《ため》してみたがだめだった。

「どうする？」ロンが言《い》った。

「鳥《とり》よ……鳥《とり》はただの飾《かざ》りでここにいるんじゃないはずだわ」とハーマイオニーが言《い》った。

三人《にん》は頭上高《ずじょうたか》く舞《ま》っている鳥《とり》を眺《なが》めた。輝《かがや》いている——輝《かがや》いている？

「鳥《とり》じゃないんだ！」

ハリーが突然《とつぜん》言《い》った。

「鍵《かぎ》なんだよ！　羽《はね》のついた鍵《かぎ》だ。よく見《み》てごらん。ということは……」

ハリーは部屋《へや》を見渡《みわた》した。ほかの二人《ふたり》は目《め》を細《ほそ》めて鍵《かぎ》の群《む》れを見《み》つめていた。

「……よし。ほら！　箒《ほうき》がある！　ドアを開《あ》ける鍵《かぎ》を捕《つか》まえなくちゃいけないんだ！」

「でも、何百羽《なんびゃっぱ》もいるよ！」

ロンは扉《とびら》の錠《じょう》を調《しら》べた。

「大《おお》きくて昔風《むかしふう》の鍵《かぎ》を探《さが》すんだ……たぶん取《と》っ手《て》と同《おな》じ銀製《ぎんせい》だ」

三人《さんにん》はそれぞれ箒《ほうき》を取《と》り、地面《じめん》をけって、鍵《かぎ》の雲《くも》のまっただ中《なか》へと舞《ま》い上《あ》がった。三人《にん》とも捕《つか》もうとしたり、引《ひ》っかけようとしたりしたが、魔法《まほう》にかけられた鍵《かぎ》たちはスイスイとすばやく飛《と》び去《さ》り、急降下《きゅうこうか》し、とても捕《つか》まえることができなかった。

しかし、ハリーはだてに今世紀最年少《こんせいきさいねんしょう》のシーカーをやっているわけではない。ほかの人《ひと》には見《み》えないものを見《み》つける能力《のうりょく》がある。一分《ぷん》ほど虹色《にじいろ》の羽《はね》の渦《うず》の中《なか》を飛《と》び回《まわ》っているうちに、大《おお》きな銀色《ぎんいろ》の鍵《かぎ》を見《み》つけた。一度《いちど》捕《つか》まって無理《むり》やり鍵穴《かぎあな》に押《お》し込《こ》まれたかのように、片方《かたほう》の羽《はね》が折《お》れている。

「あれだ！」ハリーは二人《ふたり》に向《む》かって叫《さけ》んだ。

「あの大《おお》きいやつだ……そこ、ちがうよ、そこだよ……明《あか》るいブルーの羽《はね》だ……羽《はね》が片方《かたほう》、ひん曲《ま》がっている」

ロンはハリーの指《ゆび》さす方向《ほうこう》に猛《もう》スピードで向《む》かい、天井《てんじょう》にぶつかってあやうく箒《ほうき》から落《お》ちそうになった。

「三人《にん》で追《お》いこまなくちゃ！」

曲《ま》がった羽《はね》の鍵《かぎ》から目《め》を離《はな》さずに、ハリーが呼《よ》びかけた。

「ロン、君《きみ》は上《うえ》のほうから来《き》て……ハーマイオニー、君《きみ》は下《した》にいて降下《こうか》できないようにしておいてくれ。僕《ぼく》が捕《つか》まえてみる。それ、**今《いま》だ！**」

ロンが急降下《きゅうこうか》し、ハーマイオニーが急上昇《きゅうじょうしょう》した。鍵《かぎ》は二人《ふたり》をかわしたが、ハリーが一直線《いっちょくせん》に鍵《かぎ》を追《お》った。鍵《かぎ》は壁《かべ》に向《む》かってスピードを上《あ》げた。ハリーが前《まえ》かがみになった。バリバリッといういやな音《おと》がしたかと思《おも》うと、ハリーは片手《かたて》で鍵《かぎ》を石壁《いしかべ》に押《お》さえつけていた。ロンとハーマイオニーの歓声《かんせい》が部屋中《へやじゅう》に響《ひび》きわたった。

三人《にん》は大急《おおいそ》ぎで着地《ちゃくち》し、ハリーは手《て》の中《なか》でバタバタもがいている鍵《かぎ》をしっかりつかんで扉《とびら》に向《む》かって走《はし》った。鍵穴《かぎあな》に突《つ》っ込《こ》んで回《まわ》す――うまくいった。扉《とびら》がカチャリと開《あ》いた。その瞬間《しゅんかん》、鍵《かぎ》はまた飛《と》び去《さ》った。二度《にど》も捕《つか》まったので、鍵《かぎ》はひどく痛《いた》めつけられた飛《と》び方《かた》をした。

「いいかい？」ハリーが取《と》っ手《て》に手《て》をかけながら二人《ふたり》に声《こえ》をかけた。二人《ふたり》がうなずいた。ハリーが引《ひ》っ張《ぱ》ると扉《とびら》が開《ひら》いた。

次《つぎ》の部屋《へや》は真《ま》っ暗《くら》で何《なに》も見《み》えなかった。が、一歩中《いっぽなか》に入《はい》ると、突然光《とつぜんひかり》が部屋中《へやじゅう》にあふれ、驚《おどろ》くべき光景《こうけい》が目《め》の前《まえ》に広《ひろ》がった。

大《おお》きなチェス盤《ばん》がある。三人《にん》は黒《くろ》い駒《こま》の側《がわ》に立《た》っていた。チェスの駒《こま》は三人《さんにん》よりも背《せ》が高《たか》く、黒《くろ》い石《いし》のような物《もの》でできていた。部屋《へや》のずっとむこう側《がわ》に、こちらを向《む》いて白《しろ》い駒《こま》が立《た》っていた。三人《さんにん》は少《すこ》し身震《みぶる》いした――見上《みあ》げるような白《しろ》い駒《こま》はみんなのっぺらぼうだった。

「さあ、どうしたらいいんだろう？」ハリーがささやいた。

「見《み》ればわかるよ。だろう？　むこうに行《い》くにはチェスをしなくちゃ」とロンが言《い》った。

白《しろ》い駒《こま》の後《うし》ろに、もう一つの扉《とびら》が見《み》えた。

「どうやるの？」ハーマイオニーは不安《ふあん》そうだった。

「たぶん、僕《ぼく》たちがチェスの駒《こま》にならなくちゃいけないんだ」とロン。

ロンは黒《くろ》のナイトに近《ちか》づき、手《て》を伸《の》ばして馬《うま》に触《ふ》れた。すると石《いし》に命《いのち》が吹《ふ》き込《こ》まれた。馬《うま》はひづめで地面《じめん》をかき、兜《かぶと》をかぶったナイトがロンを見下《みお》ろした。

「僕《ぼく》たち……あの……むこうに行《い》くにはチェスに参加《さんか》しなくちゃいけませんか？」

黒《くろ》のナイトがうなずいた。ロンは二人《ふたり》を振《ふ》り返《かえ》った。

「ちょっと考《かんが》えさせて……」とロンが言《い》った。

「僕《ぼく》たち三人《にん》がひとつずつ黒《くろ》い駒《こま》の役目《やくめ》をしなくちゃいけないんだ……」

ハリーとハーマイオニーはロンが考《かんが》えを巡《めぐ》らせているのをおとなしく見《み》ていた。しばらくしてロンが言《い》った。

「気《き》を悪《わる》くしないでくれよ。でも二人《ふたり》ともチェスはあまり上手《じょうず》じゃないから……」

「気《き》を悪《わる》くなんかするもんか。何《なに》をしたらいいのか言《い》ってくれ」ハリーが即座《そくざ》に答《こた》えた。

「じゃ、ハリー。君《きみ》はビショップとかわって。ハーマイオニーはその隣《となり》でルークのかわりをするんだ」

「ロンは？」

「僕《ぼく》はナイトになるよ」

チェスの駒《こま》はロンの言葉《ことば》を聞《き》いていたようだ。黒《くろ》のナイトとビショップとルークがくるりと白《しろ》に背《せ》を向《む》け、チェス盤《ばん》を下《お》りて、ハリーとロンとハーマイオニーに持《も》ち場《ば》をゆずった。

「白駒《しろこま》が先手《せんて》なんだ」とロンがチェス盤《ばん》のむこう側《がわ》をのぞきながら言《い》った。

「ほら……見《み》て……」

白《しろ》のポーンが二つ前《まえ》に進《すす》んだ。

ロンが黒駒《くろこま》に動《うご》きを指示《しじ》しはじめた。駒《こま》はロンの言《い》うとおり黙々《もくもく》と動《うご》いた。ハリーはひざが震《ふる》えた。負《ま》けたらどうなるんだろう？

「ハリー、斜《なな》め右《みぎ》に四つ進《すす》んで」

ロンと対《つい》になっている黒《くろ》のナイトが取《と》られてしまったときが最初《さいしょ》のショックだった。白《しろ》のクイーンが黒《くろ》のナイトを床《ゆか》にたたきつけ、チェス盤《ばん》の外《そと》に引《ひ》きずり出《だ》したのだ。ナイトは身動《みうご》きもせず盤外《ばんがい》にうつ伏《ぶ》せに横《よこ》たわった。

「こうしなくちゃならなかったんだ」

ロンが震《ふる》えながら言《い》った。

「ハーマイオニー、君《きみ》があのビショップを取《と》るために、道《みち》をあけとかなきゃならなかったんだ。

さあ、進《すす》んで」

白《しろ》は、黒駒《くろこま》を取《と》ったときに何《なん》の情《なさ》けもかけなかった。しばらくすると負傷《ふしょう》した黒駒《くろこま》が壁際《かべぎわ》に累々《るいるい》と積《つ》み上《あ》がった。ハリーとハーマイオニーが取《と》られそうになっているのに、ロンが危機一髪《ききいっぱつ》のところで気《き》づいたことも二回《かい》あった。ロンもチェス盤上《ばんじょう》を走《はし》り回《まわ》って、取《と》られたと同《おな》じくらいの白駒《しろこま》を取《と》った。

「詰《つ》めが近《ちか》い」ロンが急《きゅう》につぶやいた。

「ちょっと待《ま》てよ――うーん……」

白《しろ》のクイーンがのっぺらぼうの顔《かお》をロンに向《む》けた。

「やっぱり……」ロンが静《しず》かに言《い》った。

「これしか手《て》はない……僕《ぼく》が取《と》られるしか」

「**だめ！**」

ハリーとハーマイオニーが同時《どうじ》に叫《さけ》んだ。

「これがチェスなんだ！」ロンはきっぱりと言《い》った。

「犠牲《ぎせい》を払《はら》わなくちゃ！　僕《ぼく》が一駒前進《ひとこまぜんしん》する。そうするとクイーンが僕《ぼく》を取《と》る。ハリー、それで君《きみ》が動《うご》けるようになるから、キングにチェックメイトをかけるんだ！」

「でも……」

「スネイプを食《く》い止《と》めたいんだろう。ちがうのかい？」

「ロン……」

「急《いそ》がないと、スネイプがもう『石《いし》』を手《て》に入《い》れてしまったかもしれないぞ！」

そうするしかない。

「いいかい？」

ロンが青《あお》ざめた顔《かお》で、しかしきっぱりと言《い》った。

「じゃあ、僕《ぼく》は行《い》くよ……いいかい、勝《か》ったらここでぐずぐずしてたらダメだぞ」

ロンが前《まえ》に出《で》た。白《しろ》のクイーンが飛《と》びかかった。ロンの頭《あたま》を石《いし》の腕《うで》で殴《なぐ》りつけ、ロンは床《ゆか》に倒《たお》れた――ハーマイオニーは悲鳴《ひめい》を上《あ》げたが、自分《じぶん》の持《も》ち場《ば》に踏《ふ》みとどまった――白《しろ》のクイーンがロンを片隅《かたすみ》に引《ひ》きずっていった。ロンは気絶《きぜつ》しているようだった。

震《ふる》えながら、ハリーは三つ左《ひだり》に進《すす》んだ。

そして、白《しろ》のキングは王冠《おうかん》を脱《ぬ》ぎ、ハリーの足元《あしもと》に投《な》げ出《だ》した――勝《か》った。チェスの駒《こま》は左右《さゆう》に分《わ》かれ、前方《ぜんぽう》の扉《とびら》への道《みち》をあけておじぎをした。もう一度《いちど》だけロンを振《ふ》り返《かえ》ってから、ハリーとハーマイオニーは扉《とびら》に突進《とっしん》し、次《つぎ》の通路《つうろ》を進《すす》んだ。

「もしロンが……？」

「大丈夫《だいじょうぶ》だよ」

ハリーが自分《じぶん》に言《い》い聞《き》かせるように言《い》った。

「次《つぎ》は何《なん》だと思《おも》う？」

「スプラウトはすんだわ。悪魔《あくま》の罠《わな》だった……鍵《かぎ》に魔法《まほう》をかけたのはフリットウィックにちがいない……チェスの駒《こま》を変身《へんしん》させて命《いのち》を吹《ふ》き込《こ》んだのはマクゴナガルだし……とすると、残《のこ》るはクィレルの呪文《じゅもん》とスネイプの……」

二人《ふたり》は次《つぎ》の扉《とびら》にたどり着《つ》いた。

「いいかい？」

とハリーがささやいた。

「開《あ》けてちょうだい」

ハリーが扉《とびら》を押《お》し開《あ》けた。

むかつくような臭《にお》いが鼻《はな》をつき、二人《ふたり》はローブを引っぱり上《あ》げて鼻《はな》をおおった。目《め》をしょぼつかせながら見《み》ると、前《まえ》にやっつけたのよりもさらに大《おお》きなトロールだった。頭《あたま》のこぶは血《ち》だらけで、気絶《きぜつ》して横《よこ》たわっていた。

「こんなトロールと戦《たたか》わなくてよかった」

小山《こやま》のような足《あし》をそっとまたぎながら、ハリーがつぶやいた。

「さあ行《い》こう、息《いき》が詰《つ》まりそうだ」

ハリーは次《つぎ》の扉《とびら》を開《あ》けた。何《なに》が出《で》てくるか、二人《ふたり》ともまともに見《み》られないような気持《きも》ちだった。が、何《なに》も恐《おそ》ろしいものはなかった。ただテーブルがあって、その上《うえ》に形《かたち》のちがう七つの瓶《びん》が一列《いちれつ》に並《なら》んでいた。

「スネイプだ」

ハリーが言《い》った。

「何《なに》をすればいいんだろう」

扉《とびら》の敷居《しきい》をまたぐと、二人《ふたり》が今通《いまとお》ってきたばかりの入口《いりぐち》でたちまち炎《ほのお》が燃《も》え上《あ》がった。ただの炎《ほのお》ではない。紫《むらさき》の炎《ほのお》だ。同時《どうじ》に前方《ぜんぽう》のドアの入口《いぐち》にも黒《くろ》い炎《ほのお》が上《あ》がった。閉《と》じ込《こ》められた。

「見《み》て！」

ハーマイオニーが瓶《びん》の横《よこ》に置《お》かれていた巻紙《まきがみ》を取《と》り上《あ》げた。ハリーはハーマイオニーの肩越《かたご》しにその紙《かみ》を読《よ》んだ。

前《まえ》には危険《きけん》　後《うし》ろは安全《あんぜん》
君《きみ》が見《み》つけさえすれば　二つが君《きみ》を救《すく》うだろう
七つのうちの一つだけ　君《きみ》を前進《ぜんしん》させるだろう
別《べつ》の一つで退却《たいきゃく》の　道《みち》が開《ひら》ける　その人《ひと》に
二つの瓶《びん》は　イラクサ酒《しゅ》
残《のこ》る三つは殺人者《さつじんしゃ》　列《れつ》にまぎれて隠《かく》れてる
長々《ながなが》居《い》たくないならば　どれかを選《えら》んでみるがいい
君《きみ》が選《えら》ぶのに役《やく》に立《た》つ　四つのヒントを差《さ》し上《あ》げよう

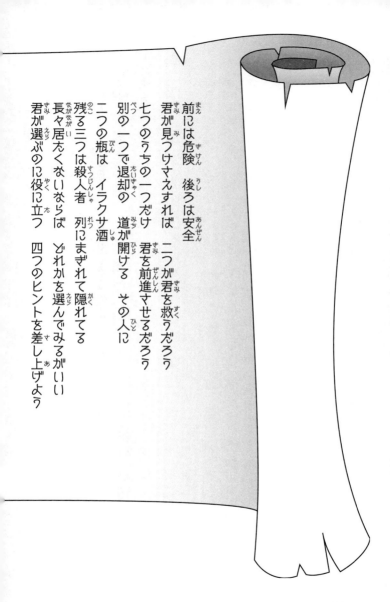

まず第《だい》一のヒントだが　どんなにずるく隠《かく》れても
毒《どく》入《い》り瓶《びん》のある場所《ばしょ》は　いつもイラクサ酒《しゅ》の左《ひだり》
第《だい》二のヒントは両端《りょうはじ》の　二つの瓶《びん》は種類《しゅるい》がちがう
君《きみ》が前進《ぜんしん》したいなら　二つのどちらも友《とも》ではない
第《だい》三のヒントは見《み》たとおり　七つの瓶《びん》は大《おお》きさがちがう
小人《こびと》も巨人《きょじん》もどちらにも　死《し》の毒薬《どくやく》は入《はい》ってない
第《だい》四のヒントは双子《ふたご》の薬《くすり》　ちょっと見《み》た目《め》はちがっても
左端《ひだりはし》から二番目《ばんめ》と　右《みぎ》の端《はし》から二番目《ばんめ》の　瓶《びん》の中身《なかみ》は同《おな》じ味《あじ》

ハーマイオニーはホーッと大《おお》きなため息《いき》をついた。なんと、ほほえんでいる。こんな時《とき》に笑《わら》えるなんて、とハリーは驚《おどろ》いた。

「すごいわ！」

ハーマイオニーが言《い》った。

「これは魔《ま》法《ほう》じゃなくて論《ろん》理《り》よ。パズルだわ。大《だい》魔《ま》法《ほう》使《つか》いと言《い》われるような人《ひと》って、論《ろん》理《り》のかけらもない人《ひと》がたくさんいるの。そういう人《ひと》はここで永《えい》久《きゅう》に行《い》き止《ど》まりだわ」

「でも僕《ぼく》たちもそうなってしまうんだろう？　ちがう？」

「もちろん、そうはならないわ」とハーマイオニーが言《い》った。

「必《ひつ》要《よう》なことは全《ぜん》部《ぶ》この紙《かみ》に書《か》いてある。七つの瓶《びん》があって、三つは毒《どく》薬《やく》、二つはお酒《さけ》、一つは安《あん》全《ぜん》に黒《くろ》い炎《ほのお》の中《なか》を通《とお》してくれ、一つは紫《むらさき》の炎《ほのお》を通《とお》り抜《ぬ》けて戻《もど》れるようにしてくれる」

「でも、どれを飲《の》んだらいいか、どうやったらわかるの？」

「ちょっとだけ待《ま》って」

ハーマイオニーは紙《かみ》を何《なん》回《かい》か読《よ》み直《なお》した。それから、ブツブツひとり言《ごと》をつぶやいたり、瓶《びん》を指《ゆび》さしたりしながら、瓶《びん》の列《れつ》に沿《そ》って行《い》ったり来《き》たりした。そしてついにパチンと手《て》を打《う》った。

「わかったわ。一番小《いちばんち》さな瓶《びん》が、黒《くろ》い炎《ほのお》を通《とお》り抜《ぬ》けて『石《いし》』のほうへ行《い》かせてくれる」

ハリーはその小《ちい》さな瓶《びん》を見《み》つめた。

「一人分《ひとりぶん》しかないね。ほんの一口《ひとくち》しかないよ」

二人《ふたり》は顔《かお》を見合《みあ》わせた。

「紫《むらさき》の炎《ほのお》をくぐって戻《もど》れるようにする薬《くすり》はどれ？」

ハーマイオニーが一番右端《いちばんみぎはし》にある丸《まる》い瓶《びん》を指《ゆび》さした。

「君《きみ》がそれを飲《の》んでくれ」とハリーが言《い》った。

「いいからだまって聞《き》いてほしい。戻《もど》ってロンと合流《ごうりゅう》してくれ。それから鍵《かぎ》が飛《と》び回《まわ》っている部屋《へや》に行《い》って箒《ほうき》に乗《の》る。そうすれば仕掛《しか》け扉《とびら》もフラッフィーも飛《と》び越《こ》えられる。まっすぐふくろう小屋《ごや》に行《い》って、ヘドウィグをダンブルドアに送《おく》ってくれ。彼《かれ》が必要《ひつよう》なんだ。しばらくならスネイプを食《く》い止《と》められるかもしれないけど、やっぱり僕《ぼく》じゃかなわないはずだ」

「でもハリー、もし『例《れい》のあの人《ひと》』がスネイプと一緒《いっしょ》にいたらどうするの？」

「そうだな。僕《ぼく》、一度《いちど》は幸運《こううん》だった。そうだろう？」

ハリーは額《ひたい》の傷《きず》を指《ゆび》さした。

「だから二度目《にどめ》も幸運《こううん》かもしれない」

ハーマイオニーは唇《くちびる》を震《ふる》わせ、突然《とつぜん》ハリーにかけより、両手《りょうて》で抱《だ》きついた。

「ハーマイオニー！」

「ハリー、あなたって、偉大《いだい》な魔法使《まほうつか》いよ」

「僕《ぼく》、君《きみ》にかなわないよ」

ハーマイオニーが手《て》を離《はな》すと、ハリーはどぎまぎしながら言《い》った。

「私《わたし》なんて！　本《ほん》がなによ！　頭《あたま》がいいなんてなによ！　もっと大切《たいせつ》なものがあるのよ……友《ゆう》情《じょう》とか勇気《ゆうき》とか……ああ、ハリー、お願《ねが》い、気《き》をつけてね！」

「まず君《きみ》から飲《の》んで。どの瓶《びん》が何《なん》の薬《くすり》か、自信《じしん》があるんだね？」

「絶対《ぜったい》よ」

ハーマイオニーは列《れつ》の端《はし》にある大《おお》きな丸《まる》い瓶《びん》を飲《の》み干《ほ》し、身震《みぶる》いした。

「毒《どく》じゃないんだろうね？」

ハリーが心配《しんぱい》そうに聞《き》いた。

「大丈夫《だいじょうぶ》……でも氷《こおり》みたいなの」

「さあ、急《いそ》いで。効《き》き目《め》が切《き》れないうちに」

「幸運《こううん》を祈《いの》ってるわ。気《き》をつけてね」

「早《はや》く！」

ハーマイオニーはきびすを返《かえ》して、紫《むらさき》の炎《ほのお》の中《なか》をまっすぐに進《すす》んでいった。

ハリーは深呼吸《しんこきゅう》し、小《ちい》さな瓶《びん》を取《と》り上《あ》げ、黒《くろ》い炎《ほのお》に顔《かお》を向《む》けた。

「行《い》くぞ」そう言《い》うと、ハリーは小《ちい》さな瓶《びん》を一気《いっき》に飲《の》み干《ほ》した。

まさに冷《つめ》たい氷《こおり》が体中《からだじゅう》を流《なが》れていくようだった。ハリーは瓶《びん》を置《お》き、歩《ある》きはじめた。気《き》を引《ひ》きしめ、黒《くろ》い炎《ほのお》の中《なか》を進《すす》んだ。炎《ほのお》がメラメラとハリーの体《からだ》をなめたが、熱《あつ》くはなかった。しばらくの間《あいだ》、黒《くろ》い炎《ほのお》しか見《み》えなかった……が、とうとう炎《ほのお》のむこう側《がわ》に出《で》た。そこは最後《さいご》の部屋《へや》だった。

すでに誰《だれ》かがそこにいた。しかし――それはスネイプではなかった。ヴォルデモートでさえもなかった。

第《だい》17章《しょう》　二つの顔《かお》をもつ男《おとこ》

そこにいたのはクィレルだった。

「あなたが！」ハリーは息《いき》をのんだ。

クィレルは笑《わら》いを浮《う》かべた。その顔《かお》はいつもとちがい、けいれんなどしていなかった。

「私《わたし》だ」落《お》ち着《つ》き払《はら》った声《こえ》だ。「ポッター、君《きみ》にここで会《あ》えるかもしれないと思《おも》っていたよ」

「でも、僕《ぼく》は……スネイプだとばかり……」

「セブルスか？」

クィレルは笑《わら》った。いつものかん高《だか》い震《ふる》え声《ごえ》ではなく、冷《つめ》たく鋭《するど》い笑《わら》いだった。

「たしかに、セブルスはまさにそんなタイプに見《み》える。彼《かれ》が育《そだ》ち過《す》ぎたコウモリみたいに飛《と》び回《まわ》ってくれたのがとても役《やく》に立《た》った。スネイプのそばにいれば、誰《だれ》だって、か、かわいそうな、お、臆病者《おくびょうもの》の、ク、クィレル先生《せんせい》を疑《うたが》いやしないだろう？」

ハリーは信《しん》じられなかった。そんなはずはない。何《なに》かのまちがいだ。

「でもスネイプは僕《ぼく》を殺《ころ》そうとした！」

「いや、いや、いや。殺《ころ》そうとしたのは私《わたし》だ。あのクィディッチの試合《しあい》で、君《きみ》の友人《ゆうじん》のミス・グレンジャーがスネイプに火《ひ》をつけようとして急《いそ》いでいたとき、たまたま私《わたし》にぶつかって、私《わたし》は倒《たお》れてしまった。それで君《きみ》から目《め》を離《はな》してしまったんだ。もう少《すこ》しで箒《ほうき》から落《お》としてやれたんだが。君《きみ》を救《すく》おうとして、スネイプが私《わたし》のかけた呪文《じゅもん》を解《と》く反対呪文《はんたいじゅもん》を唱《とな》えてさえいなければ、もっと早《はや》くたたき落《お》とせたんだ」

「スネイプが僕《ぼく》を救《すく》おうとしていた？」

「そのとおり」

クィレルは冷《つめ》たく言《い》い放《はな》った。

「彼《かれ》がなぜ次《つぎ》の試合《しあい》で審判《しんぱん》を買《か》って出《で》たと思《おも》うかね？　私《わたし》が二度《にど》と同《おな》じことをしないようにだよ。まったく、おかしなことだ……そんな心配《しんぱい》をする必要《ひつよう》はなかったのだ。ダンブルドアが見《み》ている前《まえ》では、私《わたし》だって何《なに》もできなかったのだから。ほかの先生方《せんせいがた》は全員《ぜんいん》、スネイプがグリフィンドールの勝利《しょうり》を阻止《そし》するために審判《しんぱん》を申《もう》し出《で》たと思《おも》った。スネイプは憎《にく》まれ役《やく》を買《か》って出《で》たわけだ……ずいぶんと時間《じかん》をむだにしたものよ。どうせ今夜《こんや》、私《わたし》がおまえを殺《ころ》すというのに」

クィレルが指《ゆび》をパチッと鳴《な》らした。縄《なわ》がどこからともなく現《あらわ》れ、ハリーの体《からだ》に固《かた》く巻《ま》きついた。

「ポッター、君《きみ》はいろんな所《ところ》に首《くび》を突《つ》っ込《こ》み過《す》ぎる。生《い》かしてはおけない。ハロウィーンのときもあんなふうに学校中《がっこうじゅう》をチョロチョロしおって。『賢者《けんじゃ》の石《いし》』を守《まも》っているのが何《なん》なのかを見《み》に、私《わたし》が戻《もど》ってきたときも、君《きみ》は私《わたし》を見《み》てしまったようだ」

「あなたがトロールを入《い》れたのですか？」

「さよう。私《わたし》はトロールについては特別《とくべつ》な才能《さいのう》がある……ここに来《く》る前《まえ》の部屋《へや》で、私《わたし》が倒《たお》したトロールを見《み》たね。残念《ざんねん》なことに、あの時《とき》、みながトロールを探《さが》して走《はし》り回《まわ》っていたのに、私《わたし》を疑《うたが》っていたスネイプだけが、まっすぐに四階《かい》に来《き》て私《わたし》の前《まえ》に立《た》ちはだかった……私《わたし》のトロールが君《きみ》を殺《ころ》しそこねたばかりか、三頭犬《さんとうけん》はスネイプの足《あし》をかみ切《き》りそこねた。

さあポッター、おとなしく待《ま》っておれ。このなかなかおもしろい鏡《かがみ》を調《しら》べなくてはならないからな」

その時初《ときはじ》めてハリーはクィレルの後《うし》ろにある物《もの》に気《き》がついた。あの「みぞの鏡《かがみ》」だった。

「この鏡《かがみ》が『石《いし》』を見《み》つける鍵《かぎ》なのだ」

クィレルは鏡《かがみ》の枠《わく》をコツコツたたきながらつぶやいた。

「ダンブルドアなら、こういうものを考《かんが》えつくだろうと思《おも》った……しかし、彼《かれ》は今《いま》ロンドンだ……帰《かえ》ってくるころには、私《わたし》はとっくに遠《とお》くに去《さ》っている……」

ハリーにできることは、とにかくクィレルに話《はな》し続《つづ》けさせ、鏡《かがみ》に集中《しゅうちゅう》できないようにすることだ。それしか思《おも》いつかない。

「僕《ぼく》、あなたが森《もり》の中《なか》でスネイプと一緒《いっしょ》にいるところを見《み》た……」

ハリーが出《だ》し抜《ぬ》けに言《い》った。

「ああ」

クィレルは鏡《かがみ》の裏側《うらがわ》に回《まわ》り込《こ》みながら生返事《なまへんじ》をした。

「スネイプは私《わたし》に目《め》をつけていて、私《わたし》がどこまで知《し》っているかをたしかめようとしていた。初《はじ》めからずっと私《わたし》のことを疑《うたが》っていた。私《わたし》を脅《おど》そうとしたんだ。私《わたし》にはヴォルデモート卿《きょう》がついているというのに……それでも脅《おど》せると思《おも》っていたのだろうかね」

クィレルは鏡《かがみ》の裏《うら》を調《しら》べ、また前《まえ》に回《まわ》って、食《く》い入《い》るように鏡《かがみ》に見入《みい》った。

「『石《いし》』が見《み》える……ご主人様《しゅじんさま》にそれを差《さ》し出《だ》しているのが見《み》える……でもいったい石《いし》はどこだ？」

ハリーは縄《なわ》をほどこうともがいたが、結《むす》び目《め》は固《かた》かった。なんとかしてクィレルの注意《ちゅうい》を鏡《かがみ》からそらさなくては。

「でもスネイプは僕《ぼく》のことをずっと憎《にく》んでいた」

「ああ、そうだ」

クィレルがこともなげに言《い》った。

「まったくそのとおりだ。おまえの父親《ちちおや》と彼《かれ》はホグワーツの同窓《どうそう》だった。知《し》らなかったのか？互《たが》いに毛嫌《けぎら》いしていた。だがけっしておまえを殺《ころ》そうとは思《おも》わなかった」

「でも二、三日前《にちまえ》、あなたが泣《な》いている声《こえ》を聞《き》きました……スネイプが脅《おど》しているんだと思《おも》った」

クィレルの顔《かお》に初《はじ》めて恐怖《きょうふ》がよぎった。

「時《とき》には、ご主人様《しゅじんさま》の命令《めいれい》に従《したが》うのが難《むずか》しいこともある……あの方《かた》は偉大《いだい》な魔法使《まほうつか》いだし、私《わたし》は弱《よわ》い……」

「それじゃ、あの教室《きょうしつ》で、あなたは『あの人《ひと》』と一緒《いっしょ》にいたんですか？」

ハリーは息《いき》をのんだ。

「私《わたし》の行《い》くところ、どこにでもあの方《かた》がいらっしゃる」

クィレルが静《しず》かに言《い》った。

「世界旅行《せかいりょこう》をしていたとき、あの方《かた》に初《はじ》めて出会《であ》った。当時《とうじ》私《わたし》は愚《おろ》かな若輩《じゃくはい》だったし、善悪《ぜんあく》についてばかげた考《かんが》えしかもっていなかった。ヴォルデモート卿《きょう》は、私《わたし》がいかに誤《あやま》っているかを教《おし》えてくださった。善《ぜん》と悪《あく》が存在《そんざい》するのではなく、力《ちから》と、力《ちから》を求《もと》めるには弱《よわ》すぎる者《もの》とが存在《そんざい》するだけなのだと……それ以来《いらい》、私《わたし》はあの方《かた》の忠実《ちゅうじつ》な下僕《しもべ》になった。だがあの方《かた》を何度《なんど》も失望《しつぼう》させてしまった。だから、あの方《かた》は私《わたし》にとても厳《きび》しくしなければならなかった」

突然《とつぜん》クィレルは震《ふる》えだした。

「過《あやま》ちは簡単《かんたん》に許《ゆる》してはいただけない。グリンゴッツから『石《いし》』を盗《ぬす》みだすのにしくじったときは、とてもご立腹《りっぷく》だった。私《わたし》を罰《ばっ》した……そして、私《わたし》をもっと間近《まぢか》で見張《みは》らなければならないと決心《けっしん》なさった……」

クィレルの声《こえ》が次第《しだい》に小《ち》さくなっていった。ハリーはダイアゴン横丁《よこちょう》に行《い》ったときのことを思《おも》い出《だ》していた——なんで今《いま》まで気《き》がつかなかったんだろう？　ちょうどあの日《ひ》にクィレルに会《あ》っている。「もれ鍋《なべ》」で握手《あくしゅ》までしたじゃないか。

クィレルは低《ひく》い声《こえ》でののしった。

「いったいどうなってるんだ……『石《いし》』は鏡《かがみ》の中《なか》に埋《う》まっているのか？　鏡《かがみ》を割《わ》ってみるか？」

ハリーは目《め》まぐるしくいろいろなことを考《かんが》えていた。

——今《いま》、僕《ぼく》が一番望《いちばんのぞ》んでいるのは、クィレルより先《さき》に『賢者《けんじゃ》の石《いし》』を見《み》つけることだ。だからもし今鏡《いまかがみ》を見《み》れば、『石《いし》』を見《み》つけた自分《じぶん》の姿《すがた》が映《うつ》るはずだ。つまり、『石《いし》』がどこに隠《かく》されているかが見《み》えるはずだ！　クィレルに悟《さと》られないように鏡《かがみ》を見《み》るにはどうしたらいいんだろう？

ハリーはクィレルに気《き》づかれないように鏡《かがみ》の前《まえ》に行《い》こうと、左《ひだり》のほうににじり寄《よ》ったが、縄《なわ》がくるぶしをきつく縛《しば》っているので、つまずいて倒《たお》れてしまった。クィレルはハリーを無視《むし》してブツブツひとり言《ごと》を言《い》い続《つづ》けていた。

「この鏡《かがみ》はどういう仕掛《しか》けなんだ？　どういう使《つか》い方《かた》をするんだろう？　ご主人様《しゅじんさま》、助《たす》けてください！」

別《べつ》の声《こえ》が答《こた》えた。しかも声《こえ》は、クィレル自身《じしん》から出《で》てくるようだった。ハリーはぞっとした。

「**その子《こ》を使《つか》うんだ……その子《こ》を使《つか》え……**」

クィレルが突然《とつぜん》ハリーを振《ふ》り向《む》いた。

「わかりました……ポッター、ここへ来《こ》い」

手《て》を一回《かい》パンと打《う》つと、ハリーを縛《しば》っていた縄《なわ》が落《お》ちた。

ハリーはのろのろと立《た》ち上《あ》がった。

「ここへ来《く》るんだ」

クィレルが言《い》った。

「鏡《かがみ》を見《み》て何《なに》が見《み》えるかを言《い》え」

ハリーはクィレルのほうに歩《ある》いていった。

――うそをつかなくては――ハリーは必死《ひっし》に考《かんが》えた。――鏡《かがみ》に何《なに》が見《み》えても、うそを言《い》えばいい――

クィレルがハリーのすぐ後《うし》ろに回《まわ》った。変《へん》な臭《にお》いがした。クィレルのターバンから出《で》る臭《にお》いらしい。ハリーは目《め》を閉《と》じて鏡《かがみ》の前《まえ》に立《た》ち、そこで目《め》を開《あ》けた。

青白《あおじろ》くおびえた自分《じぶん》の姿《すがた》が目《め》に入《はい》った。次《つぎ》の瞬間《しゅんかん》、鏡《かがみ》の中《なか》のハリーが笑《わら》いかけた。鏡《かがみ》の中《なか》のハリーがポケットに手《て》を突《つ》っ込《こ》み、血《ち》のように赤《あか》い石《いし》を取《と》り出《だ》した。そしてウィンクをするとまたその石《いし》をポケットに入《い》れた。すると、そのとたん、ハリーは自分《じぶん》のポケットの中《なか》に何《なに》か重《おも》い物《もの》が落《お》ちるのを感《かん》じた。なぜか――信《しん》じられないことに――ハリーは「石《いし》」を手《て》に入《い》れてしまった。

「どうだ？」クィレルが待《ま》ちきれずに聞《き》いた。「何《なに》が見《み》える？」

ハリーは勇気《ゆうき》を奮《ふる》い起《お》こした。

「僕《ぼく》がダンブルドアと握手《あくしゅ》をしているのが見《み》える」

作《つく》り話《ばなし》だ。

「僕《ぼく》……僕《ぼく》のおかげでグリフィンドールが寮杯《りょうはい》を獲得《かくとく》したんだ」

「そこをどけ」クィレルがまたののしった。

脇《わき》によけるときに、ハリーは「賢者《けんじゃ》の石《いし》」が自分《じぶん》の脚《あし》に触《ふ》れるのを感《かん》じた。思《おも》いきって逃《に》げ出《だ》そうか？　しかし、ほんの五歩《ほ》も歩《ある》かないうちに、クィレルが唇《くちびる》を動《うご》かしていないのに高《たか》い声《こえ》が響《ひび》いた。

「こいつはうそをついている……うそをついているぞ……」

「ポッター、ここに戻《もど》れ！　本当《ほんとう》のことを言《い》うんだ。今《いま》、何《なに》が見《み》えたんだ？」

クィレルが叫《さけ》んだ。再《ふたた》び高《たか》い声《こえ》がした。

「俺様《おれさま》が話《はな》す……直《じか》に話《はな》す……」

「ご主人様《しゅじんさま》、あなた様《さま》はまだ充分《じゅうぶん》に力《ちから》がついていません！」

「このためなら……使《つか》う力《ちから》がある……」

「悪魔《あくま》の罠《わな》」がハリーをその場《ば》にくぎづけにしてしまったような感《かん》じだった。ハリーは指一本動《ゆびいっぽんうご》かせなくなってしまった。クィレルがターバンをほどくのを、ハリーは石《いし》のように硬《かた》くなったまま見《み》ていた。何《なに》をしているんだろう？　ターバンが落《お》ちた。ターバンをかぶらないクィレルの頭《あたま》は、奇妙《きみょう》なくらい小《ちい》さかった。クィレルはその場《ば》でゆっくりと体《からだ》を後《うし》ろ向《む》きにした。

ハリーは悲鳴《ひめい》を上《あ》げるところだった。が、声《こえ》が出《で》なかった。クィレルの頭《あたま》の後《うし》ろに、もう一つの顔《かお》があった。ハリーがこれまで見《み》たこともないほどの恐《おそ》ろしい顔《かお》が。ろうのように白《しろ》い顔《かお》、ギラギラと血走《ちばし》った目《め》、鼻孔《びこう》は蛇《へび》のように裂《さ》け目《め》になっていた。

「ハリー・ポッター……」

顔《かお》がささやいた。ハリーはあとずさりしようとしたが、足《あし》が動《うご》かなかった。

「このありさまを見《み》ろ」

顔《かお》が言《い》った。

「ただの影《かげ》と霞《かすみ》に過《す》ぎない……誰《だれ》かの体《からだ》を借《か》りて初《はじ》めて形《かたち》になることができる……しかし、常《つね》に誰《だれ》かが、喜《よろこ》んで俺様《おれさま》をその心《こころ》に入《はい》り込《こ》ませてくれる……この数週間《すうしゅうかん》は、ユニコーンの血《ち》が俺様《おれさま》を強《つよ》くしてくれた……忠実《ちゅうじつ》なクィレルが、森《もり》の中《なか》で俺様《おれさま》のために血《ち》を飲《の》んでいるところを見《み》ただろう……命《いのち》の水《みず》さえあれば、俺様《おれさま》は自身《じしん》の体《からだ》を創造《そうぞう》することができるのだ……さて……ポケットにある『石《いし》』をいただこうか」

彼《かれ》は知《し》っていたんだ。突然足《とつぜんあし》の感覚《かんかく》が戻《もど》った。ハリーはよろめきながらあとずさりした。

「バカなまねはよせ」

顔《かお》が低《ひく》くうなった。

「命《いのち》を粗末《そまつ》にするな。俺様側《おれさまがわ》につけ……さもないとおまえもおまえの両親《りょうしん》と同《おな》じ目《め》にあうぞ……二人《ふたり》とも命乞《いのちご》いをしながら死《し》んでいった……」

「うそだ！」ハリーが突然叫《とつぜんさけ》んだ。

ヴォルデモートがハリーを見《み》たままでいられるように、クィレルは後《うし》ろ向《む》きで近《ちか》づいてきた。邪悪《じゃあく》な顔《かお》がニヤリとした。

「胸《むね》を打《う》たれるねぇ……」顔《かお》が押《お》し殺《ころ》したような声《こえ》を出《だ》した。

「俺様《おれさま》はいつも勇気《ゆうき》を称《たた》える……そうだ、小僧《こぞう》、おまえの両親《りょうしん》は勇敢《ゆうかん》だった……俺様《おれさま》はまず父親《ちちおや》を殺《ころ》した。勇敢《ゆうかん》に戦《たたか》ったがね……しかしおまえの母親《ははおや》は死《し》ぬ必要《ひつよう》はなかった……母親《ははおや》はおまえを守《まも》ろうとしたのだ……母親《ははおや》の死《し》をむだにしたくなかったら、さあ『石《いし》』をよこせ」

「やるもんか！」ハリーは炎《ほのお》の燃《も》えさかる扉《とびら》に向《む》かってかけ出《だ》した。

「捕《つか》まえろ！」

ヴォルデモートが叫《さけ》んだ。

次《つぎ》の瞬間《しゅんかん》、ハリーはクィレルの手《て》が自分《じぶん》の手首《てくび》をつかむのを感《かん》じた。そのとたん、針《はり》で刺《さ》すような鋭《するど》い痛《いた》みが額《ひたい》の傷痕《きずあと》を貫《つらぬ》いた。頭《あたま》が二つに割《わ》れるかと思《おも》うほどだった。ハリーは悲鳴《ひめい》を上《あ》げ、力《ちから》を振《ふ》り絞《しぼ》ってもがいた。驚《おどろ》いたことに、クィレルはハリーの手《て》を離《はな》した。額《ひたい》の痛《いた》みがやわらいだ……クィレルがどこに行《い》ったのか、ハリーはいそいで周《まわ》りを見回《みまわ》した。クィレルは苦痛《くつう》に体《からだ》を丸《まる》め、自分《じぶん》の指《ゆび》を見《み》ていた……見《み》る見《み》るうちに指《ゆび》に火《ひ》ぶくれができていた。

「捕《つか》まえろ！　捕《つか》まえるのだ！」

ヴォルデモートがまたかん高《だか》く叫《さけ》んだ。クィレルが跳《と》びかかり、ハリーの足《あし》をすくって引《ひ》き倒《たお》し、ハリーの上《うえ》にのしかかって両手《りょうて》をハリーの首《くび》にかけた……額《ひたい》の傷《きず》の痛《いた》みでハリーは目《め》がくらんだが、それでも、クィレルが激《はげ》しい苦痛《くつう》でうなり声《ごえ》を上《あ》げるのが見《み》えた。

「ご主人様《しゅじんさま》、こやつを押《お》さえていられません……手《て》が……私《わたし》の手《て》が！」

クィレルはひざでハリーを地面《じめん》に押《お》さえつけてはいたが、ハリーの首《くび》から手《て》を離《はな》し、いぶかしげに自分《じぶん》の手《て》の平《ひら》を見《み》つめていた……ハリーの目《め》に、真《ま》っ赤《か》に焼《や》けただれ、皮《かわ》がベロリとむけた手《て》が見《み》えた。

「それなら殺《ころ》せ、愚《おろ》か者《もの》め、始末《しまつ》してしまえ！」

ヴォルデモートが鋭《するど》く叫《さけ》んだ。クィレルは手《て》を上《あ》げて死《し》の呪《のろ》いをかけはじめた。ハリーはとっさに手《て》を伸《の》ばし、クィレルの顔《かお》をつかんだ。

「あああアアア！」

クィレルが転《ころ》がるようにハリーから離《はな》れた。顔《かお》も焼《や》けただれていた。

ハリーにはわかった。クィレルはハリーの皮膚《ひふ》に触《ふ》れることができないのだ。触《ふ》れればひどい痛《いた》みに責《せ》めさいなまれる……クィレルにしがみつき、痛《いた》みのあまり呪《のろ》いをかけることができないようにする――それしか道《みち》はない。

ハリーは跳《と》び起《お》きて、クィレルの腕《うで》を捕《つか》まえ、力《ちから》のかぎり強《つよ》くしがみついた。クィレルは悲鳴《ひめい》を上《あ》げ、ハリーを振《ふ》りほどこうとした……ハリーの額《ひたい》の痛《いた》みはますますひどくなった……何《なに》も見《み》えない……クィレルの恐《おそ》ろしい悲鳴《ひめい》とヴォルデモートの叫《さけ》びが聞《き》こえるだけだ。

「殺《ころ》せ！　殺《ころ》せ！」

もう一つ別《べつ》の声《こえ》が聞《き》こえてきた。ハリーの頭《あたま》の中《なか》で聞《き》こえたのかもしれない。叫《さけ》んでいる。

「ハリー！　ハリー！」

ハリーは固《かた》く握《にぎ》っていたクィレルの腕《うで》がもぎ取《と》られていくのを感《かん》じた。すべてを失《うしな》ってしまったのがわかった。

ハリーの意識《いしき》は闇《やみ》の中《なか》へと落《お》ちて行《い》った。下《した》へ……下《した》へ……下《した》へ……。


ハリーのすぐ上《うえ》で何《なに》か金色《きんいろ》の物《もの》が光《ひか》っていた。スニッチだ！　捕《つか》まえようとしたが、腕《うで》がとても重《おも》い。

瞬《まばた》きをした。スニッチではなかった。めがねだった。おかしいなあ。

もういっぺん瞬《まばた》きをした。ハリーの上《うえ》にアルバス・ダンブルドアのにこやかな顔《かお》がすうっと現《あらわ》れるのが見《み》えた。

「ハリー、こんにちは」

ダンブルドアの声《こえ》だ。ハリーはダンブルドアを見《み》つめた。記憶《きおく》がよみがえった。

「先生《せんせい》！『石《いし》』！クィレルだったんです。クィレルが『石《いし》』を持《も》っています。先生《せんせい》！早《はや》く……」

「落《お》ち着《つ》いて、ハリー。君《きみ》は少ぅし時間《じかん》がずれておるよ。クィレルは『石《いし》』を持《も》ってはおらん」

「じゃあ誰《だれ》が？先生《せんせい》、僕《ぼく》……」

「ハリー、いいから落《お》ち着《つ》きなさい。でないと、わしがマダム・ポンフリーに追《お》い出《だ》されてしまう」

ハリーはゴクッとつばを飲《の》み込《こ》み、周《まわ》りを見回《みまわ》した。医務室《いむしつ》にいるらしい。白《しろ》いシーツのベッドに横《よこ》たわり、脇《わき》のテーブルには、まるで菓子屋《かしや》が半分《はんぶん》そっくりそこに引《ひ》っ越《こ》してきたかのように、甘《あま》い物《もの》が山《やま》のように積《つ》み上《あ》げられていた。

「君《きみ》の友人《ゆうじん》や崇拝者《すうはいしゃ》からの贈《おく》り物《もの》だよ」

ダンブルドアがニッコリした。

「地下《ちか》で君《きみ》とクィレル先生《せんせい》との間《あいだ》に起《お》きたことは『秘密《ひみつ》』でな。秘密《ひみつ》ということはつまり、学校《がっこう》中《じゅう》が知《し》っているというわけじゃ。君《きみ》の友達《ともだち》のミスター・フレッド、ミスター・ジョージ・ウィーズリーは、たしか君《きみ》にトイレの便座《べんざ》を送《おく》ってきたのう。君《きみ》がおもしろがると思《おも》ったんじゃろう。だが、マダム・ポンフリーがあんまり衛生的《えいせいてき》ではないと言《い》って、没収《ぼっしゅう》してしまった」

「僕《ぼく》はどのくらいここにいたんですか？」

「三日間《みっかかん》じゃよ。ミスター・ロナルド・ウィーズリーとミス・グレンジャーは、君《きみ》が気《き》がついたと知《し》ったらホッとするじゃろう。二人《ふたり》ともそれはそれは心配《しんぱい》しておった」

「でも先生《せんせい》、『石《いし》』は……」

「君《きみ》の気持《きも》ちをそらすことはできないようじゃな。よかろう。『石《いし》』だが、クィレル先生《せんせい》は君《きみ》から石《いし》を取《と》り上《あ》げることができなかった。わしがちょうど間《ま》に合《あ》って、食《く》い止《と》めた。しかし、君《きみ》は一人《ひとり》で本当《ほんとう》によくやった」

「先生《せんせい》があそこに？　ハーマイオニーのふくろう便《びん》を受《う》け取《と》ったんですね？」

「いや、空中《くうちゅう》ですれちがってしまったらしい。ロンドンに着《つ》いたとたん、わしがおるべき場所《ばしょ》は出発《しゅっぱつ》してきた所《ところ》だったとはっきり気《き》がついたのじゃ。それで、クィレルを君《きみ》から引《ひ》き離《はな》すのにやっと間《ま》に合《あ》った……」

「あの声《こえ》は、先生《せんせい》だったんですか」

「遅《おそ》すぎたかと心配《しんぱい》したが」

「もう少《すこ》しで手遅《ておく》れのところでした。あれ以上長《いじょうなが》くは『石《いし》』を守《まも》ることはできなかったと思《おも》います……」

「いや、『石《いし》』ではなくて、ハリー、大切《たいせつ》なのは君《きみ》じゃよ……君《きみ》があそこまでがんばったことで、危《あや》うく死《し》ぬところじゃった。一瞬《いっしゅん》、もうだめかと、わしは肝《きも》を冷《ひ》やしたよ。『石《いし》』じゃがの、あれはもう壊《こわ》してしもうた」

「壊《こわ》した？」

ハリーはぼうぜんとした。

「でも、先生《せんせい》のお友達《ともだち》……ニコラス・フラメルは……」

「おお、ニコラスを知《し》っているのかい？」

ダンブルドアがうれしそうに言《い》った。

「君《きみ》はずいぶんきちんと調《しら》べて、あのことに取《と》り組《く》んだんじゃの。わしはニコラスとちょっと話《はな》しおうてな、こうするのが一番《いちばん》いいということになったんじゃ」

「でも、それじゃニコラスご夫妻《ふさい》は死《し》んでしまうんじゃありませんか？」

「あの二人《ふたり》は、身辺《しんぺん》をきちんと整理《せいり》するのに充分《じゅうぶん》な命《いのち》の水《みず》を蓄《たくわ》えておる。それから、そうじゃ、二人《ふたり》は死《し》ぬじゃろう」

ハリーの驚《おどろ》いた顔《かお》を見《み》て、ダンブルドアがほほえんだ。

「君《きみ》のように若《わか》い者《もの》にはわからんじゃろうが、ニコラスとペレネレにとって、死《し》とは長《なが》い一日《いちにち》の終《お》わりに眠《ねむ》りにつくようなものなのじゃ。結局《けっきょく》、きちんと整理《せいり》された心《こころ》をもつ者《もの》にとっては、死《し》は次《つぎ》の大《おお》いなる冒険《ぼうけん》に過《す》ぎないのじゃよ。よいか、『石《いし》』はそんなにすばらしいものではない。欲《ほ》しいだけのお金《かね》と命《いのち》なんぞ！　大方《おおかた》の人間《にんげん》が何《なに》よりもまずこの二つを選《えら》んでしまうじゃろう……困《こま》ったことに、どういうわけか人間《にんげん》は、自《みず》らにとって最悪《さいあく》のものを欲《ほ》しがるくせがあるようじゃ」

ハリーはだまって横《よこ》たわっていた。ダンブルドアは鼻歌《はなうた》を歌《うた》いながら天井《てんじょう》のほうを見《み》てほほえんだ。

「先生《せんせい》、ずっと考《かんが》えていたことなんですが……先生《せんせい》、『石《いし》』がなくなってしまっても、ヴォル……あの、『例《れい》のあの人《ひと》』が……」

「ハリー、ヴォルデモートと呼《よ》びなさい。ものには必《かなら》ず適切《てきせつ》な名前《なまえ》を使《つか》うことじゃ。名前《なまえ》を恐《おそ》れていると、そのもの自身《じしん》に対《たい》する恐《おそ》れも大《おお》きくなる」

「はい、先生《せんせい》。ヴォルデモートはほかの手段《しゅだん》でまた戻《もど》って来《く》るんじゃありませんか。つまりいなくなってしまったわけではないですよね？」

「ハリー、いなくなったわけではない。どこかに行《い》ってしまっただけじゃ。乗《の》り移《うつ》る別《べつ》の体《からだ》を探《さが》していることじゃろう。本当《ほんとう》に生《い》きているわけではないから、殺《ころ》すこともできん。クィレルをも見殺《みごろ》しにしたやつじゃ。自分《じぶん》の家来《けらい》を、敵《てき》と同《おな》じように情《なさ》け容赦《ようしゃ》なく扱《あつか》う。とは言《い》え、ハリー、君《きみ》がやったことは、ヴォルデモートが再《ふたた》び権力《けんりょく》を手《て》にするのを遅《おく》らせただけかもしれんし、次《つぎ》にまた誰《だれ》かが、一見勝《いっけんか》ち目《め》のない戦《たたか》いをしなくてはならないかもしれん。しかし、そうやって彼《かれ》のねらいが何度《なんど》も何度《なんど》もくじかれ、遅《おく》れれば……そう、彼《かれ》は二度《にど》と権力《けんりょく》を取《と》り戻《もど》すことができなくなるかもしれんのじゃ」

ハリーはうなずいた。でも頭《あたま》が痛《いた》くなるので、すぐにうなずくのをやめた。

「先生《せんせい》、僕《ぼく》、ほかにも、もし先生《せんせい》に教《おし》えていただけるなら、知《し》りたいことがあるんですけど……真実《しんじつ》を知《し》りたいんです……」

「真実《しんじつ》か」

ダンブルドアはため息《いき》をついた。

「それはとても美《うつく》しくも恐《おそ》ろしいものじゃ。だからこそ注意深《ちゅういぶか》く扱《あつか》わなければなるまい。しかし、答《こた》えないほうがいいというはっきりした理由《りゆう》がないかぎり、答《こた》えてあげよう。答《こた》えられない理由《りゆう》があるときには許《ゆる》してほしい。もちろん、わしはうそはつかん」

「ヴォルデモートが母《はは》を殺《ころ》したのは、母《はは》が僕《ぼく》を彼《かれ》の魔手《ましゅ》から守《まも》ろうとしたからだと言《い》っていました。でも、そもそもなぜ僕《ぼく》を殺《ころ》したかったんでしょう？」

ダンブルドアが今度《こんど》は深《ふか》いため息《いき》をついた。

「おお、なんと、最初《さいしょ》の質問《しつもん》なのに、わしは答《こた》えてやることができん。今日《きょう》は答《こた》えられん。今《いま》はだめじゃ。時《とき》が来《く》ればわかるじゃろう……ハリー、今《いま》は忘《わす》れるがよい。もう少《すこ》し大《おお》きくなれば……こんなことは聞《き》きたくないじゃろうが……その時《とき》が来《き》たらわかるじゃろう」

ハリーには、ここで食《く》い下《さ》がってもどうにもならないということがわかった。

「でも、どうしてクィレルは僕《ぼく》にさわれなかったんですか」

「君《きみ》の母上《ははうえ》は、君《きみ》を守《まも》るために死《し》んだ。ヴォルデモートに理解《りかい》できないことがあるとすれば、それは愛《あい》じゃ。君《きみ》の母上《ははうえ》の愛情《あいじょう》が、その愛《あい》の印《しるし》を君《きみ》に残《のこ》していくほど強《つよ》いものだったことに、彼《かれ》は気《き》づかなかった。傷痕《きずあと》のことではない。目《め》に見《み》える印《しるし》ではない……それほどまでに深《ふか》く愛《あい》を注《そそ》いだということが、たとえ愛《あい》したその人《ひと》がいなくなっても、永久《えいきゅう》に愛《あい》されたものを守《まも》る力《ちから》になるのじゃ。それが君《きみ》の肌《はだ》に残《のこ》っておる。クィレルのように憎《にく》しみ、欲望《よくぼう》、野望《やぼう》に満《み》ちた者《もの》、ヴォルデモートと魂《たましい》を分《わ》け合《あ》うような者《もの》は、それがために君《きみ》に触《ふ》れることができなかったのじゃ。かくもすばらしいものによって刻印《こくいん》された君《きみ》のような者《もの》に触《ふ》れるのは、苦痛《くつう》でしかなかったのじゃ」

ダンブルドアはその時《とき》、窓辺《まどべ》に止《と》まった小鳥《ことり》になぜかとても興味《きょうみ》を持《も》って、ハリーから目《め》をそらした……そのすきにハリーはこっそりシーツで涙《なみだ》をぬぐうことができた。そしてやっと声《こえ》が出《で》るようになったとき、ハリーはまた質問《しつもん》した。

「あの『透明《とうめい》マント』は……誰《だれ》が僕《ぼく》に送《おく》ってくれたか、ごぞんじですか？」

「ああ……君《きみ》の父上《ちちうえ》が、たまたま、わしに預《あず》けていかれた。君《きみ》の気《き》に入《い》るじゃろうと思《おも》うてな」

ダンブルドアの目《め》がいたずらっぽくキラキラッとした。

「便利《べんり》なものじゃ。君《きみ》の父上《ちちうえ》がホグワーツに在学中《ざいがくちゅう》は、もっぱらこれを使《つか》って台所《だいどころ》に忍《しの》び込《こ》み、食《た》べ物《もの》を失敬《しっけい》したものじゃ」

「そのほかにもお聞《き》きしたいことが……」

「どんどん聞《き》くがよい」

「クィレルが言《い》うには、スネイプが」

「ハリー、スネイプ先生《せんせい》じゃろう」

「はい。その人《ひと》です……クィレルが言《い》ったんですが、彼《かれ》が僕《ぼく》のことを憎《にく》むのは、僕《ぼく》の父《ちち》を憎《にく》んでいたからだと。それは本当《ほんとう》ですか？」

「そうじゃな、お互《たが》いに嫌《きら》っておった。君《きみ》とミスター・マルフォイのようなものじゃ。そして、君《きみ》の父上《ちちうえ》が行《おこな》ったあることをスネイプはけっして許《ゆる》せなかった」

「なんですか？」

「スネイプの命《いのち》を救《すく》ったんじゃよ」

「なんですって？」

「さよう……」ダンブルドアは遠《とお》くを見《み》るような目《め》で話《はな》した。

「人《ひと》の心《こころ》とはおかしなものよ。のう？　スネイプ先生《せんせい》は君《きみ》の父上《ちちうえ》に借《か》りがあるのが、がまんならなかった……この一年間《ねんかん》、スネイプは君《きみ》を守《まも》るために全力《ぜんりょく》を尽《つ》くした。これで父上《ちちうえ》と五分五分《ごぶごぶ》になると考《かんが》えたのじゃ。そうすれば、心安《こころやす》らかに再《ふたた》び君《きみ》の父上《ちちうえ》の思《おも》い出《で》を憎《にく》むことができる、となる……」

ハリーは懸命《けんめい》に理解《りかい》しようとしたが、また頭《あたま》がずきずきしてきたので考《かんが》えるのをやめた。

「先生《せんせい》もう一つあるんですが？」

「もう一つだけかな？」

「僕《ぼく》はどうやって鏡《かがみ》の中《なか》から『石《いし》』を取《と》り出《だ》したんでしょう？」

「おぉ、これは聞《き》いてくれてうれしいのう。例《れい》の鏡《かがみ》を使《つか》うのはわしのアイデアの中《なか》でも一段《いちだん》とすばらしいものでな、ここだけの話《はなし》じゃが、これは実《じつ》にすごいことなのじゃよ。つまり『石《いし》』を見《み》つけたい者《もの》だけが――よいか、見《み》つけたい者《もの》であって、使《つか》いたい者《もの》ではないぞ――それを手《て》に入《い》れることができる。さもなければ、鏡《かがみ》に映《うつ》るのは、黄金《おうごん》を作《つく》ったり、命《いのち》の水《みず》を飲《の》む姿《すがた》だけじゃ。わしの脳《のう》みそは、ときどき自分《じぶん》でも驚《おどろ》くことを考《かんが》えつくものじゃよ……さあ、もう質問《しつもん》は終《お》わり。そろそろこのお菓子《かし》に取《と》りかかってはどうかね。あっ！　バーティー・ボッツの百味《ひゃくみ》ビーンズがある！　わしは若《わか》いとき、不幸《ふこう》にもゲロの味《あじ》に当《あ》たってのう。それ以来《いらい》あまり好《この》まんようになってしもうたのじゃ……でもこのおいしそうなタフィーなら大丈夫《だいじょうぶ》だと思《おも》わんか？」

ダンブルドアはニコッとして、こんがり茶色《ちゃいろ》のビーンズを一粒口《ひとつぶくち》に放《ほう》り込《こ》んだ。とたんにむせかえってしまった。

「なんと、耳《みみ》くそ味《あじ》だ！」

校医《こうい》のマダム・ポンフリーはいい人《ひと》だったが、とても厳《きび》しかった。

「たったの五分《ふん》でいいから」とハリーが懇願《こんがん》した。

「いいえ。絶対《ぜったい》にいけません」

「ダンブルドア先生《せんせい》は入《い》れてくださったのに……」

「そりゃ、校長先生《こうちょうせんせい》ですから、ほかとはちがいます。あなたには休息《きゅうそく》が必要《ひつよう》なんです」

「僕《ぼく》、休息《きゅうそく》してます。ほら、横《よこ》になってるし。ねえ、マダム・ポンフリーお願《ねが》い……」

「仕方《しかた》ないわね。でも、五分《ふん》だけですよ」

そして、ロンとハーマイオニーは病室《びょうしつ》に入《い》れてもらえた。

「ハリー！」

ハーマイオニーは今《いま》にもまた両手《りょうて》でハリーを抱《だ》きしめそうだった。でも、思《おも》いとどまってくれたので、頭《あたま》がまだひどく痛《いた》むハリーはホッとした。

「あぁ、ハリー。私《わたし》たち、あなたがもうダメかと……ダンブルドア先生《せんせい》がとても心配《しんぱい》してらっしゃったのよ……」

「学校中《がっこうじゅう》がこの話《はなし》でもちきりだよ。本当《ほんとう》は何《なに》があったの？」とロンが聞《き》いた。

事実《じじつ》が、とっぴなうわさ話《ばなし》よりもっと不思議《ふしぎ》でドキドキするなんて、めったにない。しかし、この事実《じじつ》こそまさにそれだった。ハリーは二人《ふたり》に一部始終《いちぶしじゅう》を話《はな》して聞《き》かせた。クィレル、鏡《かがみ》、賢者《じゃ》の石《いし》、そしてヴォルデモート。ロンとハーマイオニーは聞《き》き上手《じょうず》だった。ここぞという時《とき》に、ハッと息《いき》をのみ、クィレルのターバンの下《した》に何《なに》があったかを話《はな》したときは、ハーマイオニーが大《おお》きな悲鳴《ひめい》を上《あ》げた。

「それじゃ『石《いし》』はなくなってしまったの？　フラメルは……死《し》んじゃうの？」

最後《さいご》にロンが尋《たず》ねた。

「僕《ぼく》もそう聞《き》いたんだ。でも、ダンブルドア先生《せんせい》は……ええと、何《なん》て言《い》ったっけかな……『整理《せいり》された心《こころ》を持《も》つ者《もの》にとっては、死《し》は次《つぎ》の大《おお》いなる冒険《ぼうけん》に過《す》ぎない』って」

「だからいつも言《い》ってるだろう。ダンブルドアはズレてるって」

ロンは自分《じぶん》の尊敬《そんけい》するヒーローの調子《ちょうし》っぱずれぶりにひどく感心《かんしん》したようだった。

「それで、君《きみ》たち二人《ふたり》のほうはどうしたんだい？」ハリーが聞《き》いた。

「ええ、私《わたし》、ちゃんと戻《もど》れたわ。私《わたし》、ロンの意識《いしき》を回復《かいふく》させて……ちょっと手間《てま》がかかったけど……そしてダンブルドアに連絡《れんらく》するために、二人《ふたり》でふくろう小屋《ごや》に行《い》ったら、玄関《げんかん》ホールで本人《ほんにん》と出会《であ》ったの……。ダンブルドアはもう知《し》っていたわ……『ハリーはもう追《お》いかけて行《い》ってしまったんだね』とそれだけ言《い》うと、矢《や》のように四階《かい》にかけていったわ」

「ダンブルドアは君《きみ》がこんなことをするように仕向《しむ》けたんだろうか？　だって君《きみ》のお父《とう》さんのマントを送《おく》ったりして」

とロンが言《い》った。

「もしも……」

ハーマイオニーがカッとなって言《い》った。

「もしも、そんなことをしたんだったら……言《い》わせてもらうわ……ひどいじゃない。ハリーは殺《ころ》されてたかもしれないのよ」

「ううん、そうじゃないさ」

ハリーが考《かんが》えをまとめながら答《こた》えた。

「ダンブルドアって、おかしな人《ひと》なんだ。たぶん、僕《ぼく》にチャンスを与《あた》えたいって気持《きも》ちがあったんだと思《おも》う。あの人《ひと》はここで何《なに》が起《お》きているか、ほとんどすべて知《し》っているんだと思《おも》う。僕《ぼく》たちがやろうとしていたことを、相当知《そうとうし》っていたんじゃないのかな。僕《ぼく》たちを止《と》めないで、むしろ僕《ぼく》たちの役《やく》に立《た》つよう、必要《ひつよう》なことだけを教《おし》えてくれたんだ。鏡《かがみ》の仕組《しく》みがわかるように仕向《しむ》けてくれたのも偶然《ぐうぜん》じゃなかったんだ。僕《ぼく》にそのつもりがあるのなら、ヴォルデモートと対決《たいけつ》する権《けん》利《り》があるって、あの人《ひと》はそう考《かんが》えていたような気《き》がする……」

「あぁ、ダンブルドアってまったく変《か》わっているよな」

ロンが誇《ほこ》らしげに言《い》った。

「ねえ、あしたは学年末《がくねんまつ》のパーティがあるんだから元気《げんき》になって起《お》きてこなくちゃ。得点《とくてん》は全部《ぜんぶ》計算《けいさん》がすんで、もちろんスリザリン寮《りょう》が勝《か》ったんだ。君《きみ》が最後《さいご》のクィディッチ試合《じあい》に出《で》られなかったから、レイブンクローにこてんぱんにやられてしまったよ。でもごちそうはあるよ」

その時《とき》マダム・ポンフリーが勢《いきお》いよく入《はい》ってきて、きっぱりと言《い》った。

「もう十五分《ふん》も経《た》ちましたよ。さあ、**出《で》なさい**」

その夜《よる》はぐっすり眠《ねむ》ったので、ハリーはほとんど回復《かいふく》したように感《かん》じた。

「パーティに出《で》たいんですけど。行《い》ってもいいでしょうか」

山《やま》のような菓子《かし》の箱《はこ》を片《かた》づけているマダム・ポンフリーにハリーは頼《たの》んだ。

「ダンブルドア先生《せんせい》が行《い》かせてあげるようにとおっしゃいました」

マダム・ポンフリーは鼻《はな》をフンと鳴《な》らした。ダンブルドア先生《せんせい》はパーティの危険性《きけんせい》をご存《ぞん》じないとでも言《い》いたげだった。

「ああそれから、また面会《めんかい》の人《ひと》が来《き》てますよ」

「うれしいなぁ。誰《だれ》？」

ハリーの言葉《ことば》が終《お》わらないうちに、ハグリッドがドアから体《からだ》を斜《なな》めにして入《はい》ってきた。部屋《へや》の中《なか》では、ハグリッドはいつも場《ば》ちがいなほど大《おお》きく見《み》える。ハリーの隣《となり》に座《すわ》ってちらっと顔《かお》を見《み》るなり、ハグリッドはオンオンと泣《な》き出《だ》してしまった。

「みんな……俺《おれ》の……ばかな……しくじりのせいだ！」

手《て》で顔《かお》をおおい、しゃくり上《あ》げた。

「悪《わる》いやつに、フラッフィーを出《だ》し抜《ぬ》く方法《ほうほう》をしゃべくってしもうた。俺《おれ》がヤツに話《はな》したんだ！ ヤツはこれだけは知《し》らんかったのに、しゃべくってしもうた！ おまえさんは死《し》ぬとこだった！ たかがドラゴンの卵《たまご》のせいで。もう酒《さけ》はやらん！ 俺《おれ》なんか、つまみ出《だ》されて、マグルとして生《い》きろと言《い》われてもしょうがねえ！」

悲《かな》しみと後悔《こうかい》に体《からだ》を震《ふる》わせ、ハグリッドのあごひげに大粒《おおつぶ》の涙《なみだ》がポロポロと流《なが》れ落《お》ちている。

「ハグリッド！」

ハリーは泣《な》きじゃくる姿《すがた》に驚《おどろ》いて呼《よ》びかけた。

「ハグリッド、あいつはどうせ見《み》つけだしていたよ。相手《あいて》はヴォルデモートだもの。ハグリッドが何《なに》も言《い》わなくたって、どうせ見《み》つけていたさ」

「おまえさんは死《し》ぬとこだったんだ」

とハグリッドがしゃくり上《あ》げた。

「それに、その名前《なまえ》を言《い》わんでくれ！」

「**ヴォルデモート**」

ハリーは大声《おおごえ》でどなった。ハグリッドは驚《おどろ》いて泣《な》きやんだ。

「僕《ぼく》はあいつに会《あ》ったし、あいつを名前《なまえ》で呼《よ》ぶんだ。さあ、ハグリッド。元気《げんき》を出《だ》して。僕《ぼく》たち、『石《いし》』は守《まも》ったんだ。もうなくなってしまったから、あいつは『石《いし》』を使《つか》うことはできないよ。さあ、蛙《かえる》チョコレートを食《た》べて。山《やま》ほどあるから……」

ハグリッドは手《て》の甲《こう》でぐいっと鼻《はな》をぬぐった。

「おぉ、それで思《おも》い出《だ》した。俺《おれ》もプレゼントがあるんだ」

「イタチ・サンドイッチじゃないだろうね」

ハリーが心配《しんぱい》そうに言《い》うと、やっとハグリッドがクスッと笑《わら》った。

「いんや。これを作《つく》るんで、きのうダンブルドア先生《せんせい》が俺《おれ》に休《やす》みをくれた。あの方《かた》にクビにされて当然《とうぜん》なのに……とにかく、ほい、これ」

しゃれた革表紙《かわびょうし》の本《ほん》のようだった。いったい何《なん》だろうとハリーが開《あ》けてみると、そこには魔法使《ほうつか》いの写真《しゃしん》がぎっしりと貼《は》ってあった。どのページでもハリーに笑《わら》いかけ、手《て》を振《ふ》っている。父《とう》さん、母《かあ》さんだ。

「あんたのご両親《りょうしん》の学友《がくゆう》たちにふくろうを送《おく》って、写真《しゃしん》を集《あつ》めたんだ。だっておまえさんは一枚《まい》も持《も》っとらんし……気《き》に入《い》ったか？」

ハリーは言葉《ことば》が出《で》なかった。でもハグリッドにはよくわかった。

その夜《よる》ハリーは一人《ひとり》で学年度末《がくねんどまつ》パーティに行《い》った。マダム・ポンフリーがもう一度《いちど》最終診察《さいしゅうしんさつ》をするとうるさかったので、大広間《おおひろま》に着《つ》いたときにはもう広間《ひろま》はいっぱいだった。スリザリンが七年連続《ねんれんぞく》で寮対抗杯《りょうたいこうはい》を獲得《かくとく》したお祝《いわ》いに、広間《ひろま》はグリーンとシルバーのスリザリン・カラーで飾《かざ》られていた。スリザリンの蛇《へび》を描《えが》いた巨大《きょだい》な横断幕《おうだんまく》が、上座《かみざ》のテーブルの後《うし》ろの壁《かべ》をおおっていた。

ハリーが入《はい》っていくと突然《とつぜん》シーンとなり、その後全員《ごぜんいん》がいっせいに大声《おおごえ》で話《はな》しはじめた。ハリーはグリフィンドールのテーブルで、ロンとハーマイオニーの間《あいだ》に座《すわ》り、みんながハリーを見《み》ようと立《た》ち上《あ》がっているのを無視《むし》しようとした。

運良《うんよ》くダンブルドアがすぐに現《あらわ》れ、ガヤガヤ声《ごえ》が静《しず》かになった。

「また一年《ねん》が過《す》ぎた！」

ダンブルドアがほがらかに言《い》った。

「さて、ごちそうにかぶりつく前《まえ》に、老《お》いぼれのたわごとをお聞《き》き願《ねが》おう。なんという一年《ねん》だったろう！　君《きみ》たちの頭《あたま》も以前《いぜん》に比《くら》べて少《すこ》し何《なに》かが詰《つ》まっていればいいのじゃが……新学年《しんがくねん》を迎《むか》える前《まえ》に、君《きみ》たちの頭《あたま》がきれいさっぱりからっぽになる夏休《なつやす》みがやってくる。

それではここで、寮対抗杯《りょうたいこうはい》の表彰《ひょうしょう》を行《おこな》うことになっておる。点数《てんすう》は次《つぎ》のとおりじゃ。四位《い》、グリフィンドール、三百十二点《てん》。三位《い》、ハッフルパフ、三百五十二点《てん》。レイブンクローは四百二十六点《てん》。そしてスリザリン、四百七十二点《てん》」

スリザリンのテーブルから嵐《あらし》のような歓声《かんせい》と足《あし》を踏《ふ》み鳴《な》らす音《おと》が上《あ》がった。ドラコ・マルフォイがゴブレットでテーブルをたたいているのが見《み》えた。胸《むね》の悪《わる》くなるような光景《こうけい》だった。

「よし、よし、スリザリン。よくやった。しかし、つい最近《さいきん》の出来事《できごと》も勘定《かんじょう》に入《い》れなくてはなるまいて」とダンブルドアが言《い》った。

部屋全体《へやぜんたい》がシーンとなった。スリザリン寮生《りょうせい》の笑《わら》いが少《すこ》し消《き》えた。

「エヘン」

ダンブルドアが咳払《せきばら》いをした。

「かけ込《こ》みの点数《てんすう》をいくつか与《あた》えよう。えーと、そうそう……まず最初《さいしょ》は、ロナルド・ウィーズリー君《くん》」

ロンの顔《かお》が赤《あか》くなった。まるでひどく日焼《ひや》けした赤《あか》カブみたいだった。

「この何年間《なんねんかん》か、ホグワーツで見《み》ることができなかったような、最高《さいこう》のチェス・ゲームを見《み》せてくれたことを称《たた》え、グリフィンドールに五十点《てん》を与《あた》える」

グリフィンドールの歓声《かんせい》は、魔法《まほう》をかけられた天井《てんじょう》を吹《ふ》き飛《と》ばしかねないくらいだった。頭《ず》上《じょう》の星《ほし》がグラグラ揺《ゆ》れたようだ。

「僕《ぼく》の兄弟《きょうだい》さ！　一番下《いちばんした》の弟《おとうと》だよ。マクゴナガルの巨大《きょだい》チェスを破《やぶ》ったんだ」

パーシーがほかの監督生《かんとくせい》にこう言《い》うのが聞《き》こえてきた。広間《ひろま》はやっと静《しず》かになった。

「次《つぎ》に……ハーマイオニー・グレンジャー嬢《じょう》に……火《ひ》に囲《かこ》まれながら、冷静《れいせい》な論理《ろんり》を用《もち》いて対処《たいしょ》したことを称《たた》え、グリフィンドールに五十点《てん》を与《あた》える」

ハーマイオニーは腕《うで》に顔《かお》を埋《うず》めた。きっとうれし泣《な》きしているにちがいないとハリーは思《おも》った。グリフィンドールの寮生《りょうせい》が、テーブルのあちこちで我《われ》を忘《わす》れて狂喜《きょうき》している……百点《てん》も増《ふ》えた。

「三番目《ばんめ》はハリー・ポッター君《くん》……」

大広間《おおひろま》が水《みず》を打《う》ったようにしんとなった。

「……その完璧《かんぺき》な精神力《せいしんりょく》と、並《なみ》はずれた勇気《ゆうき》を称《たた》え、グリフィンドールに六十点《てん》を与《あた》える」

耳《みみ》をつんざく大騒音《だいそうおん》だった。声《こえ》がかすれるほど叫《さけ》びながら足《た》し算《ざん》ができた人《ひと》がいたなら、グリフィンドールが四百七十二点《てん》になったことがわかったろう……スリザリンとまったく同点《どうてん》だ。寮《りょう》杯《はい》は引《ひ》き分《わ》けだ……ダンブルドアがハリーにもう一点多《てんおお》く与《あた》えてくれたらよかったのに。

ダンブルドアが手を挙《あ》げた。広間《ひろま》の中《なか》が少《すこ》しずつ静《しず》かになった。

「勇気《ゆうき》にもいろいろある」

ダンブルドアはほほえんだ。

「敵《てき》に立《た》ち向《む》かっていくのには大《おお》いなる勇気《ゆうき》がいる。しかし、味方《みかた》の友人《ゆうじん》に立《た》ち向《む》かっていくのにも同《おな》じくらい勇気《ゆうき》が必要《ひつよう》じゃ。そこで、わしはネビル・ロングボトム君《くん》に十点《てん》を与《あた》えたい」

大広間《おおひろま》の外《そと》に誰《だれ》かいたら、爆発《ばくはつ》が起《お》きたと思《おも》ったかもしれない。それほど大《おお》きな歓声《かんせい》がグリフィンドールのテーブルから湧《わ》き上《あ》がった。

ハリー、ロン、ハーマイオニーは立《た》ち上《あ》がって叫《さけ》び、歓声《かんせい》を上《あ》げた。ネビルは驚《おどろ》いて青白《あおじろ》くなったが、みんなに抱《だ》きつかれ、人《ひと》に埋《う》もれて姿《すがた》が見《み》えなくなった。ネビルは、これまでグリフィンドールのために一点《てん》も稼《かせ》いだことはなかった。

ハリーは歓声《かんせい》を上《あ》げながらロンの脇腹《わきはら》をつついてマルフォイを指《ゆび》さした。マルフォイは、「金《かな》縛《しば》りの術《じゅつ》」をかけられたよりももっと驚《おどろ》き、恐《おそ》れおののいた顔《かお》をしていた。

レイブンクローもハッフルパフも、スリザリンがトップからすべり落《お》ちたことを祝《いわ》って、喝采《かっさい》に加《くわ》わっていた。嵐《あらし》のような喝采《かっさい》の中《なか》で、ダンブルドアが声《こえ》を張《は》り上《あ》げた。

「したがって、飾《かざ》りつけをちょいと変《か》えねばならんのう」

ダンブルドアが手《て》をたたいた。次《つぎ》の瞬間《しゅんかん》グリーンの垂《た》れ幕《まく》が真紅《しんく》に、銀色《ぎんいろ》が金色《きんいろ》に変《か》わった。巨大《きょだい》なスリザリンの蛇《へび》が消《き》えてグリフィンドールのそびえ立《た》つようなライオンが現《あらわ》れた。スネイプが苦々《にがにが》しげな作《つく》り笑《わら》いでマクゴナガル教授《きょうじゅ》と握手《あくしゅ》をしていた。スネイプの目《め》がハリーをとらえた。スネイプの自分《じぶん》に対《たい》する感情《かんじょう》が、まったく変《か》わっていないのがハリーにはすぐわかったが、気《き》にならなかった。来学期《らいがっき》はまたこれまでと変《か》わらないまともな日常《にちじょう》が戻《もど》ってくるだけの話《はなし》だ。

――ホグワーツにとっての「まともな」日常《にちじょう》が。

その夜《よる》はハリーにとって、今《いま》までで一番《いちばん》すばらしい夜《よる》だった。クィディッチに勝《か》ったときよりも、クリスマスよりも、野生《やせい》のトロールをやっつけたときよりもすてきだった……。今夜《こんや》のことはずっと忘《わす》れないだろう。

試験《しけん》の結果《けっか》がまだ出《で》ていないことを、ハリーはほとんど忘《わす》れていたが、それが発表《はっぴょう》された。驚《おどろ》いたことに、ハリーもロンもよい成績《せいせき》だった。もちろんハーマイオニーは学年《がくねん》でトップだった。ネビルはすれすれだったが、薬草学《やくそうがく》の成績《せいせき》がよくて魔法薬学《まほうやくがく》のどん底《ぞこ》の成績《せいせき》を補《おぎな》っていた。意地悪《いじわる》なばかりかバカなゴイルが退校《たいこう》になればいいのにと、みんなが期待《きたい》していたが、彼《かれ》もパスした。残念《ざんねん》だったが、ロンに言《い》わせれば、人生《じんせい》ってそういいことばかりではない。

そして、あっという間《ま》に洋服《ようふく》だんすは空《から》になり、旅行《りょこう》かばんはいっぱいになった。ネビルのヒキガエルはトイレの隅《すみ》に隠《かく》れているところを見《み》つかってしまった。「休暇中《きゅうかちゅう》、魔法《まほう》を使《つか》わないように」という注意書《ちゅういが》きが全生徒《ぜんせいと》に配《くば》られた――「こんな注意書《ちゅういが》き、配《くば》るのを忘《わす》れりゃいいのにって、いつも思《おも》うんだ」とフレッド・ウィーズリーが悲《かな》しそうに言《い》った。

ハグリッドが湖《みずうみ》を渡《わた》る船《ふね》に生徒《せいと》たちを乗《の》せ、そして全員《ぜんいん》ホグワーツ特急《とっきゅう》に乗《の》り込《こ》んだ。しゃべったり笑《わら》ったりしているうちに、車窓《しゃそう》の田園《でんえん》の緑《みどり》が濃《こ》くなり、こぎれいになっていった。バーティー・ボッツの百味《ひゃくみ》ビーンズを食《た》べているうちに、汽車《きしゃ》はマグルの町々《まちまち》を通《とお》り過《す》ぎた。みんなは魔法使《まほうつか》いのマントを脱《ぬ》ぎ、上着《うわぎ》やコートに着替《きが》えた。そしてキングズ・クロス駅《えき》の九と四分《ぶん》の三番線《ばんせん》ホームに到着《とうちゃく》した。

プラットフォームを出《で》るのにしばらくかかった。年寄《としよ》りのしわくちゃな駅員《えきいん》が改札口《かいさつぐち》に立《た》っていて、ゲートから数人《すうにん》ずつバラバラに外《そと》に送《おく》り出《だ》していた。堅《かた》い壁《かべ》の中《なか》から、いっぺんにたくさんの生徒《せいと》が飛《と》び出《だ》すと、マグルがびっくりするからだ。

「夏休《なつやす》みに二人《ふたり》とも家《いえ》に泊《と》まりにきてよ。ふくろう便《びん》を送《おく》るよ」とロンが言《い》った。

「ありがとう。僕《ぼく》も楽《たの》しみに待《ま》っていられるようなものが何《なに》かなくちゃ……」とハリーが言《い》った。

人《ひと》の波《なみ》に押《お》されながら三人《にん》はゲートへ、マグルの世界《せかい》へと進《すす》んでいった。何人《なんにん》かが声《こえ》をかけていく。

「ハリー、バイバイ」

「またね。ポッター」

「いまだに有名人《ゆうめいじん》だね」とロンがハリーに向《む》かってニヤッとした。

「これから帰《かえ》るところではちがうよ」とハリー。

ハリーとロンとハーマイオニーは一緒《いっしょ》に改札口《かいさつぐち》を出《で》た。

「まあ、彼《かれ》だわ。ねえ、ママ、見《み》て」

ロンの妹《いもうと》のジニー・ウィーズリーだった。が、指《ゆび》さしているのはロンではなかった。

「ハリー・ポッターよ。ママ、見《み》て！　私《わたし》、見《み》えるわ」

とジニーは金《かな》切《ぎ》り声《ごえ》をあげた。

「ジニー、おだまり。指《ゆび》さすなんて失礼《しつれい》ですよ」

ウィーズリーおばさんが三人《にん》に笑《わら》いかけた。

「忙《いそが》しい一年《ねん》だった？」

「ええ、とても。お菓子《かし》とセーター、ありがとうございました。ウィーズリーおばさん」

「まあ、どういたしまして」

「準備《じゅんび》はいいか」

バーノンおじさんだった。相変《あいか》わらず赤《あか》ら顔《がお》で、相変《あいか》わらず口《くち》ひげをはやし、相変《あいか》わらずハリーのことを普通《ふつう》でないと腹《はら》を立《た》てているようだった。そもそも普通《ふつう》の人《ひと》であふれている駅《えき》で、ふくろうの鳥《とり》かごをぶら下《さ》げているなんて、どんな神経《しんけい》をしてるんだと怒《おこ》っている。その後《うし》ろにはペチュニアおばさんとダドリーが、ハリーの姿《すがた》を見《み》るのさえも恐《おそ》ろしいという様子《ようす》で立《た》っていた。

「ハリーのご家族《かぞく》ですね」

とウィーズリーおばさんが言《い》った。

「まあ、そうとも言《い》えるでしょう」

とバーノンおじさんはそう言《い》うなり、

「小僧《こぞう》、さっさとしろ。おまえのために一日《いちにち》をつぶすわけにはいかん」

と、とっとと歩《ある》いていってしまった。

ハリーは少《すこ》しの間《あいだ》、ロンやハーマイオニーと最後《さいご》の挨拶《あいさつ》を交《か》わした。

「じゃあ夏休《なつやす》みに会《あ》おう」

「楽《たの》しい夏休《なつやす》み……あの……そうなればいいけど」

ハーマイオニーは、あんないやな人間《にんげん》がいるなんて、とショックを受《う》けて、バーノンおじさんの後《うし》ろ姿《すがた》を不安《ふあん》げに見送《みおく》りながら言《い》った。

「もちろんさ」

ハリーが、うれしそうに顔中《かおじゅう》ほころばせているので、二人《ふたり》は驚《おどろ》いた。

「僕《ぼく》たちが家《いえ》で魔法《まほう》を使《つか》っちゃいけないことを、あの連中《れんちゅう》は知《し》らないんだ。この夏休《なつやす》みは、ダドリーと大《おお》いに楽《たの》しくやれるさ……」

J.K.ローリング 作

一時代を築いた不朽の名作「ハリー・ポッター」の著者。全7作のシリーズは6億部以上を売り上げ、80以上の言語に翻訳されており、8本の映画が製作されて大ヒットを記録した。本シリーズと並行して、ローリングはチャリティのために3冊の短い副読本を執筆し、その1冊である『幻の動物とその生息地』をもとに魔法動物学者ニュート・スキャマンダーを主役にした映画の新シリーズが製作されることとなった。大人になったハリーの物語は舞台として続き、ローリングは脚本家のジャック・ソーンと演出家のジョン・ティファニーとともに「ハリー・ポッターと呪いの子」を制作した。2020年には児童書の執筆に戻っておとぎ話『イッカボッグ』を出版、新型コロナウイルス感染症のパンデミックによる社会的影響の軽減に尽力している慈善団体を支援するため、慈善信託〈ボラント〉に印税を寄付している。2021年には児童書の最新作『クリスマス・ピッグ』を出版した。ロバート・ガルブレイス名義で書いた探偵小説のシリーズも含め、ローリングはその執筆に対し多数の賞や勲章を授与されている。〈ボラント〉を通じて人道的な活動を幅広く支援しており、国際的な児童養護のチャリティ団体〈ルーモス〉の創設者でもある。ローリングは家族とともにスコットランドで暮らしている。

J.K. ローリングに関するさらに詳しい情報は jkrowlingstories.comをご参照ください。

松岡佑子《まつおかゆうこ》 訳

翻訳家。国際基督教大学卒、モントレー国際大学院大学国際政治学修士。日本ペンクラブ館員。スイス在住。訳書に「ハリー・ポター」シリーズ全7巻のほか、「少年冒険家トム」シリーズ、映画オリジナル脚本版「ファンタスティック・ビースト」シリーズ、『ブーツをはいたキティのはなし』、『とても良い人生のために』『イッカボッグ』『クリスマス・ピッグ』(以上静山社)がある。

静山社ペガサス文庫

ハリー・ポッター ❷
ハリー・ポッターと賢者《けんじゃ》の石《いし》〈新装版《しんそうばん》〉1-2

2024年4月9日　第 1 刷発行

作者	J.K.ローリング
訳者	松岡佑子
発行者	松岡佑子
発行所	株式会社静山社 〒102-0073 東京都千代田区九段北1-15-15 電話・営業 03-5210-7221 https://www.sayzansha.com
装画	ダン・シュレシンジャー
装丁	城所 潤(ジュン・キドコロ・デザイン)
印刷・製本	中央精版印刷株式会社

 ISBN 978-4-86389-861-5　Printed in Japan
Published by Say-zan-sha Publications Ltd.

「静山社《せいざんしゃ》ペガサス文庫《ぶんこ》」創刊《そうかん》のことば

小《ちい》さくてもきらりと光《ひか》る、星《ほし》のような物語《ものがたり》を届《とど》けたい――一九七九年《ねん》の創業以来《そうぎょういらい》、静山社《せいざんしゃ》が抱《いだ》き続《つづ》けてきた願《ねが》いをこめて、少年少女《しょうねんしょうじょ》のための文庫《ぶんこ》「静山社《せいざんしゃ》ペガサス文庫《ぶんこ》」を創刊《そうかん》します。

読書《どくしょ》は、みなさんの心《こころ》に眠《ねむ》っている想像《そうぞう》の羽《はね》を広《ひろ》げ、未知《みち》の世界《せかい》へいざないます。読書体験《どくしょたいけん》をとおしてつちかわれた想像力《そうぞうりょく》は、楽《たの》しいとき、苦《くる》しいとき、悲《かな》しいとき、どんなときにも、みなさんに勇気《ゆうき》を与《あた》えてくれるでしょう。

ギリシャ神話《しんわ》に登場《とうじょう》する天馬《てんま》・ペガサスのように、大《おお》きなつばさとたくましい足《あし》、しなやかな心《こころ》で、みなさんが物語《ものがたり》の世界《せかい》を、自由《じゆう》にかけまわってくださることを願《ねが》っています。

二〇一四年《ねん》

静《せい》山《ざん》社《しゃ》